U0096961

民國文化與文學研究文叢

十四編

李 怡 主編

第 21 冊

王余杞評傳

王 發 慶 著

國家圖書館出版品預行編目資料

王余杞評傳／王發慶 著 -- 初版 -- 新北市：花木蘭文化事業
有限公司，2021〔民110〕
目 2+202 面；19×26 公分
（民國文化與文學研究文叢 十四編；第 21 冊）
ISBN 978-986-518-532-9（精裝）
1. 王余杞 2. 傳記 3. 文學評論
820.9   110011220

ISBN-978-986-518-532-9

9 789865 185329

民國文化與文學研究文叢
十四編　第二一冊　　　　　　ISBN：978-986-518-532-9

王余杞評傳

作　　者　王發慶
主　　編　李 怡
企　　劃　四川大學中國詩歌研究院
總 編 輯　杜潔祥
副總編輯　楊嘉樂
編　　輯　許郁翎、張雅淋、潘玟靜　美術編輯　陳逸婷
出　　版　花木蘭文化事業有限公司
發 行 人　高小娟
聯絡地址　235 新北市中和區中安街七二號十三樓
　　　　　電話：02-2923-1455／傳真：02-2923-1452
網　　址　http://www.huamulan.tw 信箱 service@huamulans.com
印　　刷　普羅文化出版廣告事業
初　　版　2021 年 9 月
全書字數　163186 字
定　　價　十四編 26 冊（精裝）台幣 70,000 元　　　版權所有・請勿翻印

王余杞評傳

王發慶　著

作者簡介

王發慶，筆名蒙童，四川省作家協會會員，自貢市文藝評論家協會主席。自貢市文聯《蜀南文學》原編輯部主任兼執行主編。發表小說、散文、詩詞、文學評論、高校講義、報告文學、史志文牘等數百萬字。有小說獲四川省首屆文學獎，有文論載國家級核心刊物。長期跟蹤研究評介自貢現當代作家作品，參與編輯出版《自貢作家作品集》《自貢文聯 60 年文集》（上中下三卷）。1990 年開始王余杞創作研究，2009 年王余杞長篇小說《自流井》再版，具體承擔全書校勘和相關文本的編輯工作。

提　　要

　　王余杞（1905～1989）筆名隅棨、曼因等，1905 年 3 月 9 日出生於四川省富順縣自流井，中國現代文學左翼營壘的重要作家、編輯和社會活動家，由於歷史的原因蒙塵多年，而淪為「邊緣作家」。

　　《王余杞評傳》是第一部關於王余杞生平及其創作的專著。本書尋覓作家的足跡，重回歷史現場，再現這位大時代的書寫者反帝愛國、追求理想、忍辱負重、矢志不渝的一生，並以大量篇幅專注於對王余杞著作的文本研討，揭示其不朽的精神價值和文學史地位。

　　《王余杞評傳》以時間為經，以作品為緯，分為三編，共十八章。上編，從第一代「北漂」少年，到北方左聯的「獨行俠」：具體考訂王余杞的身世和成長環境，突出家道中落對王余杞人生道路和性格形成的影響，回溯與郁達夫、魯迅的師承關係，突出獨立編輯《當代文學》等文學活動對左翼文壇的貢獻。中編，從抗日救亡的鐵血先聲，到抗戰文藝的「排頭兵」：以真實的史料證實王余杞是「九一八」事變後最早以新聞、短篇和長篇小說揭露日寇侵華罪行的作家；而後南下北上，是最早深入山西臨汾八路軍總部採寫八路軍將領的作家，是在大後方堅持開展抗日救亡運動而身陷囹圄革命作家。下編，從「鹽都文學」的開創，到永不消泯的家國情懷：具體闡明王余杞的長篇小說《自流井》和專欄隨筆《我的故鄉》是現代鹽都文學具有開創意義的作品；「評傳」沒有迴避作家曾遭受的不公正待遇，從而凸顯永不消泯的家國情懷，和搶救曾經失憶的歷史的必要性和迫切性。

北方左聯的獨行俠
抗戰文藝的排頭兵
鹽都文學的奠基人

研治文學史的方法與心態——代序

李 怡

　　我曾經以「作為方法的民國」為題討論過中國現代文學研究的「方法」問題，最近幾年，「作為方法」的討論連同這樣的竹內好－溝口雄三式的表述都流行一時，這在客觀上容易讓我們誤解：莫非又是一種學術術語的時髦？屬於「各領風騷三五年」的概念遊戲？

　　但「方法」的確重要，儘管人們對它也可能誤解重重。

　　在漢語傳統中，「方」與「法」都是指行事的辦法和技術，《康熙字典》釋義：「術也，法也。《易‧繫辭》：方以類聚。《疏》：方謂法術性行。《左傳‧昭二十九年》：官修其方。《注》：方，法術。」「法」字在漢語中多用來表示「法律」「刑法」等義，它的含義古今變化不大。後來由「法律」義引申出「標準」「方法」等義。這與拉丁語系 method 或 way 的來源含義大同小異——據說古希臘文中有「沿著」和「道路」的意思，表示人們活動所選擇的正確途徑或道路。在我們後來熟悉的馬克思主義哲學中，「世界觀」與「方法論」的相互關係更得到了反覆的闡述：人們關於世界是什麼、怎麼樣的根本觀點是「世界觀」，而借助這種觀點作指導去認識世界和改造世界的具體理論表述，就是所謂的「方法論」。

　　在我們的傳統認知中，關於世界之「觀」是基礎，是指導，方法之「論」則是這一基本觀念的運用和落實。因而雖然它們緊密結合，但是究竟還是以「世界觀」為依託，所以在「改造世界觀」的社會主潮中，我們對於「世界觀」的闡述和強調遠遠多於對「方法」的討論，在新中國改革開放前的國家思想主流中，「方法」常常被擱置在一邊，滿眼皆是「世界觀」應當如何端正的問題。這到新時期之初，終於有了反彈，史稱「1985方法論熱」，

一時間，文藝方法論迭出，西方文藝社會學、心理學、語言學、原型批評、接受美學、結構主義、解構主義、新批評、現象學、存在主義、解釋學、以及借鑒的自然科學方法（系統論、控制論、信息論、模糊數學、耗散結構、熵定律、測不準原理等等），這些令人眼花繚亂的「新方法」衝破了單一的庸俗社會學的「舊方法」，開闢了新的文學研究的空間。不過，在今天看來，卻又因為沒有進一步推動「世界觀」的深入變革而常常流於批評概念的僵硬引入，以致令有的理論家頗感遺憾：「僅僅強調『方法論革命』，這主要是針對『感悟式印象式批評』和過去的『庸俗社會學』而來的，主要是針對我們把握世界的『方式』而言的。『方法論革命』沒有也不能夠關注到『批評主體自身素質』的革命。」〔註 1〕

平心而論，這也怪不得 1985，在那個剛剛「解凍」的年代，所有的探索都還在悄悄進行，關於世界和人的整體認知——更深的「觀念」——尚是禁區處處，一切的新論都還在小心翼翼中展開，就包括對「反映論」的質疑都還在躲躲閃閃、欲言又止中進行，遑論其他？〔註 2〕

1960 年 1 月 25 日，日本的中國研究專家竹內好發表演講《作為方法的亞洲》。數十年後，他已經不在人世，但思想的影響卻日益擴大，2011 年 7 月，溝口雄三《作為方法的中國》在三聯書店出版。〔註 3〕 此前，中文譯本已經在臺灣推出，題為《做為「方法」的中國》。〔註 4〕而有的中國學者（如孫歌、李冬木、汪暉、陳光興、葛兆光等）也早在 1990 年代就注意到了《方法としての中國》，並陸續加以介紹和評述。最近 10 年的中國思想文化與文學批評界，則可以說出現了一股「作為方法」的表述潮流，「作為方法的日本」、「作為方法的竹內好」、「亞洲」作為方法，以及「作為方法的 80 年代」等等都在我們學術話語中流行開來，從 1985 年至 1990 年直到 2011 年，「方法」再次引人注目，進入了學界的視野。

這裡的變化當然是顯著的。

雖然名為「方法」，但是竹內好、溝口雄三思考的起點卻是研究者的立場和研究對象的特殊性。中國何以值得成為日本學者的「方法」總結？歸

〔註 1〕吳炫：《批評科學化與方法論崇拜》，《文藝理論研究》，1990 年 5 期。

〔註 2〕參見夏中義：《反映論與「1985」方法論年》，《社會科學輯刊》，2015 年 3 期。

〔註 3〕溝口雄三：《作為方法的中國》，孫軍悅譯，北京：三聯書店，2011 年。

〔註 4〕林右崇譯，國立編譯館，1999 年。

根結底，是竹內好、溝口雄三這樣的日本學者在反思他們自己的學術立場，中國恰好可以充當這種反省的參照和借鏡。日本學人通過中國這樣一個「他者」的來參照進行自我的批判，實現從「西方」話語突圍，重新確立自己的主體性。竹內好所謂中國「迴心型」近現代化歷程，迴異於日本式的近代化「轉向型」，比較中被審判的是日本文化自己。溝口雄三批評那種「沒有中國的中國學」，其實也是通過這樣一個案例來反駁歐洲中心的觀念，尋找和包括日本在內的建立非歐洲區域的學術主體性，換句話說，無論是竹內好還是溝口雄三都試圖借助「中國」獨特性這一問題突破歐洲觀念中心的束縛，重建自身的思想主體性。如果套用我們多年來習慣的說法，那就是竹內好-溝口雄三的「方法之論」既是「方法論」，又是「世界觀」，是「世界觀」與「方法論」有機結合下的對世界與人的整體認知。

事實上，這也是「作為方法」之所以成為「思潮」的重要原因。在告別了 1980 年代浮躁的「方法熱」之後，在歷經了 1990 年代波詭雲譎的「現代─後現代」翻轉之後，中國學術也步入了一個反省自我、定義自我的時期，日本學人作為先行者的反省姿態當然格外引人注目。

如果我們承認中國當代學術需要重新釐定的立場和觀念實在很多，那麼「作為方法」的思潮就還會在一定時期內延續下去，並由「方法」的檢討深入到對一系列人與世界基本問題的探索。

在中國現當代文學的領域中，我堅持認為考察具體的國家社會形態是清理文學之根的必要，在這個意義上，「民國作為方法」或「共和國作為方法」比來自日本的「中國作為方法」更為切實和有效。同時，「民國作為方法」與「共和國作為方法」本身也不是一勞永逸的學術概念，它們都只是提醒我們一種尊重歷史事實的基本學術態度，至於在這樣一個態度的前提下我們究竟可以獲得哪些主要認知，又以何種角度進入文學史的闡述，則是一些需要具體處理、不斷回答的問題，比如具體國家體制下形成的文學機制問題，國家觀念與民族意識的互動與衝突，適應於民國與共和國語境的文學闡述方法，以及具體歷史環境中現代中國作家的文學選擇等等，嚴格說來，繼續沿用過去一些大而無當的概念已經不能令人滿意了，因為它沒有辦法抵近這些具體歷史真相，撫摸這些歷史的細節。

「民國作為方法」是對陳舊的庸俗社會學理論及時髦無根的西方批評理論的整體突破，而突破之後的我們則需要更自覺更主動地沉入歷史，進

入事實，在具體的事實解讀的基礎上發現更多的「方法」，完成連續不斷的觀念與技術的突破。如此一來，「民國作為方法」就是一個需要持續展開的未竟的工程。

對文學史「方法」的追問，能夠對自己近些年來的思考有所總結，這不是為了指導別人，而是為自我反省、自我提高。自我的總結，我首先想起的也是「方法」的問題，如上所述，方法並不只是操作的技術，它同樣是對世界的一種認知，是對我們精神世界的清理。在這一意義上，所有的關於方法的概括歸根到底又可以說是一種關於自我的追問，所以又可以稱作「自我作為方法」。

那麼，在今天的自我追問當中，什麼是繞不開的話題呢？我認為是虛無。

在心理學上，「虛無」在一種無法把捉的空洞狀態，在思想史上，「虛無」卻是豐富而複雜的存在，可能是為零，也可能是無限，可能是什麼也沒有，但也可能是人類認知的至高點。是一個複雜的概念。在今天，討論思想史意義的「虛無」可能有點奢侈，至少應該同時進入古希臘哲學與中國哲學的儒道兩家，東西方思想的比較才可能幫助我們稍微一窺前往的門徑。但是，作為心理狀態的空洞感卻可能如影隨形，揮之不去，成為我們無可迴避的現實。這裡的原因比較多樣，有個人理想與社會現實感的斷裂，有學術理念與學術環境的衝突，有人生的無奈與執著夢想的矛盾⋯⋯當然，這種內與外的不和諧本來就是人生的常態，對於凡俗的人生而言，也就是一種生活的調節問題，並不值得誇大其詞，也無須糾纏不休。但對於一位以實現為志業的人來說，卻恐怕是另外一種情形。既然我們選擇了將思想作為人生的第一現實，那麼關乎思想的問題就不那麼輕而易舉就被生活的煙雲所蕩滌出去，它會執拗地拽住你，纏繞你，刺激你，逼迫你作出解釋，完成回答，更要命的是，我們自己一方面企圖「逃避痛苦」，規避選擇，另一方面，卻又情不自禁地為思想本身所吸引，不斷嘗試著挑戰虛無，圓滿自我。

這或許就是每一位真誠的思想者的宿命。

在魯迅眼中，虛無是一種無所不在的「真實」，「當我沉默著的時候，我覺得充實；我將開口，同時感到空虛」（《野草》題辭）「絕望之為虛妄，正與希望相同」（《希望》）「於浩歌狂熱之際中寒；於天上看見深淵。於一

切眼中看見無所有；於無所希望中得救。」(《墓碣文》)所以，他實際上是穿透了虛無，抵達了絕望。對於魯迅而言，已經沒有必要與虛無相糾纏，他反抗的是更深刻的黑暗──絕望。

虛無與絕望還是有所不同的。在現實的世界上，盼望有所把捉又陡然失落，或自以為理所當然實際無可奈何，這才是虛無感，但虛無感的不斷浮現卻也說明在大多數的時候，我們還浸泡在現實的各自期待當中，較之於魯迅，我們都更加牢固地被焊接在這一張制度化生存的網絡上，以它為據，以它為食，以它為夢想，儘管它無情，它強硬，它狡黠。但是，只要我們還不能如魯迅一般自由撰稿，獨自謀生，那就，就注定了必須付出一生與之糾纏，與之往返。在這個時候，反抗虛無總比順從虛無更值得我們去追求。

於是，我也願意自己的每一本文集都是自己挑戰虛無、反抗虛無的一種總結和記錄。

在我的想像之中，每一個學術命題的提出就是一次祛除虛無的嘗試，而每一次探入思想荒原的嘗試都是生命的不屈的抗爭。

回首這些年來思想歷程，我發現，自己最願意分享的幾個主題包括：現代性、國與族、地方與文獻。

「現代性」是我們無法拒絕卻又並不心甘情願的現實。

「國與族」的認同與疏離可能會糾結我們一生。

「地方」是我們最可能遺忘又最不該遺忘的土地與空間。

「文獻」在事實上絕不像它看上去那麼僵硬和呆板，發現了文獻的靈性我們才真的有可能跳出「虛無」的魔障。

如果仔細勘察，以上的主題之中或許就包含著若干反抗虛無的「方法」。

2021 年 6 月於長灘一號

前　言

　　在王余杞研究群體中，有一種很好的風氣，大凡有人需要相關資料，大家都會毫無保留地提供自己手中的文獻、書籍或研究成果，為着一個崇高的目的在冷落而狹窄的路上攜手前行。

　　我曾經有過這樣的衝動，想寫一齣情景短劇，它的題目可以暫定為《追尋》。

　　劇情很簡單，就是男女主人公的隔空對話。男主人公陳老師是申城社科院的研究員，40來歲，女主人公小陳是西部大學研究生，20來歲。上個世紀八十年代初期，陳老師來到四川自貢，在檔案館查閱抗戰時期一位左翼作家的作品，以後一直跟蹤研究這位作家，保持了長達七年的通信聯繫。遺憾的是中斷通信的第二年，這位老作家就去世了，這一對忘年交最終未能謀面。二十多年之後，小陳也來到自貢市檔案館，同樣把這位抗敵文化戰士作為畢業論文的選題，於是聯繫上了申城的陳老師。小陳通過自己的追尋，看到這位老作家的作品和創作活動依然閃耀著鑽石般的光澤：

　　——在郁達夫和魯迅等人的直接影響下，走上文學創作道路。

　　——主編北方左聯刊物《當代文學》，參與創建北平作家協會。

　　——長篇小說《急湍》，是「九一八」事變後抗日救亡最早的作品之一。

　　——《八路軍七將領》，是與劉白羽合著的第一部歌頌八路軍將領的報告文學集。

　　——長篇小說《自流井》是鹽都自貢現代文學的開山之作。

　　讓她困惑不解的是，這位老作家的作品除《自流井》尚能查閱，另外三部長篇、幾部短篇集都存目無書，包括自貢市檔案館館藏的《新運日報》隨

筆連載《我的故鄉》，也不可能提供查閱和複印。

於是，她選擇了漫長而艱辛的追尋之路。

陳老師把老作家給他的一部分書信複印件寄給了小陳。

如果說，老作家本人也是一個追尋者，那麼，這就是三代人的追尋。

於是構成了三代人的對話，一出沒有劇本，由劇中人自行講述的情景短劇。

這位老作家就是本書的主角——北方左聯的獨行俠、抗戰文藝的排頭兵、鹽都文學的奠基人王余杞先生！

王余杞（1905.3～1989.11）筆名隅棨、曼因等，中國現代文學的重要作家、編輯和社會活動家。1905年3月9日出生於四川省富順縣自流井一個家道中落的鹽商家庭。1921年隨親戚北上求學，1924年考入北京交通大學鐵路管理學院，畢業前夕曾東渡日本實習。他從學生時代起就接受了反帝愛國思想影響，積極投身於共產黨領導的革命文藝運動。1934年參加中國左翼作家聯盟，主編大型文學月刊《當代文學》等雜誌。1936年北方左聯改組，成立作北平作家協會，他被推選為執行委員。抗日戰爭初期擔任上海救亡演劇一隊負責人，回四川老家後，曾任《新運日報》主筆和自貢市抗敵歌詠話劇團團長。1946年，重返天津，在天津市政府任職。1950年，王余杞任中國交通大學北京管理學院教授。1951年調任人民鐵道出版社編審，1957年錯劃為右派。1978年，王余杞的右派問題得到改正，後受聘為華中理工大學兼職教授。1989年11月，王余杞病逝於廣東汕頭。

王余杞的文學創作，大體上可以分為四個時期，即創作初期、天津時期、抗戰時期和新時期。其主要作品有：短篇小說集《惜分飛》《朋友與敵人》、長篇小說《浮沉》《急湍》《海河汨汨流》《自流井》、報告文學集《八路軍七將領》、敘事長詩《八年烽火曲》、隨筆連載《我的故鄉》、《歷代敘事詩選》、舊體詩集《黃花草》等十一部著作。2017年1月，王余杞的子女王平明、王若曼整理出版的《王余杞文集》（上下卷），計190萬字，收集了王余杞先生曾經出版、發表並被國內外圖書館、檔案館等收藏的絕大部分文學著作。

王余杞在追憶自己的創作道路時曾寫道：「我只是一個窮學生，既無名又沒利，只是被一些社會現實刺激着，骨鯁在喉，不吐不快，不揣冒昧地發洩出來。沒有人指導，沒有人幫助，亂鬧一起（氣）。」1927年他發表了第一個短篇小說《A・comedy》（即《一部滑稽劇》），郁達夫稱之為「傑作」。王余杞

深受鼓舞，相繼創作了《麼舅》《老師》《百花深處》等短篇，後收入與朱大枬、翟永坤合出的《災梨集》。1929年上海春潮書局出版了他的第一部短篇小說集《惜分飛》，收進了他在《國聞週報》上陸續發表的以青年學生、知識分子為題材的系列小說《NO·1》《Mama》《Denatured》《W·F·P》《TO》等十個短篇，由郁達夫作序。同年，謁見郁達夫和魯迅，受益匪淺，轉譯契訶夫的短篇小說《愛》。

1930年9月，王余杞到天津北寧鐵路局工作，開始了天津七年的生活。他的第一部長篇小說《浮沉》，1932年由星雲堂書局出版。他「從寫學生生活，轉到寫社會生活，這是一個發展。」同年，王余杞與彭光林女士結婚，彭是北京女師大中文系畢業生，四川重慶市人。從此開始了患難與共、相濡以沫五十六年的婚姻生活。這一年還出版了短篇小說集《朋友與敵人》，「自詡分清敵我，不容混淆」，表明對社會人生的鮮明態度。

1933年，王余杞回鄉探親，短篇小說《輪船上》《落花時節》寫於這個時期。前者感慨於四川旅途所見，後者記述了上海「一二八」戰後的情景，《國聞週報》主編王芸生讚揚備至。當時，家鄉境況日非，商業資本抬頭，封建家庭沒落，引起頗多感觸。於是他「從四川搜集辦井燒灶的新材料，加上家族的片斷回憶，乃至商業資本侵入的具體情況，開始寫作一個新長篇《自流井》」。書稿於1934年在南京《中心評論》雜誌上逐章刊登，讀者很感興趣。約莫經過一年，全書終於完成，重加修改抄畢，已是1937年的夏天。因天津淪陷，輾轉數載，直到1944年《自流井》才在成都東方書社署名曼因出版。

1936年，他的長篇小說《急湍》由上海聯合出版社出版發行，署名隅綮，這部作品從「九一八」寫到「一二八」，從民族危機的加深寫到抗日救亡運動的高漲，歌頌東北義勇軍的英勇鬥爭。緊接著，他又開始了另一部長篇《海河汨汨流》的創作。這部小說以天津為背景，活畫了天津的風物，反映了從西安事變到天津事變期間日寇的暴行。這部長篇於1944年由重慶建中出版社出版。

在這一期間，他的短篇小說集《將軍》在上海出版了，事前作者並不知道，後來有一些青年拿這本書找他簽名，方知此書係由朋友代勞編輯付梓。而他自己當時結集的最後一部短篇小說集《落花時節》卻一直沒能出版。直到1957年反右，在嚴厲的組織批判壓力下，作者竟將保存了二十年的書稿以及所有的日記一火而焚！

在天津的七年不僅是王余杞創作的成熟期，也是他從事革命文藝運動最活躍的時期之一。1934 年，王余杞由孫席珍介紹參加左聯（後稱北方左聯）。同年，他在極端困難的條件下主編被列為左聯刊物的《當代文學》，共出六期，發表了郁達夫、艾青、葉紫、聶紺弩、宋之的、邱東平、夏徵農、陳白塵、蒲風、白薇等左翼進步作家的作品。埃德加·斯諾編譯的《活的中國》一書，曾把《當代文學》列為「極有價值的資料」。1936 年，左聯解散，上海成立了中國文藝家協會；在北平，北方左聯改組成立北平作家協會，王余杞被推選為執行委員。

除了與有關出版社和副刊的編輯有較多交往之外，王余杞與老舍、曹禺、洪深、王統照、趙少候、臧克家、吳伯簫、王亞平、杜宇、沈西蒙、孫席珍、齊燕銘、張致祥、宋之的、聶紺弩、葉紫、聞國新等作家都有過不同程度的交往，他尤其敬重老舍的為人和氣節。他極為崇敬魯迅先生，「熱心於學習魯迅」，也曾給魯迅先生有過通信並約稿。1938 年，上海出版的《魯迅書簡》還影印了魯迅給王余杞的信。郁達夫歷來對王余杞頗多扶掖，希望甚殷。郁達夫到北平，多由王余杞陪同。1935 年，郁達夫寫了一篇短文《送王余杞去黃山》，引用龔定庵的詩句「照人臉似秦時月，送我情如嶺上雲」以志離情別緒，可見兩人感情深篤。

對當時的文學青年，他一直真誠關切，熱情扶持。他說：「我忘記不了我受到過的如他們所受到的待遇」，儘量選登他們的作品，「發出一點微弱的呼聲」。他對天津《海風》詩社的創作活動給予指導和支持，並對青年詩人邵冠祥、曹棣華慘遭殺害表示極大的憤慨。

1937 年，天津戰事爆發，王余杞脫險南下，參加上海救亡演劇一隊，擔任演劇隊總務（另外兩位負責人是宋之的和崔嵬）。後來，應葉以群之約與劉白羽合寫了《八路軍七將領》（撰寫《朱德》《賀龍》《林彪》三篇），這是當時國統區第一部有關八路軍將領的書，出版後風行一時，後遭國民政府當局查禁。1938 年秋回故鄉自貢，擔任《新運日報》主筆，在該報副刊連載隨筆《我的故鄉》。1939 年 4 月，應邀參加由中共地下黨領導的自貢市抗敵歌詠話劇團，並擔任團長。

1940 年 3 月，因參加抗日救亡活動，王余杞在成都被捕。王余杞夫人彭光林強忍悲憤，帶着未滿七歲的大女兒，多方奔走，後託王冶秋請馮玉祥將軍具名保釋出獄。三年之後，王余杞在一篇文章中說：「文字招怨，自古而然，

所以擱筆至今，忽已三載，但我並不是自甘沉默的，倘有機會，仍將提起筆來。」在此期間陸續發表組詩《全民抗戰》；抗戰勝利後，完成了敘事長詩《八年烽火曲》的創作。

1946 年，王余杞重返天津，在天津市政府任職，「主要從事話劇活動」，並主持出版《天津文化》。1949 年 1 月，天津解放，他遵照中共黨組織的指示，保存和移交了舊政權的重要文件檔案，並毫不猶豫地鼓勵不足十六歲的長女參軍入伍。他在《送曼兒南下》中寫道：「天翻地覆史更新，眾志成城夙願伸。南下叮嚀當緊記，向人學習為人人。」以極其鮮明的政治態度，表達了革命勝利的由衷喜悅。

1950 年，王余杞任中國交通大學北京管理學院教授。1951 年調任人民鐵道出版社編審，編寫《中國鐵路史》。1957 年錯劃為右派，下放青海鐵路工段勞動。1964 年調至福建沙縣鐵路採石場勞動。政治上被剝奪一切權利，生活上受到非人待遇，他幾乎被人遺忘，卻仍然戴著他的鐵路徽章，並用好幾層紙包著他那已磨損了的工會會員證——唯一能證明他身份的寶貝。

1978 年 12 月，中共十一屆三中全會後，王余杞的右派問題得到改正，後受聘為華中理工大學兼職教授。在為國為己歡慶之餘，他痛惜失去了的歲月，一面尋找失散的書和書稿，一面以和生命賽跑的驚人的毅力著書撰文，1980 年至 1982 年他與友人聞國新先生完成了《歷代敘事詩選》（貴州人民出版社 1984 年出版）的選錄和解讀工作，並為他最後的這一本書撰寫了上萬字的序言。他發表在《新文學史料》《天津文學史料》等核心刊物和報紙上的有關回憶文章，給我們留下了研究中國現代文學的極其寶貴的資料。

1983 年，應自貢市中共黨史資料編輯委員會的邀請，王余杞老先生回到闊別四十三年的故鄉，興致勃勃地參加了自貢市抗敵歌詠話劇團紀念活動，特地撰寫了自貢抗敵文化活動的回憶錄。當年的戰友見到王余杞蒞會，不勝驚喜，紛紛共敘別後。雜文作家李石鋒更是親自陪伴他到成都，邀集中華抗敵協會在成都分會的同仁：車輻、肖蔓若、鍾紹錕（水草平）、劉石夷、劉光韋等人，為余杞先生接風餞行，孰知竟成為王余杞與故鄉四川、自貢的訣別儀式。

1989 年 11 月 12 日，王余杞先生不無遺憾地放下了他手中的筆，病逝於廣東汕頭。

如上所述，這位受人景仰左聯老戰士畢竟多年蒙塵，政治上被剝奪一切權利，生活上受到非人待遇，而淪為了「邊緣作家」。他的悲劇還在於因政治

運動造成了他二十年的「失語」和中國現代文學史對他前三十年文學創作（1927～1957）的整體「失憶」。在他生命的最後十年，曾竭盡全力找回他視為「第二生命」的文學著作，卻收效甚微，想要再版更是無人問津。他命途多舛、起落無常的人生際遇，絕非個案，令人歎惋。

直到2017年1月，王余杞的子女王平明、王若曼收集整理的190萬字的《王余杞文集》（上下卷）由河北花山文藝出版社出版，才讓王老先生的大部分文學著作得以重見天日，並給王余杞研究提供了較為厚重詳實的文本依據。透過字裏行間，立體地映現出王余杞在左翼文學陣營一次次英勇無畏的衝刺和亮相，依然能看到戰爭的烽火在華夏大地燃燒的情景，感受到血液的沸騰和灼人的溫度！

《王余杞評傳》是第一部關於王余杞生平及其創作的專著。本書追尋作家的足跡，重回歷史現場，再現這位大時代的書寫者反帝愛國、追求理想、忍辱負重、矢志不渝的生命歷程，並以大量篇幅專注於對王余杞著作的文本研討，揭示其不朽的精神價值和文學史地位。

《王余杞評傳》以時間為經，以作品為緯，分為三編，共十八章。上編，從第一代「北漂」少年，到北方左聯的「獨行俠」：具體考訂王余杞身世和成長環境，突出家道中落對王余杞人生道路和性格形成的影響，回溯與郁達夫、魯迅的師承關係，突出獨立編輯《當代文學》等文學活動對左翼文壇的貢獻。中編，從抗日救亡的鐵血先聲，到抗戰文藝的「排頭兵」：以真實的史料證實王余杞是「九一八」事變後最早以新聞、短篇和長篇小說揭露日寇侵華罪行的作家；而後南下北上，他是最早深入山西臨汾八路軍總部採寫八路軍將領的作家，是在大後方堅持開展抗日救亡運動而身陷囹圄革命作家。下編，從「鹽都文學」的開創，到永不消泯的家國情懷：具體闡明他的長篇小說《自流井》和專欄隨筆《我的故鄉》是現代鹽都文學具有開創意義的作品；《評傳》沒有迴避作家曾遭受的不公正待遇，從而凸顯永不消泯的家國情懷，和搶救曾經失憶的歷史的必要性和迫切性。

當我們回溯歷史的長河，縱觀這位歷盡坎坷，初心不改的作家的一生，完全可以清楚地看到：無論是他對於左翼文藝運動的積極參與，還是他在抗戰文藝運動中付出的辛勞，無論是他對於鹽都文學所作出的開拓性的貢獻，還是他留給後世的兩百多萬字的文學作品，都足以在中國現代文學史上留下不可磨滅的一頁！

上　編　從第一代「北漂」少年，
　　　　到北方左聯的「獨行俠」

　　王余杞是自貢鹽業世家王三畏堂的後裔；早年家道中落，慈母病逝，曾經的豪門成為傷痛的殘影。1921 年，16 歲時奉父命隨大表哥上北京，投考勵志中學。一年後自動退學，寄住馬神廟一家公寓自修，成為新文化運動後期第一代「北漂」。王余杞在北京交大學習期間接受反帝愛國思想影響，積極投身革命文藝運動，在郁達夫、魯迅等人的影響下走上文學創作道路。本編着重評介王余杞早期的文學創作，突出其社會批判的激進傾向和獨立編輯《當代文學》等文學活動對左翼文壇的傑出貢獻。

第一章　富壓全川的王三畏堂

　　聞名遐邇的千年鹽都自貢，是一座因鹽設市的國家級歷史文化名城〔註1〕。早在東漢章帝時期（公元 76 年～88 年），自貢地區就已經開始了鹽業生產。南北朝時開鑿富世鹽井（遺址在今富順縣城內），產鹽最多，獲利豐厚，周武帝天和二年（公元 567 年）因以設置「富世縣」。清同治至光緒初年，自貢被譽為「富庶甲於蜀中」的「川省精華之地」。據民國初年統計，自貢已開鑿鹽井 1.2 餘萬口，僅大墳堡扇子壩一帶，平均 60 平方米就有一口鹽井。

　　美國著名學者瑪德萊妮‧澤琳〔註2〕在她的專著《自貢商人》一書中指出：「在十九世紀末到二十世紀初的鼎盛時期，由自流井和貢井所組成的自貢構成了當時中國最大的工業中心。」從歷史事件看，因兩次川鹽濟楚，自貢鹽業步入了黃金時代，催生了以「王、李、胡、顏」和「侯、熊、羅、羅」為代表的老、新四大家族〔註3〕。他們資產雄厚，勢傾一時，是自貢鹽場經濟和

〔註1〕抗日戰爭時期，沿海淪陷，川鹽再次濟楚。為適應經濟發展和戰時軍用、民食的需要，1939 年 8 月，經四川省政府批准，國民政府決定：將隸屬富順縣的自流井和隸屬榮縣的貢井合併設市。同年 9 月 1 日，自貢市政府成立。新中國成立後，自貢列為四川省三個省轄市之一。1986 年，經國務院批准為第二批為國家級歷史文化名城。

〔註2〕瑪德萊妮‧澤琳（Madeleine Zelin）：中文名字為曾小萍，美國哥倫比亞大學歷史語言文化東亞研究所教授。曾長期深入研究中國經濟、金融和商業史。她的專著《自貢商人》（Merchant of Zigong）於 2005 年出版，此書最集中深入地研究介紹自貢井鹽的開採、鹽業的運作，以及鹽商精英的創業及鹽商世家的興衰。

〔註3〕自貢近代鹽商，王三畏堂、李四友堂、胡慎怡堂、顏桂馨堂合稱為老「四大家族」，侯澤民、熊佐周、羅筱元、羅華垓合稱為新「四大家族」。

地方事務的實際操縱者。「河東王河西李,你不姓王不姓李,老子不怕你!」這是自貢鹽場曾經廣為流傳的民謠。「河東王」說的就是位居老四大家族之首以王朗雲為代表的鹽業世家——「王三畏堂」。

王余杞在長篇小說《自流井》和散文《家》《三畏堂》《官運局事件》《樹人學堂》等著作中多次講述自己的家世。他的目的,並非炫耀出身的富有顯赫,相反,身為左翼進步作家的王余杞,與魯迅、巴金等極為相似,他們都把自己的家族作為批判乃至詛咒的對象。但是,為了探究作家性格氣質、觀念信仰的形成,完全有必要對他的出身和生長環境做一個簡要而明晰的梳理,特別是,因其家族之龐大複雜,興衰之顯隱曲折,這種必要的背景介紹,有助於我們正確解讀被歷史塵封多年的作品和作家矢志奮鬥而起落跌宕的一生。

據有關史料記載,王三畏堂的中興之主王朗雲,名照,複姓王余〔註4〕,別號朗雲,生於清嘉慶八年(1813年),卒於光緒十年(1884年)。其先祖從湖北孝感遷居富順縣板倉壩(今自貢市高新區板倉社區),以鑿井煮鹽為業,逐漸躍升為「富甲郡邑」的鹽業世家(見朗雲墓誌銘)。至朗雲父輩,家運頹危,瀕臨破產。王朗雲果決倡議三房分產分居,並全權負責經營管理提留的宗祠田地、山場及廢舊鹽井。道光18年(1838年)與陝西商人訂立「出山約」,引進陝西商人在其地基上開鑿新井,而後按契約規定的年限將鹽井與廠房、設備全部收回,並在此基礎上擴展井、梘、灶、號經營,很快成為「富甲全川」的豪富。王三畏堂的極盛時期,擁有鹵井、天然氣井40餘口,天然氣鹽鍋700餘口,開設鹽號遠及重慶、宜昌、漢口、沙市、洋溪等地,田土農莊遍於富順、威遠、榮縣、宜賓數縣,年收租穀達17000餘石,為了保護和攫取更大利益,王朗雲捐官進爵,不惜重金,初捐候補道臺,繼之加按察使銜,賞二品頂戴及三代一品封典,成為顯赫一時的「王四大人」。

某些研究者,將王朗雲誤作王余杞祖父,有的則語焉不詳。實際上王余杞是王朗雲的第三代侄孫,也就是說,王朗雲是王余杞的同族高曾祖父。既然僅僅是嫡堂關係,那麼,有必要在本書的第一章重點介紹王朗雲的事蹟嗎?答案是肯定的。王朗雲是近代四川極富傳奇色彩的「紅頂商人」,他派人砸水

〔註4〕王余複姓來歷:據王群華《王三畏堂與李陶淑堂家族史》,王朗雲曾祖父王秉剛在其父去世後,其母改嫁到余家,繼父死後,秉剛由余姓還宗,故複姓王余。

釐局（縣衙重複收稅，既收成品鹽稅，還徵收鹵水稅），他領頭反對鹽業官運（挑戰四川總督丁寶楨），驚心動魄，為人稱道。王朗雲的這些英雄壯舉是否會對王余杞產生潛移默化的影響，我們不得而知。但是，大凡研究自貢近代鹽業史的學者都有一個共識，只有抓住王朗雲這個「綱」，才能釐清王三畏堂整個垂絲系統。

王三畏堂的始祖王余玉川，敬稱為玉川公。嘉慶十二年（1807 年），他的三個兒子在自流井重灘附近的河底壩創建王三畏堂。祠堂名為大安寨「桂花灣宅院書館」山長盧靜齋所取，參照孔子「君子有三畏，畏天命，畏大人，畏聖人言」，重新定義為：「敬畏天地，敬畏朝廷，敬畏聖人之言」。王朗雲出任家族總理期間，三畏堂已成為集土地、鑿井、製鹽、運輸、商業、金融為一體的龐大企業集團，僅鹽產總額即占全鹽場的百分之十二以上。

咸豐元年（1851 年）至同治二年（1862 年），王朗雲為紀念其祖父王余玉川，在祖遺基地板倉壩（今自貢市高新區板倉社區）修建玉川公祠。其後，王朗雲的繼任者王惠堂，又修建了承德堂。整體建築包括玉川公祠和承德堂兩座院落，佔地面積約 17000 平方米，共有大小房屋 300 餘間，天井 48 個。新中國成立後，玉川公祠建築群住進了兩個村組（生產隊）的農戶，開辦了一所小學（板倉小學），還建了一個糧倉，可見其規模之大。玉川公祠帶有清代祠堂建築和鹽商府邸的典型特徵，2012 年 7 月公布為四川省文物保護單位。

王三畏堂有兩件事是必須提到的，一是玉川公祠長聯，二是私立樹人學堂。

王余杞在長篇小說《自流井》中曾引用的玉川公祠長聯，標榜這個封建家族昔日的顯赫功名，旌揚其書香門第的道德文章，並為這個封建家族的衰敗打下了伏筆。全文如下：

> 襲青緗世澤，為學豈在驚詞章？溯前麻，詩播旂亭，賦垂魯殿，文徵登篆，策獻太平，頌上賢臣，序登高閣；煌煌巨製，要皆本經術得來。善學者，欲承四傑芳徽，須知書重山陰，畫摹輞水，琴鳴洲渚，棋爛斧柯；俱不過藝林餘事。勿但效，鶴氅威儀，麟脯咀嚼，蠡談豪放，麈柄清狂；便詡烏衣賢弟子！
>
> 具玉樹英姿，立志當戒圖溫飽！想先達，將授西征，相推江左，功震吳船，名傾蔡展，道傳枌里，德化良鄉；炳炳奇猷，孰非從倫

常傲起？有志人，思纘三公令緒，務使忠堪叱馭，義慶彈冠，孝感躍魚，友全去鳩；方可稱邁種佳兒！莫教墜，龜齡品望，鳧烏仙風；鳳尾聲華，龍場氣節；好綿丹誥答宗親！

這幅對聯共220字，比昆明大觀樓長聯多40字。上聯旌揚王氏先賢文采風流，策論巨製，告誡子孫力戒驕奢輕狂，下聯稱頌王氏先祖文治武功，道德倫常，勉勵子孫修為品望氣節。用典精到，無不彰顯先輩殊勳，言辭懇切，寄望後人光耀門楣。長聯不知何人所撰，一百年多以來，尚未有人能完全破解其長聯所用典故。1934年3月26日，王余杞在《家》一文中，同樣全文引用這幅長聯，然後寫道：

> 上聯「頌上賢臣」與「烏衣賢子弟」句兩用「賢」字，而下聯則否，這就那一輩人方面來說，殊不能謂沒有遺憾也。

> 再過些時，這副長聯也該給別人用作劈柴燒了吧，我想。

好一個「用作劈柴燒了吧」！世易時移，如今長聯果真蕩然無存。而在當時，面對豪門望族的衰敗和長聯所標榜的顯赫與榮耀，形成巨大的心理落差，讀者可以感受到作家作為王三畏堂子弟強烈的悲憤與無奈。

王朗雲重視教育，大興義學。光緒三年（1887年）《玉川公祠·井田碑》〔註5〕中銘文規定：「設立義學，本支子孫均可入塾肄業，或疏遠而有志讀書者亦許在塾肄業。」至光緒二十七年（1901年），清廷廢科舉、辦新學，王三畏堂旋即在玉川祠正式開辦「富順王氏私立樹人學堂」，兼收外姓學生，這是自貢地區的第一所新學堂。先後聘請了四川文化名人謝持、吳季玉、伍孟勉等人任教。三畏堂的子弟王作甘、王禹平、王滌懷等十餘人先後留學日本，回鄉後仿照日本教育方式辦學，並於1908年正式成立「私立樹人中學」，有中外教員18人，聘請日本人崗本常次郎任理化教員，鷹野該吉任自然和日語教員，山根花子（女）任音樂教員，還提出以德、智、體三育並重為教育宗旨。這是自貢地區最早聘任的外籍教師的學校，自此開啟了外國人在自貢任教的歷史。老同盟會員、《資本論》最早翻譯者范熙壬先生曾在《富順王氏私

〔註5〕《玉川公祠·井田碑》：1877年，玉川公祠立井田碑，制定族規，「以綿禋祀」，並申奏清廷備案，明確規定：「設立義學，本支子孫均可入塾肄業，或疏遠而有志讀書者亦許在塾肄業。本支子孫，生監應鄉試者，助場費銀二十兩，童試縣、府、院每場助卷費錢二串，入泮者助銀一百兩，補廩者助銀二十兩，鄉試中試者助北上銀四百兩，拔貢者與中試同，會試中試及欽點翰林官京師者每年助銀四百兩，已外任者不給……」足見對教育之重視。

立樹人學堂章程序》〔註6〕中，極贊樹人學堂：「吾視中國，閭閻里里，聞風
興起，盡如富順王，百學為之昌。」

　　從玉川公祠樹人學堂中，走出了辛亥革命重慶獨立蜀軍政府副都督、北
伐反袁川軍總司令夏之時，民國政府上海招商局總辦、密謀討蔣而被暗殺的
趙鐵橋，自貢首任市長、化工專家曹任遠，軍工專家王道周，中科院士核導
彈專家王方定，還有就是本書的主人公左聯作家王余杞等在各自領域出類拔
萃的人物。

　　王余杞對樹人學堂，懷有深厚的感情，他在《樹人學堂》中留下了關於
樹人學堂最真實、最生動、最珍貴的文字：

　　　　樹人學堂為本地王三畏堂所創辦，最初還是私塾，後因王家子
　　弟大批赴日留學，歸來便主持改革，成為當時川南第一所新式教育
　　機關。一切學制都遵照清代學部的規定，一切設施，則完全模仿東
　　洋日本：講堂的布置，風雨操場的建築，澡堂的開闢，宿舍的設施，
　　均饒有東洋風；以至圖書儀器，運動器械，也大半係由東洋購來。
　　並且還聘來了三位日本教師。初時以中學為主，附設高初兩等和女
　　子學堂。當時風氣未開，學校甚少，這樹人學校一辦起來便名震川
　　南，臨近各縣青年都來就學，學校雖為王氏私立，並不拒絕外人，
　　在其盛時，學生人數亦達千餘，聚處於一所堂皇幽靜的校舍！

王余杞在文終寫道：

　　　　樹人學堂前後歷史達五十年，教育人才，每有成就。

　　　　樹人學堂因王三畏堂而興，也隨王三畏堂的衰落而停辦，正式
　　停辦於民國十一年。舊時校址，一片荒煙蔓草而已。

　　由此推算，舊學時代的樹人學堂應創建於 1870 年左右，與王群華編著的
「王三畏堂家族史」基本一致。

〔註6〕范熙壬《富順王氏私立樹人學堂章程序》：載《新譯界》雜誌，1906 年 11 月
　　　16 日。

第二章 家道中衰的豪門子弟

逐水而居，是歷代先民的生存法則。自流井王三畏堂的先祖，由湖北麻城孝感鄉遷來四川，又輾轉雲南，最後定居於自流井重灘、板倉一帶，無不依傍穿城而過的釜溪河。前文已經提到，嘉慶十二年（1807年），玉川公的三個兒子在自流井重灘附近的河底壩創建王三畏堂。據王余杞《故鄉的殘影——獻於先母之靈》等文考證，王余杞的出生地應是自流井重灘附近河底壩的「王家祠堂」。

釜溪河原名鹽井河，是自流井人的母親河。它的起點在自流井北端的鳳凰壩，威遠河與旭水河交匯於此，猶如一條巨龍浩浩向南。河水行經數里，被觀音山擋住去路，形成巨大的沱灣，名曰張家沱——傳說中的自流井就在沱灣谷底。河水改向東進，沖開石夾口，在龍首山麓減緩了氣勢，掉頭南下。一路沖關奪隘，過重灘、仙灘、沿灘、過鄧井關而匯入沱江。

河底壩在重灘與仙灘之間，位於釜溪河西側，河水三面環繞，猶如英文字母大寫的「M」。這裡河道蜿曲，支流交匯，實為豐饒富庶之地。經過若干代人的興建，王三畏堂在這裡不只是一個單一的院落，而是一個分散的建築群，曾有過上百年的興旺，現已拆毀不存。據本地文史學者鍾永新、陳述琪等多次實地考察和當地居民講述，「王家祠堂」有正門和東門、西門，還有戲臺，可見規模之宏大。正門石坊對聯雖已損壞，仍能窺見當年的聲威與豪華：上聯是「綠野闢新居看池繞春雲□□□□」，下聯是「烏衣承舊第喜門臨秋水窗列晴皋」。橫額還能辨析出「輞川別墅」四字。對聯自詡為東晉名臣王導之後，橫額概與唐代大詩人王維「輞川別墅」等量齊觀，可見絕非等閒世族。

1905年3月9日（光緒三十一年農曆乙巳年二月初三）王余杞降生於自

流井鹽業世家王三畏堂二房第三子王滌懷家，出生地就在自流井重灘附近河底壩的「王家祠堂」。王滌懷早年留學日本，同盟會員，曾參加四川保路運動，主張教育救國，後躋身杏林從事中醫，併兼顧自貢第一所私立新學堂——樹人學堂的教育工作。母親李氏，是本邑大戶人家的女兒。王余杞為長子，其下有三個弟弟、一個妹妹。他還有一個小妹妹，是繼母何蜀垣所生。

1905 年，是庚子國難（1900 年）後的第五年，庚子賠款總額為白銀 45000 萬兩，分三十九年還清，本息共計 98223 萬餘兩。至 1905 年，清政府的赤字已達 3300 萬兩。飢餓、貧困、戰爭、天災，給民眾帶來無盡的災難，瘧疾、天花、鼠疫、肺結核等疾病奪去千百萬人的生命。

1905 年，也是清朝實行「清末新政」的最後一年，「新政」並未能終止清廷行將就木的厄運。同年 8 月 20 日，中國第一個資產階級政黨——同盟會在日本東京成立，敲響了華夏歷史上最後一個封建王朝的喪鐘。王余杞出生的年代，正是黑暗腐朽的滿清王朝土崩瓦解，舊民主主義革命風起雲湧的新舊交替的時代，那麼，王三畏堂這個百年望族又會遭逢怎樣的境遇呢？

王朗雲晚年著意培養三個接班人，每房一人：長房王達之（朗雲堂侄）、二房王惠堂（朗雲堂侄）、麼房王星垣（朗雲之孫）。朗雲死後，族眾推舉二房王惠堂總理公堂事務。因修建承德堂虧挪祠堂公款 10 餘萬元，極受族人詬病，形成三房割據、家族企業癱瘓的局面。加之王星垣窮奢極欲，造成巨額虧損，借債達 60～70 萬兩。以至發生重慶、沙市債團起訴王三畏堂，扣押王三畏堂前往交涉的人員作人質的嚴重事件。這真是應了「富不過三代」的魔咒。

光緒二十三年（1897 年）四川鹽務官運局華某會同富順知縣陳某，加委王達之為總經理。按照我們現代企業管理的概念，私有企業的法人代表的產生，純屬企業內部的人事安排，也就是說，尤其是家族企業的管理，純粹是家族內部的事務。而王三畏堂的家族企業，竟然由主管機關和當地政府出面干預，說明這個家族影響之大；再進一步探究，這個家族的內部矛盾和爭鬥，已經達到不能自己解決的地步。王達之執掌王三畏堂，消除三房分裂割據的局面，實行統一的經營管理，每天親臨井灶生產現場處理生產經銷和官方公事。王達之接任負債累累的祖業十三年間，每年獲利生銀數萬兩至 20 餘萬兩，被稱之為「中興賢君，守成令主」。然而，王達之畢其一生，外債終未還清。再加上「丘二」（中高層管理者）徇私舞弊，各房利益爭鬥，族人無利可

分，尤其是生齒日繁人口眾多的二房子孫，「困窘不能自給」〔註1〕。作為豪門子弟的王余杞便在這種窘境中呱呱墜地。

1939年11月29日發表於自貢《新運日報》的散文《故鄉的殘影——獻於先母之靈》是王余杞椎心泣血的長達5000餘字的悼文，從中足以真實地了解到王余杞早年生活的情況。作者寫道：

> 我離開故鄉已經將近十年了。在這十年中，因為人事的匆忙，因為時光的侵蝕，深深嵌在我內心的故鄉的憧影，漸漸稀薄，漸漸模糊，幾乎沒留下些印象了。然而，唯其因為印象的稀薄與模糊，對於故鄉，更常懷著眷戀的意念。有時淒風苦雨，獨坐無聊，聽著窗前淅瀝的雨聲倍增了滿懷惆悵。瞧著燈前自己孤獨的樣子，眼裏便會浮出淚珠忍耐不住。把頭垂在胸前，雙手緊緊抱著，數著心尖的跳動，追緬於過去的餘影——這樣眷愛而模糊的故鄉，便淡淡地浮在心上了。……

> 然而即此已經使我滿足了。在記憶裏雖找不出具體的模型，而點點斑斑的故鄉的餘影，依然在我內心永在。正好趁著童心來復的一刹那間，安慰著心靈的枯寂。那時，我忘卻了此時的境地，忘卻了此刻的時光，忘卻了自己，忘卻了世界……還以為自己正是垂髻的當年，牽著母親的衣角，形影不離；或者伴著黯淡的油燈，倚在母親懷裏，扳著母親的雙肩，殷殷請問於自己所想知道的事物呢。母親的臉色，常是那麼慈祥，語音充溢著愛意，眼裏充溢著愛光，愛的力量傳進我的心頭，我心裏便滿浮快適，如春日的雲影，夏日的和風，癢癢如酒般的說不出來。有時倦了，便在母親懷裏悄悄睡去，臉上還閃出一絲笑容……我想著，想著，兩手不由自主地張開，彷彿正待母親前來擁抱，口角閃著笑意，忘卻了眼裏先前的淚光。直到猛然瞧見壁間自己瘦長的影子，才憬悟了內心的幻想，悲哀爬進心頭，又浮漲著惘惘的情意……

1908年春季，王余杞的父親王滌懷還在中學讀書，受新思潮的影響，便約幾個同族弟兄，負笈東渡，到日本留學。那年正值外婆新逝，母親和幼年的余杞都留在外婆家里居喪。父親在臨行之前一天，才來向母親告別。余杞

〔註1〕見王群華《王三畏堂與李陶淑堂家族史》第四章「達之重振三畏堂」。

還不足三歲，瞧着滿身孝服，面帶愁雲的母親，幼小稚嫩的心靈也感到絲絲痛楚，連忙躲在母親身後，不敢抬起頭來。不知道父親和母親說了些什麼，母親獨自背轉身來，抱余杞進屋，還沒走到外祖母的靈堂，便抽噎着哭泣起來了。

自從父親走後，王余杞更成了家中唯一的「王子」。雖然二房中還有好些年長的姐姐、哥哥，但都在學校念書，非到星期天是不輕易回家的。祖父年老，得了足疾，不便行走，常常需要人陪着打發時間。小小的余杞聰穎過人，成天在祖父跟前，討他老人家喜歡。祖父憐惜兒媳的孤苦，更把余杞看成寶貝一般，誇這個長孫「將來可不得了啦」。他每天吃的珍貴補品，只有余杞才有分享的資格。祖父還親自教余杞讀書，沒過多久，便隨口會唱「天子重英豪，文章教爾曹。萬般皆下品，唯有讀書高」之類的歌訣句了。

缺乏父愛、隔代溺愛，把這個豪門大少爺慣出了一種「怪病」：身體漸漸消瘦，更沒一點精神，活潑潑的寶貝話也不多說了。靠牆站著，便會把壁上的石灰剝下來放進嘴裏咀嚼；吃落花生，全吃了外面的硬殼；吃飯也盡把碗裏沒有去皮的稻穀嚼碎囫圇吞了。家裏的人都嚇壞了，不惜金錢，請來名醫，燒香免災，病勢依然如故。母親日夜守護在床前，對著桌上熒熒如豆的孤燈，撫摸著她身邊氣如游絲的愛子，幽幽啜泣。也許是菩薩有靈，在家裏的人向各處廟里許下很多重願之後，余杞的病竟在並不著名的醫生手中給診治好了。母親像還魂似地擦乾了眼淚；祖父恭恭敬敬地向天地祖宗三跪九叩，以表謝意。

病好之後，余杞更受家人的百般呵護，愈加驕縱，不把家裏的任何人放在眼裏，稍不合心，便放聲大哭。哭鬧的結果往往是他人受過。以至於有一次母親也被祖父叫去責罵，被罰跪下，小余杞方知是自己惹的禍，哭着陪母親罰跪……

即使是出身豪門，也會有三災八難、五勞七傷。王余杞幼時還經歷過一次劫難。有一年夏夜，仙灘河底壩王三畏堂祖宅竟然遭到土匪洗劫。三畏堂大院雖有高牆壁壘，四面都是自家的佃戶，鄉下的團防還派有專人巡查，在這重重保護中，竟有土匪乘虛而入，小余杞伏在母親懷中，隱身在花廳的大圓桌下躲過一劫。

王滌懷從日本留學三年之後歸來，為躲避土匪騷擾，舉家遷往離老家 10 餘里大安寨。大安寨位於大安龍首山〔註2〕，為王朗雲等自貢巨商於 1853 年

〔註2〕據王群華《王三畏堂與李李陶淑堂家族史》第二章「朗雲營建大安寨堡」。

至 1859 年所建。咸豐十年（1860 年），李永和、藍大順響應太平天國起義，譴將周紹興兩次圍攻自貢地主、鹽商聚集的大安寨。王朗雲募軍死守，使義軍遭受重大損失，因而大得清廷封賞。按王余杞生平年表推算，他們家由仙灘河底壪大院遷往大安寨，應在 1911 年四川保路風潮至辛亥反正期間。若干年後，他在憶文中寫道：「現在搬到這所比從先少了三分之二的房子，真不舒服呢。而且，這房子的構造，簡單得多，沒有花園，沒有水池，沒有森林和茂樹，打開門來也瞧不見一座青山或半汪綠水。剛搬到時，大家都不住長籲短歎，垂首無言。」

1912 年，王余杞七歲了。家裏送他到自家的王氏私立樹人中學校的小學部去讀書。那時上學都由家裏的傭工護送，「雙腿跨在來人的雙肩上，一直讓他肩着到校」。暫時離別了母親，小余杞每到夜間，便蒙著被頭，獨自哭泣。每逢星期六，上午十二點下了課，「家裏便派人來接我。那才真高興呢」。母親早早佇立在樓廊外，期待她的愛兒歸來。大凡星期天下午，起身迴學校，除包了一大包糖果點心之外，母親還要給他一百銅錢，作一週的零用。每次離家，都要躲在門後暗哭一會兒。

那時，國內戰禍不斷，自流井這個「銀窩窩」當然是各路軍閥的首選之地。滇軍頻頻入川，向本地政府和富商索要「軍費」，更是匪夷所思。民國六年（1917 年）滇軍敗走前，搶劫銀行、鹽務稽核所，甚至焚燒自流井正街。川軍先頭部隊第三師第十團團長張鵬舞率隊跟蹤追來，以戰勝軍的姿態進駐自流井，以「通敵（滇軍）」的罪名，悍然拘捕王三畏堂二房掌門人王作甘，以生銀 10 萬兩交保釋放。這些趁火打劫，敲詐鹽商的雜牌軍，「人比槍多，槍不如子彈多」，衣衫襤褸，甚至披着蓑衣，但為害之烈，駭人聽聞。早年的這些亂象慘劇，深深地刻印在少年余杞的記憶之中，而後寫進了他的長篇小說《自流井》。

此時家道中落，家族內部鬥爭勢如水火，重慶、沙市債權團（債權股東）與家族中營私舞弊勢力內外煎逼，推倒掌權僅五年的掌門人王作甘。這是王三畏堂玉川公祠被稱之為「城下之盟」的恥辱記錄。王作甘於民國八年（1919年）被迫下臺，繼任總理的則是與渝、沙債權團暗中勾結、相互利用的么房掌門人王如東。此時，王三畏堂的各房利益的內鬥已發展為公開火并、不可調和的地步。余杞的父親王滌懷從日本留學歸來後，目睹家族企業的衰頹，當權者的徇私舞弊，以及渝、沙債權團的步步緊逼，要求「清理家產，公布帳

目」，提議「償清債務，早日分家」。然而，偌大家族、百年祠堂「清帳」、「分家」談何容易。正如法院的人常說「要沒有三畏堂，我們早該餓死了」。王潫懷捲入爭鬥的漩渦，成為首當其衝的「改革派」。資料記載，王潫懷性急如雷，人稱「三張飛」，當面辱罵王如東。渝、沙債權團竟派人賄通富順縣知事彭宮武，以「毆辱尊長（王如東）」的罪名緝拿歸案——縣官直接干預本地世族內部事務，已是咄咄怪事，並由第三方賄通縣官，可見手段之陰險——掌門人王如東佯裝不知。王潫懷跳窗而逃，跌斷腿骨，仍被鎖往縣衙拘禁。〔註3〕

王余杞在文中寫道：「當時父親終日少在家裏，而性情又變得非常急躁，動輒開口罵人。為了這樣，母親一面要替他的事提着心，一面又要承受他的怒罵，心裏憂怨，孱弱的身體更從此多病了。」（王余杞《故鄉的殘影——獻於先母之靈》）如今夫君被拘押，既要治傷，又要贖人，這位賢良的妻子、終日哭啼的女人，只能挺身而出，向族人和後家乞哀告憐，求醫救夫，積攢贖金，以孱弱之軀扛起生命難以承受的重負。

不幸的事情終於發生了。這就是豪門的悲哀——在家族的糾紛還未解決時，母親已和她的愛兒別了。王余杞痛心疾首地回憶道：

> 在她三十四歲的那年，我正在學校上課，忽然家裏派人接我，回家才知道母親病了。我跨進門，一股刺鼻的藥味便從屋裏傳來，臉色蒼白的母親，側身躺在床上。看見我進來了，兩眼凝著淚光，向我呆視，我挨近叫了一聲「娘」，熱淚便忍不住在眼裏翻滾。坐在她側邊，說了許多關於學校裏的事，這樣又才安靜了一些，大家都覺得放心了。不想第二天早起，病狀忽然大變，神經昏亂，滿口譫語，吃下藥去，一會兒便吐了出來。一連幾天，眼光漸漸黯淡，後來連人也認不清楚了呢。一天早上，就在這樣模糊的狀態中，便永遠，永遠和她的愛兒長別了！
>
> 孤兒的悲哀深深打進我的心頭，覺得在此茫茫宇宙間，再也找不出一個更可依靠的人了……

至此，我們對王余杞的生長環境有了一個全面而清晰的認知。他出身於一個聲名顯赫、資本雄厚的鹽業世家，從小有過豪門子弟的嬌寵任性，有過短暫快樂幸福的時光，那都是慈愛的母親的賜予；父親空有重振家業的雄心，

〔註3〕據王群華《王三畏堂與李李陶淑堂家族史》第五章「內外夾攻王作甘被迫下臺」，王余杞《自流井》一書中亦有記述。

但急躁魯莽，頹廢大半生。王余杞與魯迅、巴金等大師有着類似的生長環境，因而對自己的家族有着特別清醒的認識！

王余杞在長篇小說《自流井‧序言》中寫道：「我的家本是一個封建的組合，而在資本觀念逐漸加強的今日，所謂道義——那便是封建思想裏面的精英，委實已不能維繫人心，只知有己，不知有家，家的形式已沒法顧全；加之習於安逸，不懂得生活的艱難；缺乏知識，睜開眼不曉得世界有多大；不但不能和人競爭，而且不能自謀保守；所以一經打擊，便立刻崩潰而不可收拾，自是理有固然！」而他早年目睹耳聞的就是這樣一班「族人」：

> 在我第一次離開家以前，關於祖先們的「光榮」往事，傳到自己的耳殼裏已經變成了不可憑依的神話。然而人們還是在熱心地傳說着。一個叔叔用金子來打一套鴉片煙具，人們便說他的一切家具都是金子鑄的；一個叔祖死了，叔祖母搬出幾箱皮貨、金玉、煙土燒給他，也被人們欣羨了一年之久。家是個大家庭，青年子弟慣在當地胡行霸道。至於養兩三條狗，四五匹馬，十來個轎夫，一兩個跟班，或者只躺在家裏燒點鴉片煙的，真就不能不稱他一聲「佳子弟」了。

與三畏堂一般紈絝子弟相比，王余杞目睹家族崩潰敗落，父親企圖抗爭而入囹圄，這時，他小小年紀，已經預感將有無妄之災降臨。待到他一生捨割不開的母親辭世，小余杞忽地長大了許多，他已經不是那個「愛看川劇，愛聽聖諭廣訓故事」的小男孩，早年的困頓和苦難更增添了他自強不息的果敢與勇毅。說他「博學強記，有極強的求知欲，十三、四歲就已將《三國》《列國》《水滸》《紅樓夢》《聊齋》等名著爛熟於心」（王華曼《懷念父親王余杞》），仍不足以言明他的天資與勤奮。他但如果與族中的「佳子弟」一樣的驕矜與守成，就沒有必要來談論王余杞此後的叛逆與奮鬥了。

有鑑於此，還得深究王余杞早年在故鄉就學的情況。他七歲入王氏家族的樹人學堂，十六歲小學畢業，因家庭變故和學校的原因，斷斷續續用了九年的時間，其中有三年輟學在家。首先，樹人學堂是兼有小學、初中的具有完備新學體制的學校，不僅有三名外籍教師，還聘請了四川文化名人謝持、吳季玉、伍孟勉等人任教。三畏堂的子弟王作甘、王禹平、王滌懷等十餘人都先後留學日本，王作甘等曾任校長，王余杞的父親王滌懷還兼管教務。而且，這批教職員，多為老同盟會會員——作家李銳的長篇小說《銀城故事》

即以樹人學堂為背景，講述辛亥革命時期川南地區革命先驅的活動——強大的中西兼修的師資陣容、民主共和的思想觀念，對其學生的啟蒙和影響是自不待言的。再加上王余杞有這麼一個兼管教務、主張「教育救國」的嚴苛的父親，他輟學在家的三年，絕對沒有閒着，他的英語啟蒙，對數理的偏好，深厚的國學功底，都來自於父親的「耳提面命」，嚴格要求，也養成了他的自修習慣與能力。至於他的廣泛閱讀，則奠定了他日後對小說的濃厚興趣。

多年以後，王余杞在《我的責任》一文中回憶說：「我家自從抵佃而後，一般都窮了。富者坐擁多金，那不說了，可憐貧的，實在陷入日食難度的苦境。我要救家，不是想發大財，而是為了要維持一家人的生活，老的得以休養，壯的找條出路，少的去受教育。」應當說，這是少年余杞立定的志向，如果照此走下去，頂多就是一個「成功的王滌懷」。如果不是父親王滌懷因樹人學堂停辦，作出讓王余杞北上求學的決定，「中國鐵路史」定會少了一個最早的撰著者，中國現代文學則會少了一個重要作家。

第三章　五四後期的「北漂」少年

　　魯迅在《〈吶喊〉自序》中寫道:「有誰從小康人家而墜入困頓的麼,我以為在這路途中,大概可以看見世人的真面目。」王余杞早年的人生感受與魯迅極為相似。多年以後,他在《三畏堂》一文中寫道:「朝清末年,三畏堂就開始煊赫起來,有王四大人,有樹人學堂,川南一帶,聲名大振。民國初年,形成極盛時代,地方事都由三畏堂執牛耳,鹽號開到宜昌、沙市。民十(1921 年)以後,乃漸衰落,而油綢轎子還有百多頂,完了,抵佃了,人家理也不理了。年輕一輩的出門去,人家知道了是三畏堂出來的便別有戒心,另眼看待。這人如其機靈呢,別人就會說了:『三畏堂的嘛,壞得很!』這人如其忠厚呢,別人又會說了:『三畏堂的嘛,瘟豬,該捱!』」

　　1921 年 7 月,王余杞小學畢業。此時,重慶和江津的鹽務商業資本壟斷外銷市場,壓倒自流井本地鹽業生產和運銷,王三畏堂跌落到土崩瓦解的邊沿,王氏樹人學校終因財力無法支撐被迫停辦。王余杞面臨失學的境地。父親王滌懷愁腸百結,把最後一線希望寄託於在北京的一家親戚。同年秋季,王余杞奉父命隨李萌大表哥上北京讀書。臨行前,父親憂心忡忡,對余杞說:「王氏先祖一貫提倡家族子弟的教育;而今眼見三畏堂逐漸中落,你也不可能像我和你叔叔伯伯東洋留學。好在你遠房李表叔做過京官,雖說現已賦閒,但『打爛的大船有三籬釘』,已託付你萌大表哥路上好好照顧你。」父親還說了好多「重振家業,光耀門庭」之類的話,無非是自我安慰罷了。

　　正是秋風蕭瑟的日子,十六歲的少年余杞第一次離家遠行。還沒有出川,

在重慶就遇到抵制日貨、也連帶抵制日本輪船〔註1〕的風潮。那些搖旗吶喊、佔領碼頭的都是比余杞大不了多少的青年學生。這讓他既懊惱，又新奇。在重慶滯留數天後，終於乘上了川江輪船公司由重慶駛往宜昌的小客輪。

客輪順流而下，江風浩浩，峽江群峰聳峙，遮天蔽日。余杞感到從未體驗過的眩暈和震撼。然而「一出夔門天地寬」，給他敞開的是不同於半封閉狀態的四川的更為廣闊的天地，這裡面當然還有他逐漸感受到的新文化思潮和共產學說的傳播所產生的巨大能量。王余杞後來在自傳體小說《自流井》中以主人公幼宜的話說：「一腳跨出夔門，眼界大開，胸懷廓大。大革命的震天聲勢使他興奮。」

從宜昌上岸，表兄弟倆乘馬車到了漢口，果真是眼界大開。王余杞第一次見到了鐵路和火車。那時，漢口已成為鐵路客貨運轉樞紐，南來北往的列車在這裡交匯，一派繁忙景象。那紅白相間的車輪、巨大的鍋爐、高高的煙囪吞煙吐霧；汽笛長鳴，列車猶如長龍在鐵軌上一路飛馳。擁擠在三等車廂裏，偶而看見窗外飛速向後退去的景物，讓他有一種不知身在何處的感覺。從前多次聽父親講四川保路運動，對鐵路仍是不甚了了。現在終於明白了鐵路在現代社會中的神奇般的作用，而這是過去作為王家大少爺從未體驗過的。他由此知道近代中國鐵路交通的奠基人張之洞力排眾議，着手領導盧漢鐵路（即京漢鐵路）修築的豐功偉業，內心崇敬不已。幾年之後，王余杞選擇了攻讀鐵道專業，是否與這一次的經歷和感受有關，我們不得而知。但可以肯定地說，父親寄望的北上求學「光耀門庭」，已經顯得太過狹隘和侷限了。〔註2〕

一路乘船換車，穿過半個中國，10月底到達北京。從此，這座千年古都便成為了王余杞人生最重要的驛站。神秘的紫禁城宮殿、巍峨的前門城樓、險峻雄偉的長城，還有雅致的四合院、曲折的胡同、北海那圓圓的尖頂高塔、西單牌樓光怪陸離的夜市，所有這些，都着實讓他興奮驚歎不已；並逐漸浸淫在他後來的作品中。

王余杞在《自傳》中寫道：「1922年寒假後，由於表哥的兒子上的是勵志

〔註1〕史載日本於1895年強迫清政府簽訂了《中日馬關條約》，規定日本輪船可「從湖北省宜昌溯長江以至四川重慶府。」
〔註2〕王平明、王若曼《王余杞生平和文學創作活動》：「王余杞奉父命隨一個表哥上北京讀書，首次出川，明白了說什麼『光耀門庭』，這裡還有一個愛國教育的大問題。」

中學，我也就投考該校的插班，上了一年級第二學期。該校是段祺瑞系統的軍閥辦的，帶軍事性質。讀了一年，我感到拘束，自動退學，住到馬神廟一家公寓裏自修。」

當年的北京勵志中學，現在已無從稽考。但我們對「該校是段祺瑞系統的軍閥辦的，帶軍事性質」這一回憶，便可找到余杞退學的線索。段祺瑞雖然受過德國軍事技術教育，但是其軍事文化教育思想仍是中國傳統封建禮法、「忠國衛民」思想文化的延續。他對軍士思想教育約有十條要求，包括「勵忠義、敬官長、守營規、勤操練、奮果敢、衛良民、懷國恥、惜軍械、崇篤實、知羞惡」。具體是日常操練，背誦《勸兵歌》《行軍歌》等軍士日課〔註3〕。這在王余杞的第一部長篇小說《急湍》中有非常出色的描寫：

　　「嗒——噠——嘀——嗲——嗲——嘀——噠——嗒——」

　　這樣的號聲便散佈到全城。

　　像蜂子朝王似的，滿操場的灰色人影，便在這破曉溟濛的空氣中蠕動著。

　　「報——數！」

　　「一，二，三，四，五，六……」

休說作為公子哥兒出身的余杞接受不了這樣單調的半軍事化生活，何況這時新文化運動的餘波仍強烈地衝擊着舊營壘的堤垸。

輟學後的王余杞沒有回到表哥家，而是住到了位於北京城郊的馬神廟旁的一家公寓。馬神廟位於居庸關關城南側西山麓，建於明弘治十七年（1504年）；清乾隆五十七年重修，後遭毀壞。那裡的居住條件，在他最初的小說《惜分飛》中有較為「真實」的呈現：

　　我絕沒想到我會跑到這裡來，我也絕沒想到我能夠跑到這裡來；這地方真偏僻極了，三面高山，前臨大江，在一個小小鎮市中，也有一百多家破房子。我住的正是街盡頭的一家，而我這間屋子也是最破之中的一間。四面的板壁已經裂口。房頂上的瓦也傾斜得像快要掉下來。屋裏的家具，除一架破床之外還有一張矮凳子。……地下潮濕極了，稍稍站久，兩腳便由冷而感到麻木，何況這破屋的四方還處處可以讓風吹進來！

〔註3〕轉引自董堯《北洋之虎段祺瑞》，上海人民出版社，2012年8月。

　　王余杞對當初「北漂」生活回還有更為精彩的描述:「北地雖寒,在朔風凜冽中,到底有它偉大的氣概:故宮積雪,古木寒鴉,正好供人憑弔,若在落日斜暉中,更是千金不易的畫圖;或者擁爐獨坐,對酒讀詩,也是人間難得的高貴生活;哪裏像我這樣地蜷伏在荒村茅屋中,度這百無聊賴的日子呢?」(王余杞《惜分飛》)正是在公寓自修的這一年短暫的時間裏,除了按照「國立大學預科考試大綱」認真自學以外,他還讀到了《新青年》《嚮導》《創造》《莽原》等新文化期刊,以及雨果、托爾斯泰、契科夫、高爾基、辛克萊、泰戈爾等外國作家的作品,世界由此敞開了全新的天地。在這期間,北京城發生了兩個重大事件,直接影響到王余杞的人生抉擇。

　　1923 年 1 月中旬,北京大學發生了「驅彭挽蔡」學潮〔註4〕,教育總長彭允彝干涉司法獨立,無辜人士橫遭監禁,蔡元培憤而辭職,北大全體教職員要求罷免教育總長彭允彝,並呈請留任北京大學校長蔡元培,後發展為北京國立八校聯合呼籲「留蔡免彭」,要求北洋政府「廢兵裁督,澄清政治」,懲處毆傷學生之指使者。當時余杞在新華門外正好碰見請願的師生,這便是他在回憶錄中所說「聽到一些新演講,到處參加社會活動」的開端。

　　同年 2 月,北洋軍閥吳佩孚對京漢鐵路罷工工人實行大規模的鎮壓,命令湖北督軍蕭耀南藉口調解工潮,槍擊赤手空拳的工人糾察隊,當場打死 30 多人,打傷 200 多人,造成了震驚中外的「二七」慘案〔註5〕。2 月 7 日當夜,天降大雪,反動軍警把京漢鐵路總工會江漢分會委員長、共產黨員林祥謙綁在江岸車站站臺的木樁上,脅迫他下令復工,遭到斷然拒絕。林祥謙英勇就義。在武昌,共產黨員、武漢工團聯合會法律顧問施洋被殺害。慘案發生後,中國共產黨立即發出《為吳佩孚慘殺京漢路工告工人階級與國民書》,中國勞動組合書記部發表了《告全國工人書》,揭露吳佩孚一夥的反動面目,號召全國工人和民眾聯合起來,打倒反動軍閥,懲辦罪魁禍首。

　　3 月 22 日,北京高等師範學校的風雨操場充滿了「雷霆驟風和暴雨」。這一天,數千人聚集在此,悼念在「二七」慘案中犧牲的烈士。追悼會由北京中

〔註4〕黃金鳳《中共與二十世紀二十年代的學生運動》:載《中共黨史研究》2016 年第 4 期。

〔註5〕據 2009 年再版《自流井・王余杞生平與創作大事年表》:「1923 年,參加北京師範大學舉行的「二七」追悼大會」,王平明《王余杞生平和文學創作活動》:「1923 年,王余杞參加了在中國大學舉行的二七追悼大會」。今查黨史資料,包括羅章龍回憶,均為北京高等師範學校。

共地下黨組織領導。來自全國各地的學校、機關、工會代表登壇演講的有30餘人，「擦乾眼淚，抹去血痕，悲歌慷慨，震動幽燕」。會畢，舉行遊行示威，隊伍直達總統府，高呼懲辦禍首，為死難烈士復仇，實現民主自由等口號。紀念活動發放了3000多份「二七」紀念冊。並將追悼會現場的祭文、輓聯、詩詞等編成《「二七」悲憤錄》。未滿十八歲的王余杞第一次投身到集會遊行的隊伍行列，「對軍閥的專橫殘暴極為憤慨」，冒著寒風，昂頭吶喊，感受到排山倒海般的力量。

1924年秋季，王余杞考入北京交通大學（又名交通大學北平鐵道管理學院）預科，自此之後，鐵道交通，命定成為他終身的職業，甚至曾一度抱有「交通救國」的幻想。那時，大學教育均為自主招生，以同等學力報考者不在少數：

——1923年秋天，二十一歲的沈從文憑着小學畢業學歷，參加燕京大學二年制國文班的入學考試。「由於基礎差，面試時，一問三不知，結果得了零分，主考官十分同情他，把2元報考費也破例退還給了他」，因而名落孫山。

——1929年，出身於教育世家、十九歲的錢鍾書考入清華大學外文系，數學只考了15分，而他的國文、英文成績俱佳，其中英文更是獲得滿分，不僅得以順利入學，不久就名震校園。

王余杞雖然只讀到初中二年級上期，但嚴厲的家教、樹人學堂完備的新學體制，歷史、地理、國文、英文、數學各科都有一定基礎，因而能順利地通過考試。他的英語啟蒙，應該在小學就開始了，再加上有一個嚴苛的父親，早在家鄉自修時就打下了紮實的基礎，否則很難想像，他在大學二年級就能翻譯契訶夫的《醫生》（譯自 Constance Garnett 英譯本 Love and Other Stories）並發表。並於1930年1月還在《國聞週報》發表譯作《托爾斯泰的情書》（四期連載）。此外，筆者還發現，王余杞的繪畫水平也不可輕看，他是我國現代人物速寫大師葉淺予的畫友（葉比王小兩歲），並有過同場人物速寫的趣聞軼事（王余杞《補遺二事》）。由此可證，王余杞當時已是一個天分極高，自修能力特強的青年才俊。

在這期間，王余杞家庭不斷發生變故，弟弟被寄養在佃戶家，更由於重男輕女，妹妹患肺結核，未給以治療，僅十幾歲就病死了。他對封建家族由失望而憤恨，遂與家族決裂〔註6〕，基本上靠勤工儉學維持學習和生活。受反

〔註6〕轉引自蒙童《左聯作家王余杞》，載《自貢政協》2018第二期。

帝愛國思想影響，他積極投身革命活動，1925 年加入中國共產黨，介紹人陳道彥（黨小組的負責人，後改名陳明憲）。當時，依照國共合作的方針，同時加入國民黨。「入黨後，除學習文件外，還搞宣傳，最後搞過一次全城貼標語、發傳單、準備暴動的活動。」（王余杞《我的生平簡述》）這是他「從紳士階級的逆子貳臣」，轉化為「無產階級和勞動群眾的真正友人，以至於戰士」的一個嚴峻的並影響終生的抉擇。

史載北京交通大學 1923 年就有了中國共產黨地下黨組織的活動。當時的學生領袖是後來參加過北伐、犧牲於南昌起義之後的盧光樓烈士。盧光樓（1904～1927），字汴生，安徽省無為市無城鎮人。1922 年考入北京交通大學。次年加入中國共產黨，後以個人身份加入國民黨。曾任北京交大學生會主席。1924 年暑期回鄉，與其他進步青年一道，組織部分中小學生參加「青年讀書會」，研討《新青年》等書刊，啟迪民眾覺悟，後發展為「義務小學」。1926 年畢業返鄉，與胡竺冰等共同組建中國國民黨無為縣臨時黨部。後參加北伐軍，任第四軍宣傳課課長。1927 年 8 月，他所在的部隊響應南昌起義，不料在九江受阻。他帶領幾名武裝人員，突破敵軍張發奎部隊的封鎖線，在追趕起義隊伍途中，遭反動派殺害（根據上述簡介，盧光樓有可能是自貢籍秋收起義總指揮盧德銘的下屬軍官）。

沒有資料顯示王余杞與學生會主席盧光樓有任何聯繫。黨小組的負責人陳道彥，也基本上沒有太多的資料可以查詢，在《王余杞生平和文學創作活動》中僅有片段記述。這人也是一個文學青年。1926 年，他曾邀約幾個原來就有中共黨組織關係的北平交通大學的窮學生組建荒島社，創辦《荒島》半月刊，終因內部分歧而散夥。1927 年「四一二」政變後，中共北平交大地下黨與上級組織了失去聯繫，陳道彥改名陳明憲，轉學到北平法學院，以後便逐漸沒有了音訊。

王余杞之子王平明在《王余杞生平和文學創作活動》中提到：1925 年王余杞參與了發傳單和準備暴動的活動，具體的情況是怎樣的呢？

1925 年 11 月 28 至 29 日（農曆乙丑年 10 月 13 至 14 日）北平交大地下黨組織參與了由中共北方區委和李大釗直接領導的以推翻段祺瑞執政府和建立「國民政府」為目標的「首都革命」。李大釗走在遊行示威隊伍最前面，高呼：「打倒段祺瑞賣國政府！」「打倒一切帝國主義！」「建設國民政府！」由於國民黨右派告密，反動派作了嚴密的防備，示威暴動沒能達到迫使段祺瑞

下臺的預期目的。這就是王余杞在《我的生平簡述》所陳述的「最後搞過一次全城貼標語、發傳單、準備暴動的活動」的大體經過。鑒於中共地下黨組織的規定，黨員只能單線聯繫，王余杞並沒有直接接受過李大釗的領導，甚至連拜謁的機會都沒有。與革命導師擦肩而過，雖也遺憾，但歷史卻是不能改寫的。

王余杞還與荒島社同仁在北京交通大學內創辦平民學校。平民夜校是五四運動後至大革命時期，在中共地下黨領導下創辦的對失學兒童和成年人進行簡單文化知識和革命教育的機構。用板書、掛圖、幻燈等形式，教授讀書寫字、講解公民常識，灌輸革命道理。中華平民教育促進會 1923 年編印的《平民千字課》，售出達 300 餘萬部；辦學時間稍長的，還給學員頒發「識字國民證書」。王余杞在《浮沉》《傷逝》等作品中，多次提到平民夜校的場景和甘苦：「一個悠長的夏天，無論天晴下雨，無論如何的蒸熱，沒有任何的報酬，沒得著誰的命令，但總一點不休息地來指導那一些貧苦無依的兒童（以及沒有文化的工人、市民）。這自然是一般紳士們或者自命是什麼家之類所瞧不起的」，「終於平民學校被交大當局封閉」，他和幾個同學已被校方張榜警示，鬧到幾乎被學校開除的地步。

第四章　志士常乘萬里風——《荒島》半月刊、徒然社和三友書店

　　大凡讀過《記念劉和珍君》的讀者，都會為魯迅先生極其沉痛激憤的情緒所感染，因而也會對「三一八」慘案留下相當深刻的記憶。1926 年 3 月 18 日，國共兩黨組織北平 80 多所學校的師生共約 5000 餘人，在天安門舉行集會，要求拒絕英、美、法、意、荷、比、西、日八個帝國主義國家提出的撤除大沽口國防設施的無理通牒。事件的起因，是今天的讀者很難理解的：馮玉祥的國民軍，把日軍驅逐出了大沽炮臺，日寇竟聯絡西方列強向媚外求榮的段祺瑞執政府施壓。參加集會的愛國師生發表宣言：「通電全國一致反對八國通牒，驅逐八國公使，廢除一切不平等條約，撤退外國軍艦，電告國民軍為反對帝國主義侵略而戰。」大會結束後，遊行隊伍由李大釗率領，從天安門出發，衝向段祺瑞執政府門前廣場請願。段祺瑞執政府竟下令開槍，當場打死 47 人，傷 200 餘人，李大釗、陳喬年等領導者負傷。「三一八」慘案後，舉國震驚，魯迅稱這一天為「民國以來最黑暗的一天」。

　　經過「三一八」的慘痛教訓，王余杞被血腥的社會現實刺激着，請願只是無謂的犧牲，必須用寫作來抗爭。但是，他也感到「沒有人指導，沒有人幫助，亂闖一氣」，自己又「不是文學科班出身，既沒有上過正規的文科學校，也沒有上過文科大學什麼系，比如聽過魯迅、錢玄同、李大釗的什麼課；也沒結交過新潮社、未名社、沉鐘社的健將」〔註1〕，「只是一個窮學生」，如鯁

〔註1〕新潮社、未名社、沉鐘社：二十世紀二十年代的文學社團。新潮社是在蔡元培、陳獨秀、李大釗、胡適、錢玄同等師長的直接指導與幫助下，北京大學

在喉，不吐不快。王余杞在學校裏結識了同學朱大枏，「既是同鄉，又志趣相投，整天在一起。那時朱已經參加了附屬於《晨報》的詩刊社」。（王余杞《在天津的七年》）這一年暮春，他與幾個有中共黨組織關係的北京交通大學的窮學生陳道彥、朱大枏、徐戟五（徐克）組建「荒島社」，後邀約北師大的王志之和北大的翟永坤參加，陳道彥為負責人。前文已經提到，他們編印了一個自費出版的文學小刊物，取名為《荒島》（英文名字叫作 Virgin Soil），半月出一期，每人每期暫定交費一元，每隔一期交稿一篇，不收外稿。刊物的樣式很新穎，採用 24 開正方形頁面，如同後來出版的《新月》一樣。本為同仁刊物，編印出來後，竟能銷售幾本。王余杞在那上面連續發表了幾個短篇，居然有讀者給予「許多過分的獎飾；郁達夫先生在他當時主編的《大眾文藝》上，公開發表了他寫給『荒島社』的一封信，文中特別提到我登在某期的短篇《A Comedy》（一部滑稽劇）。」（王余杞《朋友與敵人自序》）令人不解的是，「從此情形就不大好：分歧的意見如破了口的毒瘡，一發而不可收」。而這本嘗試性的小小刊物，也僅僅編印了 6 期，便宣告夭折。王余杞後來回憶道，刊物停辦「說起來本是平常的事，而在當時，似乎也還小孩子似的鬧過好幾陣呢。」

1927 年「四一二」政變，國民黨開始清黨，殺害共產黨人和革命群眾，北平籠罩在血腥恐怖之中。「王余杞躲了一陣後，再回到學校，形勢今非昔比。學校裏沒人出頭，就是當初介紹他入黨並和他單線聯繫的陳道彥，也改名陳明憲，轉學到法學院去了」（王平明、王若曼《王余杞生平和文學創作活動》）。王余杞嘗試給報刊投稿，於是「從搞轟轟烈烈的革命活動轉為從事寫作」，成為了現代意義的自由撰稿人。這是一個具有決定性意義的重大轉變，由此開啟了他摯愛終身的寫作生涯。在這期間，陸續在天津《國聞週報》、北平《晨報》副刊、北新書局《北新》雜誌、北平《青年文藝》等發表《百花深處》《博士夫人》《老師》《年前》《幺舅》《活埋》《勞燕》（又名 The Departure），以及

的第一個學生社團。以《新潮》為陣地，提倡民主與科學，旨在為中國新文明的建設打下基礎。主要成員有傅斯年、羅家倫、顧頡剛、徐彥之、康白情、俞平伯等。未名社，1925 年 8 月成立於北京，現代文學團體，以譯介外國文學為主，兼及文學創作，辦有刊物《莽原》。由魯迅發起，成員有韋素園、韋叢蕪、李霽野、臺靜農、曹靖華、王菁士、李何林等。沉鐘社，1925 年秋成立於北京。因創辦《沉鐘》週刊得名。以翻譯與創作並重。主要成員有楊晦、陳翔鶴、陳煒謨、馮至等。

《復仇之夜》《一支暗箭》《這兩個該死的女人》（揭露日本軍隊在中國土地上肆虐和殘害婦女的故事）等短篇小說和散文。其中短篇小說《幺舅》發表於天津《國聞週報》第 5 卷第 4 期，受到編輯何心冷的好評；之後這篇小說傳到家鄉四川自流井，被當地的刊物轉載，這是家鄉報刊刊載王余杞作品的第一篇。

　　1928 年 6 月，白色恐怖的依然籠罩中華大地。王余杞與朱大枬、李自珍、翟永坤、聞國新、張壽林、梁以俅七位文學的青年，在一個週末邀聚於北平中央公園（今中山公園）。大家痛感北平現實的荒涼、黑暗，為解脫心中苦悶，決定成立一個文學社團——徒然社。同年暑假，王余杞與好友朱大枬、翟永坤在北平合開了「三友書店」。那時的書店，不只是售書，是集出版發行為一體的商業機構。從所有的資料看來，「三友書店」並不具備實體性質，只是年輕人的一種探索而已。王余杞將自己幾篇初期的小說《幺舅》《老師》《百花深處》合在一起命名為《百花深處》，收入王余杞和朱大枬、翟永坤的合集《災梨集》，由北平文化學社出版。封面排列的順序為朱大枬、王余杞、翟永坤。「北京女子師範大學、北京私立燕京大學國文系教授董魯安（於力）看見後曾指出，書的質量也就可以按照三個人的列名為序」（王平明、王若曼《王余杞生平和文學創作活動》）。

　　徒然社既已成立，迫切需要一個報刊陣地，在北平《華北日報》副刊編輯楊晦的幫助下，幾個年輕人借助其主管的版面，於 1929 年 1 月 8 日創辦了《徒然》週刊，每逢週二出刊，連續刊行到同年 5 月 28 日，共出版 20 期。「《徒然》所刊作品，以創作為主，大都描寫小知識分子生活，表現了他們的苦悶以及對理想的追求。小說刊有王余杞的《某小姐》《酒徒》……」〔註2〕《徒然》「還編過一期特刊，為 5 月 18 日的第 18 期。內容是李自珍、王余杞、張壽林在 5 月 1 日同遊圓明園後，各自寫下的觀感」。在 5 月 28 日《徒然》週刊第 20 期停刊號《致讀者》中，表達了無比的歉意和無奈：「為了這樣共同的愛好，才使我們結合在一起，有了這個小團體的組織。不消說，我們都知道我們的努力，只是一種『徒然』的勞力枉費，但明知是『徒然』，而仍舊掙扎，仍舊努力的，卻是我們共同的精神」。王余杞回憶道：「在最末一期上，七個人每人湊出一篇短稿，一起付印，好像唱戲的人的臨別紀念似的。有一位朋友對於這事還加以嘲笑，說像是新劇閉幕時，再把幕拉開，全體演

員向觀眾行一鞠躬禮一般。」（王余杞《朋友與敵人・自序》）

《徒然》週刊未標明主編，但從《編輯後記》作者的署名看，應是由李自珍、王余杞負責編刊。

饒有深意的是，作家郭小川曾在回顧自己的文學道路時寫道：「《華北日報》是一個反動報紙，可是聽說他的副刊是『進步』的，編者是王余杞……」〔註3〕應該說，這既是為王余杞和他的文友正名，也從另一側面反映了在反動派白色恐怖和文化圍剿中創辦進步報刊面臨巨大風險，有時只得依託官方報刊才能得以面世。

王余杞是在社會劇烈變革的大時代成長起來的作家，在北京交大學習期間組織和參與的文學社團，是他畢生文學活動的一個閃光的起點。除了上述線索性的追尋和轉述，還有必要把荒島社、徒然社成員的情況做一個簡單的梳理，方能使時隔久遠的文學現象，有更多的血肉支撐，變得具體生動起來。

荒島社成員六人，除王余杞外，還有北京交大陳道彥、朱大枏、徐戡五（徐克），北師大王志之、北大翟永坤。組織者陳道彥（陳明憲）已有前述，另四人簡介如下。

朱大枏（1906～1930）號仲實，筆名大枏、一葦、槐南等，重慶巴縣籍作家。朱大枏性情沉默、聰穎過人，其作品幽晦玄妙，風格獨具，與新月派的劉夢葦、朱湘、徐志摩一樣，未盡天年而早夭。朱大枏是王余杞在北京交大的最為志同道合的同學和朋友，在本章後半段將作較為詳細的介紹。他生前摯友塞先艾、李健吾、趙景深等保存了關於朱大枏的若干史料。近年來，重慶市教委將「渝籍新月派詩人朱大枏作品輯佚及特質研究」作為社科專題項目。

翟永坤（1900～1959）字資生，河南信陽人。1925年在北京政法大學讀書，1926年轉入北京大學。1932年畢業於國立北京大學國文系，先後任河南大學文學院講師、副教授，河南省立信陽師範學校高級講師。因投稿《國民新報》副刊認識魯迅先生，與魯迅有了書信聯繫。從1926到1930年間，《魯

〔註3〕轉引自郭小川《我的家庭情況和我參軍以前的情況》（載《郭小川全集》，廣西師範大學出版社，2000年版）。郭小川（1919年～1976年）原名郭恩大，河北省豐寧縣鳳山鎮人。「一二九」運動後，投身抗日救亡愛國學生運動，1937年加入中國共產黨。後在延安馬列學院、中央黨校學習，曾任冀察熱遼《群眾日報》副總編輯兼《大眾日報》負責人、《天津日報》編輯部主任。新中國成立後曾任中國作協書記處書記兼秘書長、《詩刊》編委、《人民日報》特約記者。

迅日記》裏有 24 處提到翟永坤。為出版《魯迅全集・書信卷》，魯迅遺孀許廣平曾經聯繫翟永坤，請他提供和魯迅通信。翟永坤挑選了七封信奉寄，後錄入全集。

王志之（1905～1993）筆名含沙、思遠，四川眉山人。1926 年入北京政法大學學習。歷任國民革命軍二十四師（師長葉挺）軍事教導隊大隊文書，曾參加「八一」南昌起義。1929 年入北京師大國文系學習，1931 年參加北方左聯，曾創辦《北方文藝》《北方文學》，後在河北、四川等地任教，並參加抗日救亡運動。1950 年入華北大學政治研究班、革命大學政治研究院深造，後任東北師大教授。著有長篇小說《愛的犧牲》《抗戰》《大地在動》《民族英烈傳》，短篇小說集《落花集》《租妻》《血淚英雄》，中篇小說《風平浪靜》，回憶錄《南征北戰集》等。

徐戡五　荒島社成員中唯有徐戡五的資料缺失，現在能查到的是他的交通論著《現代西康交通之改進》（載民國時期由邊政設計委員會主編的《西康邊政資料輯》），其中回顧了明清以來西康地區交通發展情況，並提出了西康交通之改進策略。可以判斷徐戡五後來從事的是交通管理，與他所學的專業相符。

其後徒然社的七位成員，除王余杞與朱大柟、翟永坤外，還有李自珍、梁以俅、聞國新、張壽林四位。

李宜琛（1905～？）字子珍，福建閩侯人。北京交大畢肄業，又東渡深造法學，日本早稻田大學畢業。曾任廣西大學、中央幹校教授。1944 年後曾兼任朝陽大學（民法物權）教授。著有《日爾曼法概說》（1943）。編著《民法要論總則》（1932 年）《民法總則》（1943）《現行物權法論》（1933）《現行親屬法論》（1944）《現行繼承法論》（1944）等。李宜琛是民國時期著名民法學家，一生著述頗豐，其《民法總則》為時人廣為稱讚，彙編有《李宜琛法學文集》。

梁以俅　早年參加左翼作家聯盟，曾為中共地下黨員。北京市第一屆人大代表，市政協委員。擔任北京市 39 中校長期間，積極落實黨的知識分子政策，在「反右」時期，堅持反對擴大化，這與他身為左翼知識分子，受到魯迅先生愛護青年的思想意識影響有關。《魯迅書信》中注釋：「梁以俅，廣東南海人，美術工作者。當時因事自北平去上海時，曾由姚克介紹往訪魯迅」。〔註4〕

〔註4〕據李繼君《薪火相傳・歷久彌新——第二批北京市「百年學校」史略》載：

聞國新（1906～1992）筆名克西、茗心等，浙江杭州人。1920 年代初就讀於北京師範大學附屬中學，後入北京大學法商學院。1936 年，聞國新加入北平作家協會。曾在蚌埠法院任職、又回偽北大任教。著有短篇小說集《生之細流》《落花時節》，長篇小說《蓉蓉》為華北淪陷區最有影響的小說之一。聞國新與王余杞是多年的生死之交，兩人晚年還合著了一部《歷代敘事詩選》。本書將以專門的章節介紹兩人的交往和友誼。

張壽林　其生平尚待查詢。有資料顯示「燕京大學張壽林《三百篇聯綿字研究》」，也就是說，他後在燕京大學任教，為中國古代文學研究專家。

由上述簡介可見，王余杞當年在北京交大時期的文友共九位，加上他自己剛好十人。他們都是愛國進步青年，文學愛好促使他們走到了一起，有的加入過左翼文學組織，好幾位親聆過魯迅先生的教誨，直接受到過魯迅先生的影響。他們曾是大時代的弄潮兒，一部分人以文學為畢生事業，有的在自己的專業領域有所建樹。由於歷史進程中的各種原因，有的人幾乎湮沒無聞，而當今的研究者重新審視他們的文學史地位的時候，往往感慨良多，不勝唏噓！

在荒島社、徒然社、三友書店的諸文友中，朱大枬與王余杞是最為惺惺相惜的一對摯友，他的文學創作要早於王余杞（前述，在王余杞開始創作之前，朱已經參加了附屬於《晨報》的詩刊社）。這位天才詩人 1921 年考入北京師範大學附中。1923 年與賽先艾、李健吾發起成立文藝團體「曦社」，出版不定期刊物《爝火》。1924 年考入北平交通大學運輸系，開始參加進步學生運動。1926 年 4 月與賽先艾參加《晨報·詩鐫》，發表《黃河哀歌》《松樹下》

　　1933 年 12 月 31 日，梁以俅經斯諾和姚克介紹，去上海與魯迅會面。到上海後，即隨姚克之弟同去北四川路內山書店會見魯迅先生，適先生未在，梁、姚遂向內山先生說明，改日仍來拜望魯迅先生。但令梁以俅意料不到的是，魯迅先生竟在翌日、新年元旦乘出租車到梁的住處專訪。恰巧梁也不在住所，先生只好「廢然而返」。魯迅先生竟然給梁以俅留下一封信，全文如下：
　　　　以俅先生：昨晚因有事，遲去了一點，先生已來過，真是抱歉之至。今日下午往蔡宅，和管門人說不清，只得廢然而返。如先生尚留滬，希於四日午後兩點鐘仍在原處書店，我當自二點至三點正，在那裡相候。此上，即頌　時綏！
　　　　　　　　　　　　　　　　　　　　　　　　迅啟 1934 年 1 月 1 日
　　1934 年 1 月 4 日下午，梁以俅在內山書店終於見到了仰慕已久的魯迅先生。魯迅竭力提攜青年，扶持青年文藝工作者的精神，誠摯、親切、坦率的態度，使他永遠難以忘懷。

《大風歌》《別笑我洗的新鮮》等詩，受到徐志摩、聞一多等人的重視。他的詩論，堅持詩人主體的文學立場、古典與現代交融的新詩觀念，以及新詩小說化、戲劇化的詩學技法，自成體系，頗具特色。朱自清編選《中國新文學大系‧詩集》，選入了他 7 首詩：《笑》《大風歌》《時間的辨白》《加煤》《逐客》《風雨聲中的夢》《月夜夢回作歌》，足見其在中國現代詩壇的地位和影響。

然而，這位被譽為「一隻美麗的飛鳥」的詩人，未滿二十五歲〔註5〕，便於 1930 年 11 月 7 日在貧病交加中淒然離世。王余杞在《傷逝》中寫道：「在大枬和我相識以後，便幾乎融成了一個人。表面上看來，也許以為他是冷淡、沉默，和我是不大一致的；但在我的眼中，大枬的確是十分活躍的人：他能夠和我一塊兒小孩似的在床上栽筋斗，他能夠逼着嗓子唱青衣或者大花臉，他有和我猜拳賭茶而使得飯也吃不下的豪興，他有在壓迫過甚的時候參加秘密工作的勇敢」。他不僅可以「寫出若干錦心繡口的文字」，更想「做出一番驚天動地的事業」。創辦交大平民學校時，作政治報告，作問題討論，整天異常忙碌。「這期間，還特別幫助一位女生，使她在那年考進女師大。」（王余杞《傷逝》）

王余杞深知大枬之「難」：「新詩本來就是叫人瞧不起的玩意兒，而他又只會寫點什麼花兒月兒的，恐怕在任何社會裏都沒有他生存的路子吧。成天到晚發神經病，誰敢請他做什麼事情！」但他對這位故友的評價仍是很高的：「他的詩思新穎，在現代新詩裏面只有他的詩才可讀；他的小品文幽默而雋永；他的翻譯極忠實，並且還能注意到外國文中的雙聲與疊韻。他有時也很自負，他對於現在所謂的什麼家之類都不大瞧得起的。他有時也喪氣，他後悔他應該寫小說，在中國，小說才能引動人，要是作詩，則別人只能知道你的名字而已。他決心，在三十歲以後要寫小說。」有誰知道，這竟是一語成讖。

朱大枬於是到南京求職。這期間他經歷了四家報館。「這些報館，不是資本不充足，便是另有用意，並沒有為一種事業的本心。請他去時，倒是非常的謙抑，但終究鬧翻，不免失望而去。他把這些事隱忍在心裏，下了很大的決心，他想籌措資本，獨立創辦，那意思，也就是想報復那些人。他作了宣言，作了大綱，取名《民眾日報》，印了信封信紙，四處招股，借我住的地方

〔註5〕關於朱大枬的生年，資料上顯示為 1907 年，而王余杞《傷逝》中說：「可憐，他今年才二十五歲呢」，以此推算，朱大枬應生於 1906 年。

為通訊的所在。可是，在現代社會上，誰又來理會你這既無勢力又無資本的青年！他這一片雄心，便不得不隨他的形骸同歸消滅！」（王余杞《傷逝》）

王余杞繼續寫道：南京本嫌陌生枯寂，那裡又絕少朋友——像在北平一樣的朋友，於是大枬開始是「苦悶之餘，徵歌遣興」，可終不免「偶一失足，遂至沉溺」了。當時一班同遊的人，差不多都自以為是「英雄美人」一派的人物，每人結識一個歌女。大底「情人眼裏出西施」，他感覺與自己相好名叫李小峰的歌女非同凡響，其風度、言語，容貌、服裝，都非普通一般女子所及。他希望有 1500 塊錢，有了這筆款子他便可以和她結婚。知道這筆款子不容易籌措，甚而至於去測字，去算命，看有無或者得到的希望。他的心情是何等的難受啊！

大枬南方回來，意興消沉得多了，也變得容易動氣，為了一點小事便常常流淚。他原作過痔瘡手術，那醫生醫術欠佳，弄得他痛苦異常。此時親友們知道他的病已加深，勸他到醫院醫治，他總是嚴詞拒絕。重病的那些日子，只見他臉色死白，兩頰深陷，顴骨突出，眼光失神。醫生來才發現，且不看他的肺病有多重，單看看他的痔瘡，整個的臀部全潰爛了，現出紅與黑兩種顏色。但他的稟性很強，自生病以來，從沒哼過一聲，實在強忍不住，只得求身旁的人替他燒上兩口大煙。

大枬的死，讓王余杞從此少了一個摯友和諍友，他回憶道：「大枬對我，特別真摯：他不愛向他人發表意見，但向我發表的意見特別多，他不愛看別人的作品，但我作的文字，無論好壞，他總要看，因此我還養成一種習慣，便是不等他看過是不願發表的。他除了說出自己的意見，別人說的關於我的話，也很詳細地告訴我。去年有人在一個小報上評我的《惜分飛》，他也很珍重地剪了下來，等我從南方回來給我看。今年在西山，我打算作一篇長篇，剛寫好一小部分，他也看了，還供我許多材料。就在他死的前一個禮拜，我因事沒回平，他並不知道，躺在床上，聽著外面說話的聲音，他還問：余杞回來了嗎？」

整理大枬的遺物時，發現他沒來得及發出的送王余杞東渡日本實習的一首詩，前有一小序「余杞赴日，匆匆無以贈別，草成一律，聊以將意」：

> 志士常乘萬里風，觀感定不與人同。
>
> 大海風月收筆底，東瀛文物在胸中。
>
> 家邦擾擾三山隔，異國盈盈一水通。

待君扶桑歸來日，山野楓青秋味濃。

朱大枬去世後，王余杞決心設法印行朱大枬遺集，「求社會上的人對於他多有一點認識。那樣，我心裏才可以稍稍安慰。」（王余杞《傷逝》）

1935 年，郁達夫受良友圖書公司委託編選《新文學大系·散文二集》。在搜集資料時，王余杞特地把他們三人當年出版的合集《災梨集》中朱大枬寫的《斑斕》部分的三篇散文：《寄醒者》《少女的讚頌》《血的嘴唇的歌》寄給了郁達夫先生，供他選編。大枬的這三篇都選上了，了卻了王余杞的一樁心願。

第五章 平生風誼兼師友──
與郁達夫、魯迅、老舍的師友情誼

　　中國老百姓歷來把「高人指點」和「貴人相助」作為一個人登堂入室、或功成名就的重要條件，猶如韓愈之於孟郊，歐陽修之於蘇軾。把郁達夫稱作王余杞文學道路上的「高人」「貴人」，誠不為過也。郁達夫是第一個發現王余杞寫作天賦的人，而且一直保持深厚的師生情誼，在當時社會動亂、文壇撕裂的現實中尚不多見。正如王余杞所說：從「1928年到1938年間10年的交往，見面不多，通信不斷；他對我一片親切的情誼，真可以合着一句老話：『平生風誼兼師友』。」（王余杞《送我情如嶺上雲──緬懷郁達夫先生》）

　　前文已經提到，1926年，王余杞與北平三所大學的幾位文友組建荒島文學社，並創辦《荒島》半月刊〔註1〕。這純粹是一個同仁刊物，經費自籌，發

〔註1〕關於荒島社和《荒島》半月刊的時間，王余杞《我的生平簡述》中說：「1926年，陳道彥（小組的負責人，後改名陳明憲）約我和朱大枏、徐克，後又約了王志之、翟永坤，辦了一個文藝半月刊（《荒島》）。」王平明《王余杞生平和文學創作活動》也說時在1926年春天。但王余杞《在天津的七年》卻說時間在國民黨「清黨」之後，陳道彥轉學到法學院去了。「這時他又提出辦刊物，這就是後來辦的《荒島》半月刊，該刊出版六期。」另外，王余杞《送我情如嶺上雲──緬懷郁達夫先生》中具體陳述了辦刊的時間：「1928年春天，我們原來就有組織關係的北京交通大學的幾個窮學生，陳明憲、朱大枏、徐戡五（徐克）和我，計議著自費出版一個文學小刊物。陳明憲是負責人，並邀約師大的王志之和北大的翟永坤參加。刊物取名《荒島》，半月出一期。每人每期暫定交費一元，每隔一期交稿一篇，不收外稿，當時的風尚如此。」《王余杞文集》中，凡是發表在《荒島》上的作品，都署時為1928年。可以理解為最初動議組建荒島社是在1926年；正式創辦《荒島》刊物，在1928年。

行量也很有限。在該刊的第六期，刊登了王余杞的短篇小說《A Comedy（一部喜劇）》，誰也沒有料到，刊物傳到了上海，郁達夫看到了這篇習作，就在他當時主編的《大眾文藝》登載出一封熱情洋溢的公開信，稱王余杞的這篇小說為「傑作」，要求把以前他沒見到的幾期刊物也寄給他，並表示「我尤在等讀王余杞先生的作品」。（郁達夫《致〈荒島〉半月刊的同仁》，1928 年 11 月 20 日《大眾文藝》第 3 期）王余杞回憶道：我學寫的這一篇小說，恰是以「我」為主而又試圖刻畫心理（郁達夫喜歡自傳體裁、深入刻畫人物心理），或者正合着郁達夫先生的口味，出於獎掖後輩，言辭不免溢美；而我呢，慚愧之至。（王余杞《送我情如嶺上雲——緬懷郁達夫先生》）從此以後，王余杞就把郁達夫當作老師，有了書信往來。

1929 年年初，王余杞的第一部個人短篇小說集問世。他把在《荒島》《國聞週報》等報刊上陸續發表的《To—（致）》《First Endeavor（首次努力）》《Fiancee（未婚妻）》《After the Wedding（婚後）》《Beef，Wife（牛肉，妻子）》《NO1（一號）》《A Comedy（一部滑稽劇）》《Mamma（媽媽）》《W. F. P.》《The Departure（離別或又名勞燕）》10 個短篇，合成短篇小說集，書名《惜分飛》，於 7 月 15 日由上海春潮書局出版。郁達夫和朱大枬分別為此書作序。這 10 篇內容相連的小說，講述了 C 君與妻子結婚前後的生活，「以一個丈夫的視角寫一個婦人四個時期的變化」，是一部「寫婦女心理的精細而深刻的著作」。郁達夫稱讚此書是「1929 年中間所看到的最好的小說中的一部」，其成功就在於作者用「直訴誠摯的心打動了讀者的心」，並認為作者的未來「是不可限量的」。（此書現收藏於臺灣圖書館和美國著名的常春藤名校達特茅斯學院圖書館）這是王余杞的第一部個人小說集。作為學理工的在校學生，能在當時文壇嶄露頭角，並受到大師的親自推薦和高度讚譽，實屬不易。

需要說明的是，《惜分飛》中的篇章陸續面世之後，一些讀者認為是「自敘傳」一類的小說，有的女士還引為談資，皆曰「文字還不錯，其人的心術卻不可問」云云。更有好事者要設法打聽那內容的背景，尤其注意於文中的「她」。所以，王余杞特地在本書《後記》中加以說明：「我當時為報復大枬的虐待起見（大枬約稿，規定時間完成），便把他拉來做了文中的主人翁——C，同時又拉了一位同學來做朋友——P；至於那位『她』呢，更有趣，那就是我每天抽的美麗牌香煙盒上的相片。然後，憑我自己看、聽、觀察來的一些事實，加以想像，寫了出來。」「如果一定要編派在我身上，那也只好聽之。」那時，

王余杞還沒有結婚，完全沒有可能拿自己的終身大事開玩笑，但是，其中的生活體驗，包括租住小公寓的窘迫、等待家裏寄款的焦急，對牛肉的特別嗜好，以及自貢方言「核桃性」（意為要人敲打）的使用，都應是非常個性化的。

王余杞首次見到郁達夫是在 1929 年暑假，由北平交大分配到上海滬寧鐵路局實習那段時間。那時，郁達夫正在上海與春潮書局張羅《惜分飛》出版事宜，並為這部小說集作序。趁此機會，王余杞懷着崇敬與感激的心情登門拜訪郁達夫先生：

> 他家是一條普通弄堂的一家普通房屋。進門幾步就走到房中，家具極其簡樸：一張方桌，幾把座椅。出奇的是書多，中國書不多，多的是外文書，一摞一摞地靠牆根擁擠着，躺在地板上，它們的主人竟沒有一架大玻璃書櫥供奉它們，真夠委屈的。夠委屈的還有王映霞，她是上了他的書的。他們當然結了婚，可她也並沒被供奉起來，而是在門口大木盆邊漿洗衣服。

> 郁達夫的容貌，通過書刊上有時登載的相片，我是看熟了的。這下可看見了他本人，奇怪，這就是出名的郁達夫！頭上留著深長的平頭，身上穿著寬大的褲褂——據我的記憶，好像就沒看見他穿過西裝。可是他獨自具有放浪不羈、灑脫大方的氣派，談話間時常發出爽朗的笑聲。

> 他對我不消說是十分親切的，問了我寫作和生活的情況，也主動地介紹了他自己關於這些方面的一切。他留下我吃飯，要我喝酒，我不喝，他就自斟自飲，看起來，他對酒是頗有偏愛的。

> ——王余杞《送我情如嶺上雲——緬懷郁達夫先生》

王余杞在實習期間，經常要西上南京，南下杭州，一站一站地考察。但每一次回上海，總要抽工夫去看望老師。見面次數多了，逐漸沒有了拘謹，就想跟老師談談真實的思想情況。談得最多的是對於半殖民地半封建性質的鐵路極為不滿。一年之後就要畢業了，以後就要在這樣性質的鐵路上捧著「鐵飯碗」（當時的學校，只有從北平交大畢業才能分配工作，所以叫作「鐵飯碗」，王余杞原注）混事，會有什麼意義？於是王余杞告訴郁達夫，打算自動退學，不再學習下去了。

> 郁達夫一聽，忽然哈哈大笑起來，笑得我渾身毛骨悚然。然後嚴肅地點醒我：「不行，不行啊！」又明知故問，「不上學，幹啥？」

那還用問，他就給我端出來，「寫文章？不行啊！養不活啊！」又伸
手一比畫：「靠寫文章養活的，中國就只有魯迅一個人！」

——同上

　　這讓王余杞醍醐灌頂。在新文學界，有誰不知道鼎鼎大名的郁達夫！好
幾年前他就熟讀郁達夫的小說名篇：《茫茫夜》《在寒風裏》《春風沉醉的晚
上》，小說集《寒灰集》《雞肋集》等等，滿紙感傷，一腔怨憤，字字都曾敲打
心扉，引起共鳴，深受感染，竟自着了迷。郁達夫是我國新文學運動的開拓
者之一，在創造社，他和郭沫若最為突出；那時節，郭沫若是詩人，他是小說
家。而在小說創作方面，郁達夫和魯迅齊名；實際上，王余杞對郁達夫還要
更親近一些。而眼下，讀者逐漸離開了他，他自己也有點落寞的感覺。到後
來竟退出左聯，離開上海遷往了杭州。即便如此，他還是站在文藝鬥爭的前
列，在品評作家作品時更是虛懷若谷，推舉《阿Q正傳》和《子夜》為偉大
作品——這無異於自認已不能和魯迅並列。

　　實習期滿，王余杞接受郁達夫先生的勸告，回到學校，繼續上學。1930
年於畢業，分配到天津北寧鐵路局，開始了天津七年的生活，捧著這個「鐵
飯碗」，仍然堅持業餘寫作和文學活動。1932年，王余杞曾去過上海。因為時
間短促，只去拜見了郁達夫一次。王余杞特地就自己的第一部長篇小說《浮
沉》，徵求老師的意見，郁達夫肯定這部作品「揭穿國民黨新官僚的荒淫生活」
的積極意義，「卻也指出缺點，例如在地毯上跳舞，那是事實上所沒有的。」

　　1934年夏天，郁達夫偕夫人王映霞北上。在青島住了些日子，乘船到北
戴河。知道王余杞住在天津，於是在天津下車。住了兩天，又一路送到北平。
王映霞不喜歡北平，說北平的風沙大，睜不開眼，甚為討厭，幾天後急着先
走，郁達夫獨自留下。郁達夫倒喜歡北平，而且直稱道北平的秋天最好，每
天快晴，秋高氣爽。王余杞還陪老師到北平廣和樓看京劇，「郁達夫不時大笑
起來，像孩子般似的」。因編印《當代文學》得抓緊時間，王余杞不得不趕回
天津。臨走時請郁達夫賜稿，並且建議就寫北平的秋天。郁達夫南返時，仍
由王余杞去北平接他，一同到天津小住。郁達夫絕不爽約，完成了給《當代
文學》寫的稿子，題目果然就叫作《故都的秋》。學者唐弢有專文章介紹這篇
隨筆，後來還被選作語文教材。王余杞在天津火車站與郁達夫夫婦的合影刊
也登在於上海《時代》第6卷第10期。

　　這次相聚，王余杞對郁達夫有了進一步的了解。老師對他更是關心備至，

問生活，問寫作，袒胸露懷，推心置腹。他見王余杞家還能湊合着過日子，就抱著王余杞剛滿週歲的小女孩笑着說：「我講的話，對吧？靠寫文章，就養不活啦。」

1935 年 9 月，王余杞去黃山，專程繞道杭州，去拜望郁達夫。他們特地去遊覽一般趕熱鬧的遊人所不感興趣的「九溪十八澗」。果然是清幽去處：林木茂盛隱映溪澗，溪水屈曲洄環而出，恍若綠源仙境。那一帶奇樹甚多，郁達夫卻能一一叫出名字。老師的博學多聞，給王余杞留下深刻的印象。郁達夫對杭州的生活相當滿意，每天在當地《東南日報》副刊上寫一段隨筆，千把字，登在頭條。不出所料，第二天報上就登出他專為王余杞壯行而寫的《送王余杞去黃山》，文中引用龔自珍的詩句：「不是逢人苦譽君，亦狂亦俠亦溫文。照人臉似秦時月，送我情如嶺上雲」，以志離情別緒，可見兩人感情深篤。

誰知此別竟成永訣！

——1936 年，郁達夫還去過一趟日本，回國後又到了福州。

——1937 年，全面抗戰爆發，王余杞離開天津。

——1938 年春天，王余杞路過武漢，稍事勾留，就回四川。後來，從報上知道郁達夫不久也到了漢口，還到前線勞軍，兩人便又通起信來。

——武漢撤守後，聽說郁達夫去了新加坡，給一家華僑報紙編副刊，以後一直消息不通。

——日寇投降後，從香港傳來消息，1945 年 9 月，郁達夫在印尼慘遭戰敗的日本憲兵殺害滅口，成為烈士。

王余杞為此悲痛萬分。1982 年 6 月，他噙著淚水，寫下了給恩師的悼文《送我情如嶺上雲——緬懷郁達夫先生》。此時，王余杞已是七十七歲的老人，他寫道：「在新文學界，有誰不知道郁達夫！當時，三十歲以下的青年知道他的比知道魯迅的還要多。他的著作豐盛。他用心血澆灌著新文學園地，開放出燦爛的花朵。儘管本身受到侷限，未能徹底叛離舊壘，奮步向前，和時代一同前進；但並沒有同流合污，有虧大節；最終且犧牲於敵人屠刀之下，不愧是一位民族英雄。我手頭沒有他的一本書，不敢信口開河，但魯迅先生的文章俱在。魯迅先生對郁達夫總是褒多於貶，我早就至誠希望文學界在組織魯迅研究、郭沫若研究之外，也來一個郁達夫研究，搜集遺文，編印全集，出版年譜、傳記，給予實事求是的評價，庶不致落在國外友人之後。」

「五四」文學革命時期，魯迅即以現實題材的小說以及雜文隨筆，奠定

了在新文學史領域的崇高地位，到了三十年代革命文學大潮中，魯迅實至名歸地成為了左翼文壇的盟主。在那一時期作家的傳記中，大凡見到新文壇領袖魯迅的經歷都是濃墨重彩的一筆；有的甚至只是有過通信聯繫，都大談其所謂終生感念和影響。

——1931 年 11 月 29 日，四川作家艾蕪與沙汀先後趕到上海，聯名寫信給魯迅先生，請教有關小說題材問題。12 月 25 日，魯迅先生回信，提出「取材要嚴，開掘要深」的寫作要求；並在沙丁的「丁」字左邊加了三點水，改為「沙汀」。這次通信，對兩位現代文學史上傑出作家的成長，起著導航引路的重要作用。沒有資料顯示，艾蕪與沙汀後來見到過魯迅先生，儘管如此，與魯迅先生的通信仍成為津津樂道的文壇佳話。

——東北作家蕭軍和蕭紅雖能見到這位「中國的高爾基」，卻是費盡了周折，輾轉尋訪達兩個月之久。1934 年 6 月中旬，蕭軍和蕭紅離開哈爾濱後乘船去青島。10 月初寫信給魯迅，徵詢是否同意閱讀他們的作品。得到肯定答覆後，兩人立即將《生死場》的原稿和《跋涉》寄給魯迅。那段時間魯迅身體很不好，夜裏發燒至 38.6 度。直到 11 月 30 日，終於在內山書店拜見了「既像父親又像朋友」的導師。兩位落魄的文學青年不但向魯迅借了 20 元錢，連返回旅舍的交通費也是先生給的。

相較而言，王余杞要幸運得多，因與郁達夫的師生關係，見到魯迅就便是順理成章了。1929 年暑假王余杞在上海實習期間，郁達夫對王余杞談起魯迅，郁達夫主動問道：「你見過魯迅嗎？」王余杞搖搖頭，有點洩氣的樣子。

「你應當去看看魯迅，我給你介紹。」郁達夫立即提筆寫了封介紹信，並且告知魯迅先生的住址，指點怎樣搭乘電車。

郁達夫又笑著說：就是魯迅，靠寫作養活也碰上了麻煩，北新書局就拖欠了他的版稅。所以魯迅這陣的「火氣是很大的。」

由此，經郁達夫介紹，王余杞拜謁了魯迅先生。王余杞在《送我情如嶺上雲——緬懷郁達夫先生》一文中，有一段特別真實的記錄：

> 查《魯迅日記》，我那次去看他是在八月九日，我帶上郁達夫的
> 介紹信，按照地址找到北四川路去見這位大文豪。其實在這之前，
> 我已經給魯迅先生寫過信，我試著轉譯了俄國契科夫的一篇小說
> 《愛》，寄給魯迅，請他校正，由於料不定這件事會得到怎樣的結
> 果，所以連對郁達夫也沒有告訴；卻不料魯迅一見面開口就說那篇

稿子可以用，將登在《奔流》上。這真叫我大吃一驚，漲紅了臉，不知說什麼好。

我對魯迅先生，自然更是十分敬重。魯迅是我國最偉大的文學家，身材不高，氣度可一派正直慈祥，見到他使人親近。新中國成立後在他墓前矗立著一座坐像，見到這座坐像如見其人，只覺稍微高了一點點，如果讓這坐像站起來，它會比先生實際上高出一些。《魯迅日記》中的確有 1929 年王余杞拜會魯迅等相關記錄：

（八月）九日晴。上午得侍桁信，下午覆。友松來。徐思荃來。王余杞來。夜雨。

（八月）二十七日曇。上午收王余杞所寄贈之《惜分飛》一本。

（十一月）二十七日晴。上午覆王余杞信，附與霽野箋。

《魯迅書簡》中的兩封信，都是有關《奔流》雜誌用稿的事。1929 年 11 月 26 日，在「致王余杞信」中，魯迅就說：「《奔流》因北新辦事緩慢，所以第六本是否續出或何時能出，尚不可知。」隨後的一封信，則是因重複寄出稿費而專函告知：「余杞先生：函並大稿均收到。《奔流》稿費因第五本由我寄發，所以重複了。希於便中附箋一併交與景山東街未名社李霽野收為感。」〔註2〕如此細微的瑣事，都得親自辦理，可見魯迅先生忙碌緊張的狀況。

現有資料表明，王余杞與魯迅先生的聯繫、包括書信往來並不太多〔註3〕，一是因為魯迅太忙，辦事又特別認真，不便多所打擾，二是鑒於他與郁達夫有更為親密的師生關係，若有事無事經常找魯迅先生，則會有悖於人際交往的基本禮義了。

王余杞極為崇敬魯迅先生，「熱心於學習魯迅」，1935 年 3 月，他在天津《庸報》副刊上創辦了以發表小說為主的文藝週刊《嘘》。這個刊名便是借用

〔註2〕在王余杞的諸文友中與魯迅書信來往最多的是翟永坤。從 1926 到 1930 年間，《魯迅日記》裏有 24 處記到此人。《魯迅書信集》裏有致翟永坤信七封。其中，特別是魯迅從廈門、廣州、上海致翟永坤的信，真實地記錄了魯迅在大革命失敗前後生活與思想變化的一部分軌跡，對於研究魯迅思想具有較重要的價值。可是，長期以來，有關翟永坤的情況卻鮮為人知，默默無聞地終於信陽市，令人感喟。

〔註3〕《奔流》稿費，根據 8 月 25 日協議，北新書局先後於 11 月 6 日、11 日將《奔流》第二卷第五本稿費 300 元送交魯迅轉發作者。此後魯迅即著手編發該刊。《魯迅書簡》中所說的稿費重發，應是未名社李霽野的工作失誤。

魯迅《五講三噓》中的「噓」字。該刊自同年 3 月 1 日開始，至當年 7 月，共刊出二十七期後停刊。作為主編，他陸續發表了《致讀者》《我們所需要的小品文——介紹一本我們所需要的小品文集》《介紹〈避暑錄話〉週刊》，以及《石夥計》《細故》等幾個短篇。

1936 年 6 月，王余杞在以魯迅為首的 77 人聯名發表的《中國文藝工作者宣言》上簽名，擁護文藝界的抗日統一戰線。這一宣言，在 1936 年 7 月的《作家》《譯文》《文季月刊》《文學叢報》《現實文學》等刊同時發表。

1936 年 10 月 19 日，魯迅先生逝世，舉國震悼。次日深夜，王余杞寫就滿懷悲憤的悼文，《悲憤——因魯迅先生的逝世而作》，後發表於天津《益世報·文藝週刊》第二十六期。文中寫道：

> 中國誕生了個魯迅先生，魯迅先生卻為中國創造了個新時代。自「五四」以來，永遠站在前線，掀起了驚天動地的狂潮。一切思想文化和藝術立時轉到了個新方向。撕壞舊的，扶植新的，領導青年，向前邁進——從而高聲「吶喊」。掄使著一支尖利的筆鋒，刺穿了腐爛社會中的寄生着的蛆蟲們的私隱，私隱揭開，觸着痛處，惱羞成怒，轉而怒目相視。止於怒目罷了，卻無法挽救自身的沒落；倒使魯迅先生，在青年大眾追隨擁戴之下，更加堅強起來，而成為中國思想界文藝界唯一的巨人。……

> 魯迅先生留給我們的遺產，至豐且富，堪與日月爭輝。而今不幸，他逝去了，正如一顆巨星的殞落，更不幸的是又和高爾基的逝世在同一年中，蘇聯的魯迅，中國的高爾基，相偕而去，在國際文壇上，這損失豈能細算？

文章的結尾，是王余杞寄出的悼魯迅輓聯。聯語中典故皆出自魯迅發表過的作品標題：

> 南腔北調，故事新編，威比熱風，勁猶野草；
> 三閑二心，花邊文學，聲揚吶喊，狀隱彷徨。

11 月 1 日，天津各院校和文藝團體的青年在河東聖慈庵小學舉行魯迅先生追悼大會，王余杞到會發表演說。天津《益世報》將這條新聞刊為本市新聞版頭條。

1938 年 10 月 19 日，魯迅先生逝世兩週年紀念日，王余杞在自貢《新運日報》發表《紀念魯迅先生》，文中寫道：「從他一生的寫作中，無論小說或散

文，可以扼要地說出一句他作品的中心思想，那就是：凡是人，都應該活得像一個人的樣子！」「敵國的文學界，聞他死耗，同聲悼惜，一致地說：亞洲各民族間，有史以來，文學家及其作品，未有如魯迅小說之偉大者！」

王余杞與老舍的關係較為特別，在現代文學最具影響力的作家中，老舍先生確實是他最親近最崇敬的一位。老舍大王余杞6歲，正紅旗滿族後人，居然把王余杞認作「表親」，這是怎麼一回事？還得從青島《避暑錄話》說起。

1935年8月，王余杞因「發行進步刊物和發表進步文字」，受到當局「關注」，便借「鐵路沿線物產展覽會」在青島舉行之機暫時躲避。這個「展覽會」事前的籌備和事後的拆展，足有半年時間。到了青島，《青島日報》的杜宇和劉西蒙來看望王余杞，說起報社打算辦一個刊物，邀請王余杞就餐，參加的有老舍、洪深、王統照、趙少侯、臧克家、吳伯蕭、王亞平、孟超等12人，共商在《青島民報》週刊上合辦副刊《避暑錄話》〔註4〕。席間推定洪深作發刊詞。洪深在發刊詞中說：「避暑者，避國民黨老爺之炎威也。」以後輪流作東請客吃飯，王余杞也回請了一次。《避暑錄話》從1935年7月14日創刊，至當年9月15日休刊，每週一期，一共出了10期，加印100份，不致稿酬。王余杞發表了《一個陌生人在青島》《嶗山之行》《離別青島》等系列散文。

在此期間，王余杞結識了老舍先生。老舍當時正任教於山東大學中文系，全家居住青島。各地文友集聚青島，他當然要盡地主之誼；何況老舍又是性情溫和的人，謙虛而又幽默，在文友中人緣極好。且因老舍夫人胡絜青和王余杞的夫人彭光林是北師大同學，所以老舍開玩笑說和王余杞是「表親」。「我和大家差不多是初次會面。其中最敬仰的是老舍，我們私人間還有來往。」王余杞回憶道。《避暑錄話》相當於我們現在的筆會，時間就在夏秋之交的兩個月左右，而王余杞在青島參加「鐵路沿線物產展覽會」，時間長達半年，與老舍就不光是「套近乎」，而是兩家人有了較為親密的往來。

彭光林女士（1905.12.3～1988.8.27）重慶市江津人，出身於城市貧民家庭，是家裏十幾個孩子中最小的一個。由於家庭貧窮，父母無力負擔其學費，但她毅然北上求學，走上了女性解放之路。她學習刻苦，每年考上前三名，

〔註4〕關於《青島日報》副刊《避暑錄話》，發起人應是該報的編輯杜宇和劉西蒙。據現代文史專家曾廣燦在《老舍與〈避暑錄話〉》中說，「老舍當時正任教於山東大學中文系，一家居住青島。各地文友聚青，他當然要盡地主之誼。除了生活上招待文友外，他最盡心的是辦《避暑錄話》了。」

得以免費上學，夜晚為工廠糊火柴盒作補貼生活之用。通過努力，考上了不用交學費的北京師範大學國文系，直到畢業。1932 年春節期間，在天津與王余杞結婚。這是一位深明大義的偉大的女性，筆者在後文中將會擇時評介。

抗戰爆發後，老舍去了武漢，後來又到了重慶。摯友王冶秋寫信告訴王余杞，說老舍放言長江是沒有蓋子的，日本兵來了他就跳長江自盡。王余杞由此更加敬佩老舍的凜然氣節。抗戰時期，老舍擔任中華全國文藝界抗敵協會常務理事兼總務部主任，主持日常會務，王余杞還給老舍在重慶創辦的文協刊物《抗戰文藝》投過稿。

誰知，二十九年後，文化大革命剛剛開始，1966 年 8 月 24 日晚，老舍穿著白襯衫、藍下裝，自沉於北京太平湖中。1967 年 7 月 13 日，王余杞驚聞噩耗，寫下七絕一首：

　　七絕・北京聞老舍跳水〔註5〕

　　長江無蓋記當年，太平湖中踐諾言。

　　茶館莫論國家事，龍鬚溝裏竟翻船。

作者原注：抗戰時，老舍在重慶曾言：「長江沒有蓋子，日本人來了我就跳。」擬以身殉國。

〔註 5〕見王余杞舊體詩集《黃花草》，汕頭市群眾藝術館，1999 年 1 月。

第六章　天津文壇的鐵路「騎士」
——《浮沉》：出手不凡的社會批判小說

　　1930 年，王余杞在北平交大畢業，開始了他在「天津七年」的文學創作和文學活動。

　　王余杞儘管有好多對未來的規劃，還是聽從了郁達夫的勸告，從上海實習以後，老老實實地回到北平交大繼續學習。1930 年初，王余杞在大學畢業之前，到日本的鐵路系統有過短暫的「實習」。因此有機會經朝鮮去日本幾個大城市旅遊。王余杞發現在日本接觸的普通日本人和在中國接觸的日本人不一樣。「前者以平等待人，後者卻把我們中國人當作劣等人，令人憎恨。」〔註1〕

　　1930 年秋季，王余杞在交大畢業，分配到天津北寧鐵路局工作。從 1930 年 9 月到 1937 年 8 月，王余杞在天津工作和寫作歷時整整七個年頭。他既是鐵路局的專業人員，有一份在當時看來不菲的生活待遇，且不斷地發表與自己的專業相關的專著，他曾應鐵路局安排編寫《東北事變紀要》《北寧鐵路損失詳記》，又譯成英文，付以精印，加以精裝，「以求得國聯調查團出來主張公道」。著有鐵路論文集《北寧鐵路之黃金時代》，其中收入《北寧鐵路與中東南路》《葫蘆島開港與中國航業》《開灤問題》三篇論文（北平星雲堂出版，北京大學和復旦大學圖書館，以及英國牛津大學 Bodleian 圖書館都有收藏）；

〔註1〕轉引自王余杞《在天津的七年》，原載《天津文學史料》1987 年第三期。

此外《北寧鐵路東西四路聯運的過程和作用》《北寧鐵路與南滿中東》等，論述東北鐵路東、西四路聯運的過程和作用——從現在看來，其研究價值、歷史價值不容低估。而另一方面，他只是把這份工作作為養家糊口的行當，他對自己鍾愛的文學事業，始終未能忘情。於是天津文壇有了一位驍勇的「騎士」，一位來自鐵路系統讓人刮目相看的「騎士」。

王余杞北平交大畢業後的第二年就開始試筆於長篇小說創作，這時，他才 27 歲，便有如此的膽識和雄心。1932 年，他完成了第一部長篇小說《浮沉》，1933 年在北平星雲堂出版（北京大學圖書館藏），初版發行 1000 冊。這部小說「寫青年在黑暗的舊社會遭遇的曲折和坎坷，以及人生道路上的分化：國民革命和北伐戰爭後，有的成為國民政府新的官僚權貴；有的為了追求解放勞苦大眾的理想而投身革命，奔向江西中央蘇區。」1933 年 4 月 25 日，北平《晨報》刊載許君遠《浮沉》書評，其中說道：「余杞的工作很忙，但在百忙之中他不斷作文章……他的幾十篇短篇小說，已經給他賺來很大的名譽。現在《浮沉》出版，相信越能穩固他在文壇上的地位了。」〔註2〕

這部被歷史塵封的了大半個世紀小說，很少有人能夠讀到。王余杞的兒子王平明、二女王若曼千辛萬苦搜尋王老的遺著，彙編成 190 萬字的《王余杞文集》（上下卷），我們始得有了拜讀的機會。

解讀這部小說有一個繞不過的焦點和難點，這就是嚴格意義的歷史背景。小說的開篇，京城駐軍某部司號員黃金鏢得令吹號集合，營長宣布因「雲南起義，放假一天，給兄弟們關一月的餉。」士兵們覺得有這等好事，「咱們還是沾蔡將軍的光呢。沒有他起義，咱們哪裏玩得成！」蔡鍔討袁是在 1916 年，蔡將軍病逝也在這一年。當天，黃金鏢陪著張貴到西單牌樓尋妓，以至後來黃金鏢為拯救落難女子張芝英，搶劫德勝門錢莊鎯鐺入獄。一年以後，張貴當上了北平市長，將判處無期徒刑的黃金鏢放出監獄。這位走投無路的四十四歲的中年漢子，再次從軍，跟隨一支部隊開赴濟南，抗擊製造「濟南慘案」的日軍，時間是 1928 年 5 月。

事實上，整部小說所涉及的事件，都是在南京國民政府成立前後的兩年時間內，包括組閣封官，集會遊行等等；按照「濟南慘案」反推，其時間段就在 1927 至 1928 年。那麼，黃金鏢、張貴所在的部隊放假的那一天就與蔡鍔

〔註 2〕轉引自王平明、王若曼《王余杞生平和文學創作活動》，載《王余杞文集》下卷（花山文藝出版社，2016.10），下同。

半點關係都沒有，問題是王余杞為什麼要把真實的歷史人物和歷史事件「移花接木」到十一年以後呢？這樣明顯的破綻，編輯先生看不出來？郁達夫這樣的大師、歷史的親歷者真的就沒有察覺？

關鍵問題，這是一部「赤色小說」，如果一開篇就真實地正面地曝光1927年發生的重大事件，小說肯定會「胎死腹中」。所以，作者沿用了我國古典詩詞和小說慣用的，「避忌」「假借」手法。有了這一基本判斷，胖得像豬一樣的營長東拉西扯說什麼「雲南起義」，「編派了許多關於蔡松坡（蔡鍔）的故事」，也就是作品中人物的胡說八道罷了。至於士兵憧憬豔遇，花錢偷腥，搭上蔡將軍與小鳳仙風流逸事，也是一種自我安慰和自我陶醉。

只要認真細讀，就會發覺這部小說站在了時代的前沿，塑造了幾組真實可信獨特鮮明的人物形象。

一是受難的叛逆者形象

貧苦農民黃金鏢，妻女都被「恩主」張小山霸佔，失掉了為父為夫的「資格」。終日勞累自不必說，連妻子、女兒都把他當牲畜使喚，成天欺凌辱罵不休。一個四十出頭的男人，終於火山一樣爆發了，殺死了姦夫淫婦。潛逃進京混入軍隊，想幹出一番事業，「成為英雄」。當他得知張芝英身世飄零，則斷定也是一個「英雄」。為給張芝英湊足路費，他不惜鋌而走險，搶劫錢莊。這是一個類似水滸、綠林好漢的悲劇形象。他既善良可憐，又有魔鬼的兇殘，他的人格和靈魂都是撕裂的。

女主人公張芝英本是國會議員的女兒，父母雙亡，貧苦無依。中學畢業後與富家女生聶君媛為伴，卻像「僕婦」似的受人冷眼。想要「獨立門戶」，靠寫作維持生計，卻因付不起房租被攆出小公寓，以至淪落到「賣身」的地步。她與大學生吳傑同居，希求有一個安穩的日子，吳傑卻不辭而別。憑著黃金鏢搶得的路費，到南京找到已是軍事教官的吳傑，卻被吳傑當做「尤物」獻給當年的嫖客、而今的黨國紅人張貴。這是一個被侮辱、被損害的青年知識女性形象，作品對她人生苦難和心路歷程的描寫，極富層次感，不落俗套。最終與青年革命者王孝明逃離虎口，去了江西。這一大膽的設計，在革命女性畫廊中，極少有過。

二是國民黨新官僚形象

這部小說，對黨國胡代表着墨不多，但極為典型：

他沒有信仰，信仰的只有他自己；他的思想較高，眼光較遠，手腕較靈活，意志較堅強；他完全在效法俾斯麥和墨索里尼，懷着野心，要想統一中國，甚而至於要想統一世界！他極端反對共產黨和馬克思主義。那些都是他生命之流中的暗礁，成功之路上的障礙；為了自己的利益，他不惜借清黨的名義槍殺了幾十萬人！雖是反對的聲浪並不因此減低，但危險和損失不能動搖他的意志，倒更增加了他的雄心。

明眼人一看便知這人是誰了，在反革命的文化圍剿和血腥鎮壓中，王余杞敢於寫出這樣的判詞，可以說，已是將生死置之度外了。

且看胡代表夫妻倆是怎樣斂財的：

這是多麼妥當的一件營生呢！不用本錢，沒有危險，更省掉許多經營的困難、計劃的勞頓，只需端坐在窗明幾淨的高樓大廈中等待着百倍的利息源源而來。為了辦事簡捷起見，胡太太和胡代表經過一度商議，商定了他們對外的價格。那是：縣長三千元，稅局長三千元，鹽運使十萬元，關監督二十萬元。價目雖然驚人，實際說來，並不算貴：到任之後，多取一點，滿可以回來。中國人口有好幾萬萬，在每個人身上榨出一點，則這些所花的一切本錢，不是都收回了而且還要多出幾倍嗎？胡太太似乎還太廉潔了一點兒！

然而，樂極生悲。胡代表榮任財政部長，舉家遷往上海新居，卻遭到他的衛兵行刺。行刺未遂，追查兇手，「只知道是衛兵，卻指不出是誰，可憐，那幾十名衛兵，全體槍斃！」

此外，劣跡斑斑的張貴，僅憑抱胡太太大腿的本事，便由一個普通兵曹一躍而為北平市長。無恥之尤的吳傑，為巴結胡代表的親信張貴，不惜出賣自己的女人，當上了北平市財政局長。作者寫道：

吳傑本是他（張貴）心腹之人，心腹之人可共患難，患難而可共，則其他一切即如老婆之類也可以一樣地沒有關係。雖然常常罵著共產黨，但自己的事又算例外了。而且吳傑現在已經榮任財政局長，像芝英那樣的舊貨，才引不起他的酸性了呢。

國民政府的新貴就是這樣一批人。正如作者所說：「當前正是個矛盾的社會，越荒謬，越不是東西，越能做大官。」

三是青年革命者形象

　　我把《浮沉》稱之為「赤色小說」，是因為除了上述人物的命運起落浮沉之外，還有一條清晰的紅線。

　　王孝明是貫穿全書的人物，這是一個正直善良的文學青年，他同情張芝英的遭遇，查詢到了吳傑的地址，助力張芝英到南京「尋夫」。他到何兵馬司家做家教，悉心指導何慕環小姐考上了北平師範大學。卻因辦文學刊物，與何慕環的同學聶君媛相識，產生了「革命加戀愛」的感情。何慕環心生妒意，指責王孝明「見一個愛一個」；聶君媛離他而去，王孝明陷入失戀的痛苦之中。在摯友段逢林的開導和激勵下，他毅然投身到人民革命的洪流。經過黨組織的考驗，接受中共北方工作指導人岳崇先的指派，到上海「向中央說明北方工作的成績」。終於，在南京路「旗幟翻動的遊行示威人群中，王孝明高高站起」，發出了振聾發聵的聲音：

　　　　「我們天天口喊打倒帝國主義，為什麼我們要打倒帝國主義呢？因為帝國主義者榨取我們的精力、我們的血汗，而供他們的自私自利！我們中國是弱小民族，沒有能力防止他們侵略的野心；他們的資本又一天一天地膨脹，大工商業生產者不能不靠非工商業國家的勞動者去維持他們。鐵路，輪船，租界，礦山，銀行……都是他們榨取、侵略的利器！我們應該收回租界，收回領事裁判權與治外法權，改訂關稅……我們也別忘記打倒反動軍閥和反動階級，有了反動階級，我們也不得安寧，只要無產階級當家做主，人類才可以求得自由平等！帝國主義自然會消滅……」

　　王孝明回到機關，召集會議，決定「煽動工潮」，組織大規模的暴動。與此同時，巡捕房已經探出這次示威遊行的發起人，「而被秘密通緝的第一名便是王孝明」。小說的結尾，「政治局收到江西一通密電，現在正在做佔領長江各埠的準備，需要工作人員，叫趕快派人去充任。這裡便派了王孝明。」於是，王孝明與張芝英去了江西。這意味著，兩位青年革命者，將投身江西革命根據地的武裝鬥爭，其鮮明的政治態度和人生抉擇在同時期的小說中，是極為罕見的。我們在王余杞同期的另一個短篇小說《轉變之後》中可以得到進一步印證。〔註3〕

〔註3〕1932年《現代社會》第一卷第三期發表了王余杞6000餘字的短篇小說《轉變之後》，可以看作是《浮沉》的尾聲和續篇。小說的主人公正是王孝明與張

　　王余杞他的回憶錄《在天津的七年》中談到自己的第一部長篇小說《浮沉》時有一段很客觀的評價：「我從寫學生生活，轉到寫社會生活，這是一個發展。只是對社會太不熟悉，許多事都不瞭解。沒有生活，如何寫作。所以寫得很慢。只是對國民黨新官僚的貪污腐化多少揭露了一些，才覺得寫得順手。但全書是顯得稚嫩，所以郁達夫看了以後也注意到這點。」郁達夫肯定作品揭露國民黨新官僚的荒淫生活，卻也指出其缺點：「例如在地毯上跳舞，那是事實上所沒有的。」

　　當一個作家歷盡磨難、漸漸老去，回顧自己的作品的時候，一是會看得真切，二是會少了早年的銳氣。而我們後來者能有機會讀到「大時代」的「鏡象」般的記錄，一是要有敬畏感念之心，二是要有披沙揀金之功，回到歷史的現場，作出盡可能準確科學、實事求是的評價。

　　透過滿紙煙雲和書中人物的浮沉起落，王余杞在民族存亡危急、社會動盪之際，呈現給我們的是旗幟鮮明的左翼文化立場，一以貫之的反帝愛國的政治情懷，與國民政府毫不妥協的鬥爭勇氣，與資產階級勢不兩立的叛逆精神，僅引用幾段書中人物語言，仍能感覺到灼人心扉的溫度：

> 「日本的軍艦開去剿殺臺民，軍閥們的火拼正酣，黨部委員在後方吃了鉅款，陝甘、遼西等災區，一天餓死幾百人，而德國卻收到中國兌去買軍火的款子五千萬！」「江上滿布着外國軍艦，街頭也都是外國的巡邏兵。」

> 「穩定你的青年的心，穩定你無產青年的心！只有青年不怕死，只有窮人不要錢；我們是無產青年，所以我們要革命！朋友，起來吧！恩格斯說得好，由必然的王國向自由的王國飛躍！要放大眼光來看，我們現在所受的一切刺激與痛苦，都是現代社會賜予我們的，而萬惡的資產階級便是促成現代社會敗壞的原因。資產階級是社會上的蛀蟲，他們對於社會絕沒有貢獻！他們的主義是榨取民眾的心力以攫取剩餘價值。」「他們只圖自己的私利，競爭之結果，使供給和需要之間不能協調，於是產業停頓而呈社會恐慌，使社會

芝英。這篇小說講述王孝明率領的「窮人的軍隊」從江西某地出發，計劃與另一支部隊合圍攻佔九江，並進而攻打長沙，行軍到一個名為官市渡的小鎮，發動民眾參加紅軍的故事。這個短篇應是最早正面反映土地革命戰爭時期，紅軍部隊征戰和宣傳動員民眾的作品。

風氣為之一變，偷盜，劫掠，姦淫，以及一切怪狀而使人心日趨於低下。……」

《浮沉》是王余杞「由寫學生生活轉而寫社會革命」的一次嘗試，他從自己的生活體驗入手，加上對社會動盪、宦海浮沉、國際時局的關注，成就了這一部網狀結構的社會批判小說，其主觀色彩濃鬱的敘事風格，環環相扣的情節鋪展，細膩純熟的心理描寫，暗合譏諷的幽默筆致，都足以給讀者留下深刻印象。

然而，的確如王老所言，由於當年「對社會太不熟悉，許多事都不了解。」「全書是顯得稚嫩」。一是人物經歷和小說情節有些脫離實際，人為化的痕跡較為突出。二是對大場景、大事件的敘述，太過主觀化、書生氣，顯得較為急躁和生硬。總之，給人印象是成書太過匆忙，某些章節，缺乏推敲和打磨，誠如許君遠所說：「本書的取材很好，我相信若使余杞再過五年寫，一定更可驚人，一定能成為一本極其珍貴的名著。」〔註4〕

1933 年，天津法商學院學生萬斯年等辦了一個期刊，向王余杞約稿，並將王余杞的短篇編輯成集，書名為《朋友與敵人》；同年 9 月，由天津現代社會月刊社出版發行（北大和臺灣圖書館收藏）。這是王余杞第二部短篇小說集，包括 14 個短篇：《革命的方老爺》《窮途》《朋友與敵人》《平凡的死》《犧牲》《楊柳青》《失業》《酒徒》《女賊的自白》《歡呼聲中的低泣》《季珊君的心事》《一個日本朋友》《生存之道》《善報》。王余杞當初寫社會的想法是「分清敵我，不容混淆」，與他的第一部小說集《惜分飛》相比，題材的深度與廣度的確有較大的擴展。其中，既有寫前朝遺老的迂腐和沒落，現代青年的迷茫與病態，也寫到社會底層男女的走投無路，社會動盪時期的文化墮落。讀者切不可以為就寫這點「社會百態」，而看輕了這部小說的特有的存世價值和研究價值。小說集中最重要的是後半部《歡呼聲中的低泣》（1931.10.14）《季珊君的心事》（1932.4.8）〔註5〕《一個日本朋友》《生存之道》四篇。第一篇寫日寇在東北瀋陽發動「九一八」事變，第二篇寫日寇在上海製造「一二八」慘案；前者以日寇陣亡士兵夫人的視角，表現日本人民的反戰情緒，後者寫季

〔註4〕原載北平 1933 年 4 月 25 日《晨報》。轉引自王平明、王若曼《王余杞生平和文學創作活動》，載《王余杞文集》下卷（花山文藝出版社，2016.10）。

〔註5〕王余杞小說《歡呼聲中的低泣》一「九一八」事變為背景，從日本人民的角度創作的一篇反戰（即反對侵華戰爭）作品。作者在《關於〈歡呼聲中的低泣〉》（見《王余杞文集》下卷）一文中特意作過解答。

珊君親歷日寇轟炸閘北，母親屍骨無存的慘劇。這兩個短篇小說，是我們迄今能查閱到的抗戰文學最早的作品之一，其堅定地抗日愛國立場和傑出的藝術表現，足以奠定王余杞在抗戰文學中「排頭兵」的地位。值得一提的還有寫於 1928 年的《酒徒》，這是一則新編歷史小說，寫李白在長安天子門下的狂放與失意。此外，筆者還要特別向研究者推薦《朋友與敵人》自序中的一段激情文字：

　　放眼看看，中國的新文藝界，如此而已！

　　但是那不要緊：統治階級不了解文學不要緊，有閒階級不了解文學不要緊，中國文學界的混亂也不要緊；一切都不要緊！自然有了解它的人，那便是無產的大眾；自然會產生偉大的作家，那也必須在這大眾中求之。大眾過的是地獄似的生活，他們時時在為生存而奮鬥；他們具有火熱的情，他們具有純潔的心，他們極端需要文學作品的安慰和鼓舞。偉大的作家就應該站在大眾的立場上，描畫出大眾的心理意識，充分地表現出那種偉大的力，完成文學本身所負的使命。不必討書局老闆們的喜歡，更何勞公子小姐們的稱許？

　　縱觀王余杞這一時期的小說，除了批判現實的思想內容以外，在藝術上有三點是很突出的，一是人物塑造的心理分析，二是景物描寫的抒情意味，三是幽默沉入的敘事基調。由此融匯而為王余杞小說的整體藝術風格，成為蓋在他上百萬字的小說作品中的特色鮮明的印章。

　　這一時期，王余杞的兩篇悼文是其散文作品中最為感人、最有分量、最具代表性的佳作。一篇是 1930 年 11 月發表於《國聞週報》在第 7 卷第 44 期追念母親的散文《故鄉的殘影》，另一篇是 1931 年 5 月連載於《北平晨報》懷念摯友朱大枬的散文《傷逝》。對於研究者來說，是王余杞早年成長環境與早期創作環境和人物關係的極其寶貴的史證。

第七章 北方左聯的「獨行俠」——
主編《當代文學》、組建北平作協

　　王余杞從 1927 年開始文學創作，在當年中共黨組織的領導和魯迅、郁達夫等進步作家的影響下，他的文學創作帶有鮮明的左翼作家的激進傾向。「不僅有對黑暗的社會的批判，對腐敗的政客和黑暗官場中的鉤心鬥角的揭露，對社會底層小人物、青年知識分子的苦悶的生活和心境的生動描寫，更是對被壓迫的勞動者階層，掙扎在死亡線上的貧窮婦女和兒童的悲慘命運充滿了同情，對社會的不平等和不公正現象發出抗爭的聲音。」〔註1〕然而，王余杞加入北方左聯，卻是在 1934 年，因他以一己之力主編左聯刊物《當代文學》，後由北方左聯負責人孫席珍〔註2〕介紹入盟的。用一個現在的流行語，把他稱

〔註1〕引自王平明、王若曼《王余杞文集〈序〉》。
〔註2〕孫席珍（1906～1984）原名孫彭，學名孫志新，字席珍，筆名丁非、明琪等，浙江紹興縣平水鎮人。1922 年，考入北京大學並任《晨報副刊》校對，編輯北平《京報文學週刊》。1925 年「五卅運動」時期，以北大學生代表身份投身革命，後加入共青團。1926 年「三一八」慘案後，南下廣州，不久即轉為中國共產黨黨員，並隨林伯渠參加北伐，任連、營政治指導員和團政治助理。武漢克復後，被調任總政治部秘書，在郭沫若領導下負責主編南昌版《革命軍日報》。1927 年「四一二」政變後，調到第三軍政治部任科長，參加「八一」南昌起義，後流亡日本。1930 年春回國，在河南洛陽師範、北平師範大學國文系、中國大學、北平大學女子文理學院文史系任講師。同時積極參加左翼文化運動，參與發起組織北方左聯，被推舉為常委兼書記。1934 年，被國民黨當局逮捕。次年出獄後任北平中國大學兼東北大學文史系、江西省政治學院國際政治系教授，再次赴日本，代表北方左聯與東京左聯質文社聯繫。「一二九」運動後，被北方局批准為北平特別黨員小組成員。1936 年，和曹靖華、

作北方左聯的「獨行俠」，似乎是再貼切不過了。

中國左翼作家聯盟，簡稱「左聯」〔註3〕，是中國共產黨直接領導下的中國第一個無產階級革命文學團體。左聯成立之時，正值第一次國內革命戰爭失敗，國民黨執政當局一方面對革命根據地進行軍事圍剿，另一方面對國統區實行文化「圍剿」。當時的形勢迫切要求全國的左翼作家團結起來，與國民黨當局做殊死的鬥爭。1930年3月2日中國左翼作家聯盟成立於上海，標誌著革命文學跨入了一個新的發展階段。進步的文藝工作者開展了強有力的無產階級文學革命運動，譯介馬克思主義文藝理論，創辦《萌芽月刊》《拓荒者》《前哨》《文學導報》《北斗》等文藝刊物，繁榮左翼文學創作，推進文藝大眾化運動，開展的文藝思想論爭，加強與世界無產階級革命文學的聯繫，成為了國民黨統治區的革命文學的主導力量。由此引起了國民黨統治集團的極端驚恐和仇視，他們對左翼作家進行瘋狂鎮壓，禁止左翼書報的出版發行、封閉書店、出版社、通緝逮捕甚至殺戮左翼作家。

1933年，國民黨當局在上海實行「圖書雜誌審查辦法」。年底，王余杞收到左聯作家宋之的〔註4〕從上海來信，信中說上海的新聞檢查非常厲害，稍有

李何林、王余杞等發起另組北平作家協會，被選為北平作家協會執行委員兼書記。抗日戰爭期間，輾轉北京、天津、山東、河南、湖北、湖南、福建、江西、貴州等省市，從事文化救亡活動。抗戰勝利後，受聯合國經濟總署之聘任專門委員，負責外文編譯工作，後在河南大學等校任教。1949年後歷任南京大學中文系、浙江大學中文系、浙江師範學院中文系教授，曾任中國作家協會浙江分會副主席、中國魯迅研究學會顧問。

〔註3〕中國左翼作家聯盟：是在中國共產黨組織的領導下，特別是瞿秋白的直接指導下，於1930年3月2日在上海成立的無產階級革命文學組織，簡稱左聯。大會推選魯迅、沈端先（夏衍）、馮乃超、錢杏村（阿英）、田漢、鄭伯奇、洪靈菲7人為常務委員。左聯的旗幟人物是魯迅，具體工作由黨團書記負責。左聯在北平、廣州、日本等地成立了分盟，在廣州、天津、武漢、南京等地成立了小組，由最初的50餘人發展到300餘人。左聯成立後，相繼成立了左翼社會科學家聯盟、戲劇家聯盟、新聞記者聯盟、美術家聯盟、教育家聯盟、語言學家聯盟和音樂家聯盟，當時號稱「八大聯」。1936年2月，根據國內外鬥爭新形勢的需要，左聯自動解散。

〔註4〕宋之的（1914～1956）原名宋汝昭，筆名懷昭、一舟、艾淦等。1914年4月生於河北省豐潤縣。1930年夏天，考入了北平大學法學院俄文經濟系。1932年參加中國左翼戲劇家聯盟，任北平分盟出版部部長，主編《戲劇新聞》。1933年，為躲避國民黨憲兵搜捕，被迫中斷了學業離京赴滬，參加上海左翼劇聯，組織領導新地劇社、大地劇社，並參加夏衍領導的左翼影評小組。1935年赴太原任西北影業公司和西劇社編劇。1937年在上海組織抗日救亡演劇一隊，

左翼傾向的稿子都登不出去，徵求王余杞的意見，看看能否在在天津籌辦出版文學刊物，以便部分地轉移陣地。因為天津此時還沒有嚴格的新聞檢查，辦一個刊物比較容易。他希望能出個大型的刊物，以壯聲勢。隨後，又將被查禁的稿子寄來。

結識宋之的是兩年前的事，那時，宋之的還是在北平大學法學院俄文經濟系的學生。王余杞於 1931 年 5 月 23、24、27 日在《北平晨報》連載《傷逝》，表達對故友朱大枬的懷念。後收到宋之的來信。宋之的稱讚「這篇文章還可以，願意做個朋友」。於是，王余杞就和從事左翼話劇活動的宋之的建立起了通信聯繫。

宋之的應是找對人了。首先，王余杞是屬於反帝愛國的進步作家，但此時，他並沒有左聯盟員的身份，易於開展革命文學的組織和編輯出版工作；同時，他有過多年結社辦刊的經驗，對天津新聞出版界較為熟悉，而且在當年北方的文學界已是較有名氣作家了。另外，還得從王余杞的性格氣質方面來找依據，在他身上，的確有鹽業世家先輩傳承的精明和擔當，而且，他是一個非常有血性和有大局觀的文人。有一件事情特別足以從一個側面了解到王余杞的性格：

> 1933 年春天，世界著名進步作家蕭伯納參加世界旅行團，坐船將經過中國，上海有人組織歡迎。我們認為對此表示歡迎不歡迎，是表示正義與否的態度，對蕭伯納，我們將不同於對杜威和泰戈爾，我們將把他比作愛羅先珂。後來看見報載蕭伯納在上海時受到宋慶齡、蔡元培、魯迅等人的接待。我們知道蕭過天津不會停留，就給他寫了一封信，對他致意和歡迎。旅行團從上海乘火車經過天津去北平，在天津東站停了十分鐘，姜公偉、黃佐臨、童漪珊和我等人到車站。待火車停下後，蕭從車上走下來，我們當面交了信，表達了信中的意思。蕭個子高長，滿面紅光，身體非常健康。據說他還

任副隊長。1939 年在重慶組織作家戰地訪問團，任副團長。1941 年後組織旅港劇人協會、中國藝術劇社。1946 年後任山東大學教授、東北文協《生活報》主編。1948 年加入中國共產黨，同年參加中國人民解放軍。新中國成立後，歷任第四野戰軍南下工作團研究室主任，總政治部文化部處處長兼《解放軍文藝》總編輯，《劇本》月刊主編。中國文聯第一、二屆委員，中國作協第一屆理事，中國政協第一屆常務理事。作品有話劇《誰的罪》《霧重慶》《國家至上》，電影劇本《無限生涯》和《打擊侵略者》，古典歌舞劇《九件衣》等。1956 年 4 月 17 日，因患肝癌去世，年僅 42 歲。

要去上長城。當時中國正值「九一八」、「一二八」之後，人民處境異常，對蕭也難有更多的表示。他到北平時，報紙就一點報導沒有。繼上海文藝界之後，我們總算表達了一些對蕭伯納的鮮明態度，對我們來說，無疑的是一次戰鬥。

——王余杞《在天津的七年》

這就是左聯的同志為什麼會把這麼重大的任務交給王余杞的承擔的考量吧。

然而，既無經費保障，又無任何實力，辦一個大型刊物，談何容易？聯繫了一家小書店，那位老闆直搖頭，詫異於辦一個刊物竟要每月花好幾百塊大洋，事情當然不用提了。宋之的回信說，稿費不必爭持，「三元千字不成兩元也可以，××刊物沒稿費也要幹呢！」

王余杞躊躇為難了：在天津，哪裏找得到出錢辦刊物的出版商？只有一個天津書局有實力兼營。這個書局的老闆叫姓柯，人稱「老柯」，像他的姓一樣，談起生意來很難應付。王余杞自愧「纏」不過它。寫信告訴宋之的，宋卻說不妨試試。

第一次和天津書局老柯接洽是在 4 月 12 日，答覆可以，但須由承辦方辦理登記。王余杞便託人代簽了登記表。

第二次到天津書局是在 4 月 20 日，老柯又提出所謂要「登記」，是「怕文章裏有什麼不妥的地方，只要文字沒有問題，登記的事書局就可以辦」。因為書局老闆在公安局有熟人。辦刊的事大體可以決定了。

王余杞把刊物定名為《當代文學》，這在當時應是挺「先鋒」的。與出版方商定了兩個原則：第一，建立正確的批評的理論；第二，不登續稿（即不能一稿多投，本刊成了「轉載」）。

而後與書局的合同由王余杞起草，交給書局，其中最重要的幾條是：

——稿費以千字兩元至三元計算（以三千字作標準），多銷一千，多加一元。

——編輯費按刊物贏利百分之二計算。

——合同有效期為一年，但前三期皆銷不到一千份時，書局得要求停刊。

這時候，有許多熟悉書局情形的朋友都善意地警告王余杞，叫他小心上當，有的更明白說出該書局老闆老柯「又狠又愚」等等，使得辦刊的「滿腔熱

氣又為之一冷」。終因為各地報紙已轉載《當代文學》創刊的消息，各處的稿子已在徵集中，出刊的事也就「欲止不能了」。

辦刊的編輯編務諸多事宜延宕到第二年。春節不久，王余杞終於同天津書局達成協議，創辦大型文學月刊《當代文學》，並設計封面。王余杞認為「文以載道」之外，還要「文須及時」，文學作品雖然不是新聞報導，但也須扣緊時代脈搏，盡快地反映現實。

直到 1934 年 6 月，王余杞辦妥了出版手續，帶著「創刊號」稿子，特地南下上海。讓他完全沒有預料到的是，宋之的已被國民黨當局拘捕，郁達夫也去了杭州。輾轉周折，有幸在法租界曹仁五路明星池 15 號的一個亭子間見到了左聯作家聶紺弩和葉紫。當時葉紫就住在那裡，是左聯的秘密聯絡點之一，上海左聯總部明確指派以後由葉紫負責聯繫。

王余杞在上海集體會見了左翼作家葉淺予、宗惟庚、夏徵農、葉紫、蔣弼、聶紺弩、周穎（聶紺弩夫人）、楊騷、歐陽山、草明、冰山等 11 人，並在「大利春」共同進餐。王余杞「略一報告刊物情形，除了希望大家供給稿子之外，又提三事：一、決定編輯方針；二、決定刊物態度；三、決定宣傳辦法」。王余杞在天津的工作使上海的左翼作家非常振奮和感動，紛紛表示要繼續供稿，並鼓勵一定要堅持下去。

《當代文學》於 1934 年 7 月在天津正式創刊。為大十六開本橫排，封面設計樸實大方，每期在紅、粉、綠、藍不同的底色上，突出「當代文學」四個宋體大字，顯得格外醒目。《當代文學》共出版發行五期，發表的主要作品有：郁達夫的隨筆《故都的秋》、豈明（周作人）的隨筆《再論吃茶》、聶紺弩的小說《金無爹》、艾青的小說《ADLEU》、宋之的的小說《鞭笞》、王余杞的小說《母與子》、蘆焚的小說《啞歌》、夏徵農的小說《春天的故事》、丘東平的小說《農村小景》、葉紫的小說《夜哨線》、艾蕪的小說《爸爸》、彭島的小說《墊》、日本作家小林多喜二的小說《為市民》，以及陳白塵、蒲風、白薇等、歐陽山、楊騷、草明等左翼進步作家的作品，也儘量選登文學青年的稿件，足見刊物的分量和影響力。王余杞還巧妙地刊載其中性一點的稿子「給刊物打掩護」，如上述豈明的隨筆《再論吃茶》、郁達夫的隨筆《故都的秋》，被著名評論家唐弢譽為名篇，分別被選進當時的語文教科書。

《當代文學》的組稿、編輯、發行，實際上全由王余杞「匹馬孤軍、單絲獨木」一人承擔。王余杞自動放棄自己的編輯費和稿費，作者稿費也按照較

低標準計算。王余杞在鐵路局工作之餘，晚上看稿「常常熬到深夜」。《當代文學》聯繫南北兩地相當多的「左聯」作家，給北方文壇帶來了生機和活力，成為革命文學的一個重要陣地。美國著名記者埃德加‧斯諾在其編譯的《活的中國》一書中，把《當代文學》列為「刊有論現代中國文學的極有價值的資料」。〔註5〕

這一時期，王余杞與北平的進步作家孫席珍、吳承仕、齊燕銘、張致祥（管彤）相識，並有了較多的交往。孫席珍是中共北方局北平特別小組成員、北方左翼作家聯盟負責人，於1934年介紹王余杞參加北方左聯。由此，北方左聯把《當代文學》列為左聯刊物。唐弢特地評論道：「這個刊物和上海出版的《北斗》《文藝》《文學月報》，北平出版的《文學雜誌》《北國》《文藝月報》，完全是同一個傾向、同一個旨趣、代表着同一個時代特點的刊物。在北平三個期刊相繼被禁之後，天津冒出了《當代文學》，確實是一件很有意思而又頗為惹眼的事情。」（唐弢《〈當代文學〉上的兩篇隨筆》，上述刊物，都是左聯先後創辦的機關刊物）

王余杞既有鐵路局的本職工作，編輯編務全由個人承擔，可見壓力之大，終因書刊檢查的風險、出版商的經費拖欠、發行方的扯皮推諉，使得《當代文學》如履薄冰，難以為繼，最終於1934年年底突然停刊。王余杞回憶道：

> 及至第五期出版，第六期的一部分稿子已送來校閱之後，全數被扣的消息也傳來了。我問書局，書局說不明白詳細情形；我叫他去探詢，他反而向我推諉，態度非常淡漠（當然，藉此可以拖欠稿費）。我卻不能等待，立刻跑向郵政總局，總局說須問交郵那個分局；我去分局，分局說須問總局。忽然書局又說被扣的原因是沒登記（登記的事從前我就警告過他），我只得又去公安局領登記表，拿回來填寫，做呈文，而結果書局說是沒地方找鋪保。
>
> 又過一星期，書局才從私人方面探聽得被扣的原因：南方（國民黨當局）看到前三期，誤會是魯迅先生主持，誤會有魯迅先生的稿子，故扣。
>
> ——王余杞《記〈當代文學〉》

〔註5〕引自王余杞《在天津的七年》。

　　王余杞憤怒已極！1935 年 3 月 3 日，他在《庸報》副刊《噓》週刊第 1 期《發刊詞》中寫道：「幢幢往來盡是鬼影。四面張開羅網，空氣彌漫著血腥。這時候，情感在內心激動著，不能笑，不能哭，不能吶喊，就只有噓。噓，噓是對於鬼影的蔑視，噓是對於鬼影的抗爭。」

　　1936 年 2 月，根據國內外鬥爭新形勢的需要，中國左翼作家聯盟自動解散。6 月，部分左翼作家在上海成立中國文藝家協會。11 月，北方左聯改組，成立北平作家協會，成立大會在北平石駙馬大街的一家飯店舉行，約有 70 餘人到會。主席團成員有孫席珍、曹靖華、王余杞等。此時，王余杞已是較有影響的作家、編輯和社會活動家，被推選為主席團執行主席，是眾望所歸的。會上，王余杞與孫席珍、曹靖華、楊丙辰、高滔、李何林、張致祥、澎島、陳北鷗等當選為北平作家協會執行委員，孫席珍兼任中共北平作家協會書記。北平作家協會與左聯組織機構相同，執委會實行集體領導，未設置主席、副主席。這一時期，王余杞參與的文學活動主要有：

　　——1935 年 5 月，參加北方左聯組織文學團體「泡沫社」，參與編輯《泡沫》等刊物。

　　——同年，與曹禺、王芸生、柳無忌、羅皚嵐等人舉辦「星期聚餐會」，是當時天津青年學者的文藝沙龍。

　　——1936 年 5 月，王余杞與吳承仕、齊燕銘、張致祥等合作編輯文藝刊物《每月文學》，由北平每月文學社發行。

　　——同年，支持天津青年詩人創建的海風社，參與自費出版的《海風》詩刊（後擴大為詩歌、散文的綜合刊物）的編輯工作。

　　——1937 年 5 月 30 日，由海風社發起籌備，王余杞擔任主席主持召開「天津文藝座談會」討論「在目前我們需要怎樣的文學」、「怎樣鞏固天津文壇」，並決議「鞏固並擴大海風社作為將來新組織的基礎」。此次座談會標誌着天津文藝界的團結和抗日民族統一戰線基本形成（天津市地方志編修委員會編著《中國天津通鑒》，2005 年）。

　　——同年 7 月下旬，海風社負責人邵冠祥、曹棣華被天津市警察局逮捕，因係抗日愛國人士，移交日本憲兵隊，被殺害。王余杞著文悼念。

　　從 1930 年至 1937 年，王余杞在天津工作生活了七年，這是他的文學創作和文學活動最重要的時段。當代學者曾廣燦把王余杞稱之為「天津文學的

主將」〔註6〕，這個定位應是客觀公正的，事實上，這位左翼作家中的「獨行俠」，在上個世紀三十年代中期的北方文壇，已經是最激進、最活躍、頗具影響力的實力派作家之一。

〔註 6〕曾廣燦（1936～）山東鄆城人。南開大學教授，中國老舍研究會副會長。1961年畢業於山東大學中文系，1964年該校研究生畢業後到河北大學任教，1979年調南開大學。著有《老舍研究縱覽》《老舍年譜》《老舍代表作（並序）》《老舍文藝評論集》《老舍新詩選》《老舍研究資料》《沙汀代表作》《中國現代文學》，參加編寫教材《中國現代文學專題選講》等。

中　編　從抗日救亡的鐵血先聲，
　　　　到抗戰文藝的「排頭兵」

　　從 1933 年至 1937 年，王余杞連續創作了《急湍》《海河汩汩流》兩部小說，成為我國最早以長篇小說揭露日寇的侵華罪行和表現中國軍民的浴血奮戰的作家之一。1937 年 8 月，王余杞脫險離開天津，參加上海救亡演劇隊一隊，擔任總務幹事，北上宣傳抗日救亡。1938 年 1 月，與劉白羽合著《八路軍七將領》。同年 8 月，王余杞回到故鄉自貢市，繼續投身抗日救亡運動。1940 年 3 月，被國民黨當局關押於「成都行轅」，經馮玉祥將軍保釋出獄，後參加中華文藝界抗敵協會成都分會，創作組詩《全民抗戰》。

第八章 《急湍》：抗日救亡的「急就章」

　　1931 年 9 月 18 日，日本侵略軍攻佔瀋陽，東北軍不戰而退，由於國民黨實行不抵抗政策，日軍迅速侵佔東北全境。1932 年 1 月 28 日，日軍進犯上海。奮起抵抗的駐上海十九路軍與日軍激戰 33 天。1933 年 1 到 5 月，日軍先後佔領了熱河、察哈爾兩省及河北省北部大部分地區，進逼北平、天津。5 月 31 日，迫使國民黨政府簽署了《塘沽停戰協定》。這一賣國條約規定，國民黨政府取締察綏抗日同盟軍，取消平、津、河北的國民黨黨務機關並撤走憲兵第三團，實際上等於拱手把華北河山送給日本帝國主義。在國難當頭的危急時刻，王余杞身處風雨飄搖的平津地區，目睹日本敵寇和浪人及其漢奸走狗蠢蠢欲動，深切感受到抗日救國的急迫性。從 1932 年至 1937 年，連續創作了《浮沉》（1932 年）《急湍》（1933 年）《海河汨汨流》（1936～1937）三部長篇小說，形象地記錄了從「濟南慘案」、「九一八」事變、「一二八」事變，到「七七」全面抗戰的北平、天津地區的社會動盪，日寇侵略的囂張氣焰，民族危亡的日益加深和中國軍民的浴血奮戰。我們可以把這三部小說統稱為王余杞「平津三部曲」。

　　王余杞所處的北方京津地區已是日本帝國主義侵略的第一線。早在 1928 年 5 月，日軍出兵山東，製造駭人聽聞的屠殺中國人的「濟南慘案」，中國軍民死傷 8000 餘人；1931 年 7 月，日本殖民統治者在朝鮮發動了震驚世界的排華事件……日寇一次又一次的暴行使他激憤和覺醒。1931 年，王余杞時在北寧鐵路任職，是最先得知「九一八」事變的消息由鐵路電訊傳到關內的人員之一。他曾回憶道：「那噩耗直如一個焦雷鎮住了全公事房的每一個人！」王余杞當時感到：「熱血在我渾身激蕩──顫抖着手，我提起了筆，筆不停地

寫，寫，寫，寫出：日本侵華是其三十年來的一貫政策，這次事變非濟南慘案可比，我們的對策，惟一的只有戰！戰！戰！」〔註1〕王余杞是在第一時間以長篇小說揭露日寇的侵華罪行，表現中國軍民奮起抗日的中國作家之一，其在中國抗戰文藝中的歷史地位是不容抹煞的。〔註2〕

為揭露日寇侵華的真相，抨擊國民黨當局的消極不抵抗政策以及漢奸投敵賣國的行徑，王余杞於1933年創作了他的第二部長篇小說《急湍》，從「九一八」事變寫到「一二八」事變。作者率先在平津抗日第一線用自己的文字向日寇及其走狗進行堅決抵抗。作者寫道：日本軍國主義者發動了罪惡的「九一八」事變，「一聲聲大炮震動得門窗嗡嗡作響，而每一聲炸裂之後還發出幾秒鐘的沉悶而枯澀的回聲，使人們恐怖的心裏，更加上了一種不易支持的負擔。」在全國人民抗日救亡運動的推動下，馬占山指揮的江橋抗戰打響了中國人民在東北抵抗日本侵略的第一槍；翌年，日寇在上海發動「一二八」事變，十九路軍奮起抵抗，追擊日軍到租界。小說第十四章至十七章形象記述了中國將士淞滬抗戰中英勇抗敵的慘烈場面，表現了民眾對國家將亡的憂心憤懣和抗日救國的堅定決心。

因時局動亂緊張，報刊不能正常營運，《急湍》於1933年在《益世報》（天津版）刊登了三章，1935年某雜誌又刊登了三章（據王余杞《急湍〈後記〉》），直到1936年7月才在上海聯合出版社出版，因作品中表現出毫不掩飾的左翼政治立場，不便具真名發表，故署筆名為隅棨（中國國家圖書館、中國社會科學院圖書館藏）。

《急湍》是抗戰文學的鐵血先聲。有必要對這部小說的思想內容、情節線索、主要人物作一個較為清晰的梳理和分析，有助於正確認識其在抗戰文學中的重要地位和不朽價值。這部小說，不是我們當下所習見的結構宏大的歷史小說或事件的親歷者所書寫的戰爭題材小說。作品以普通人的視角，第

〔註1〕引自王余杞《我的故鄉〈八度九一八〉》，1939年9月。
〔註2〕現存抗戰文學部分資料顯示：李輝英的長篇小說《萬寶山》（經丁玲修改和介紹）、張天翼的長篇小說《齒輪》（署名鐵池）、陽翰笙的中篇小說《義勇軍》，列為「抗戰創作叢書」，1933年3月由上海湖風書局出版。王余杞的長篇小說《急湍》創作於1933年，並於同年在《益世報》（天津版）刊登前三章，應是同時期的抗戰題材小說。蕭軍創作於1934年的長篇小說《八月的鄉村》，1935年7月由上海書店出版。邱東平的《給予者》《一個連長的戰鬥遭遇》《第七連》等中短篇系列小說，創作於1938至1939年，遠遠晚於王余杞的抗戰中短篇《歡呼聲中的低泣》（1931.10.14）和《季珊君的心事》（1932.4.8）。

一次以長篇小說的形式，控訴日寇侵華「九一八」和「一二八」事變的罪行，譴責國民黨當局實行「攘外必先安內」的不抵抗政策給中華民族帶來的巨大災難。作者以敏銳客觀的社會批判筆觸，剖析帝國主義發動侵略戰爭的根源，揭露國內統治階層的腐朽貪婪的反動本質，揭示民眾在被奴役的悲慘處境中的麻木不仁，以及知識分子人格的嚴重撕裂和軟弱動搖。與上一部小說《浮沉》相聯繫，黨國要人胡代表、南京黨部委員張子安、青年革命者王孝明和張芝英都在《急湍》中相繼出現，而且作者仍然把中共江西革命根據地作為挽救國家民族危亡的希望所在。所有這些，鮮明地體現出王余杞毫不掩飾的左翼政治立場。

小說的第一章，作者直接翻開日曆上的 1931 年 9 月 18 日。身在瀋陽市省立中學的青年教師黃雲當天正在給北平的老同學顧洪寫信，信中一一提到昔日的同學，實際上給整部小說人物關係列出了一個總綱。11 時許，日寇炮轟瀋陽北大營，火光衝天，聽得見密集的槍炮聲。黃雲與學校教員白功全、黃定遠等在學校會客室裏躲了一夜。次日，日軍開進瀋陽城，商鋪掛起了太陽旗。白功全急忙趕回自家的「洋貨店」，只見「一片瓦礫的街市，血肉狼藉的死屍，痛徹肺腑的哀呼和殘暴的敵人的獰笑」。為了苟全一家數口的性命和攬上洋貨生意，白功全不惜出賣朋友，而且將妹妹許配給地方維持會糾察長西川，並為自己討得一個糾察員的漢奸身份。

黃雲已經敏銳地感覺到時局的惡化：小說的第一章，作者借黃雲的內心獨白，深刻揭示了日寇發動侵華戰爭的性質：

> 因為近年來帝國主義者們自身發覺了難於挽救的崩潰，妄想作一次破釜沉舟的最後掙扎，企圖抓著一條出路。這自然，屬於半殖民地而擁有極大資源的中國便成了它最好的侵略的對象。雖然顧慮著其他帝國主義者的嫉視，但只要表面上打出進攻現代唯一的社會主義國家的先鋒的旗幟，事情就沒有多大困難的。這樣的計劃，在日本方面，老早就已經打定了；只有中國的統治階級，還在那裡做著一覺不醒的春夢——貪心發展個人所統治的地盤，依然不斷低聲下氣地向著帝國主義者獻媚呢。

「九一八」當晚，奉系軍閥少帥正在北平中和戲院看《霸王別姬》。中國軍隊抱定的是「不抵抗主義」，於是司令下令：「叫他們不准抵抗，要什麼給什麼，要占什麼地方就讓占什麼地方，只是不准抵抗！」

　　瀋陽被占、長春淪陷的消息傳到北平，中共北方局學運負責人顧洪和他的戰友段逢林、岳崇先、平兒等秘密商定，擴大抗日宣傳，推動學生運動。他們抱定犧牲的決心，牆上，樹上，電線杆上，街門上，全貼着紅紅綠綠的標語，公園裏，戲院裏，電影院，電車上，全撒滿了各式各樣的傳單，其中有三條標語像驚雷般轟動了古都北平：

　　「打倒帝國主義的走狗出賣東三省！」

　　「被壓迫大眾聯合起來！」

　　「共產黨萬歲！」

　　警察全體出動，大刀隊布滿了十字街口，偵緝隊四處逡巡。段逢林等三人在這次行動中英勇犧牲。

　　東北淪陷，華北危急，國民政府一面堅持「攘外必先安內」的不抵抗政策，一面乞憐國際聯盟出面調查調停。小說用了三個章節，真實地再現了北平學生南下請願的鬥爭場景。130餘名青年學生在北平東站輪流「臥軌」，終於擠上破爛的鐵篷車。到了南京，學生們冒雨遊行示威，喊出「反對接受國聯決議案！」「反對政府出賣東三省！」打倒日本帝國主義！」「中華民族解放萬歲！」等口號，像大海狂瀾在南京城的街頭激蕩。國民黨當局派出1000多武裝軍警，將100多名學生抓上汽車，關押進衛戍司令部。最終，由軍警押送到火車站，再送往北平……

　　小說第二十章，顧洪布置上級的指示：為了對付各校的特務組織日衫團的法西斯行徑，全體同志「一律武裝起來」，如果失敗，則退向平綏一帶，與該地響應抗日的軍隊匯合。討論的結果，有的批評上級負責人過於冒險，有的責備負責人不守秘密，這樣重要的舉動，沒到相當時機便先宣布出來，恐怕還在發動之前，敵人就要「先發制人」了。誰知「一語成讖」，被叛徒內奸霍斌出賣，第二天晚上，顧洪剛與平兒道別，打算搬家出門，便被軍警帶上了囚車。

　　從瀋陽回到北平的黃雲，不願參加抗日救亡的實際工作，不顧顧洪等人的勸阻，決意「去上海賣文章，從糾正思想做起！」但上海文學界的現實，一是「受編輯老爺們的氣」，二是鴛鴦蝴蝶派「把肉麻當有趣」，將他用文學承載「使命」的夢想砸得粉碎。他決意離開上海。形勢已經變得非常嚴峻，命運注定他還要親歷一次日寇侵華的暴行。

　　《急湍》以黃雲的視角，講述了1932年上海「一二八」事變的親身經歷。

當晚 11 時許，日寇以鐵甲車為前導，向中國駐軍發動進攻，閘北一帶淹沒在隆隆的槍炮聲和熊熊的火光中。十九路軍奮起還擊，戰鬥極為慘烈，打退了日軍的連續進攻。29 日下午，為虎作倀的英、美領事出面調停，達成停戰三天的協議。

黃雲離開暫時棲身的亭子間，只見「街邊的店鋪門窗，處處留著彈痕；玻璃打碎了，什物凌亂不堪。有的建築，被炮彈轟炸到只剩著空架，從外面望去，從前是曲折幽深的亭臺，現在都一覽無餘，變成了敗瓦頹垣的廢墟。」日本海軍陸戰隊士兵扛著槍在馬路上往來梭巡，飛機在頭上盤旋，租界街口要經過日本兵的檢查才能通過。同行的鄰家新媳婦拒絕日本鬼子的非禮，慘死在罪惡的刺刀下。在年輕的中國女人的慘叫聲中，黃雲用手蒙著臉，離開了這令人髮指的血腥場面。

日本侵略軍製造的人間慘劇，中國軍民的英勇抵抗，使黃雲猛然驚醒，最終作出了返回東北淪陷區投身抗日第一線的果敢抉擇。小說的結尾，黃雲回到東北，把以黃定遠為頭目的民眾武裝力量改造成真正的義勇軍，首戰告捷，殲敵兩百餘名，並在日軍的一個陣亡士兵身上搜到一封反戰信——信中表達對日本軍閥發動侵華戰爭的強烈憤慨和無奈。

《急湍》以黃雲和顧洪為主要人物，設置兩條相互交匯又各自獨立的敘述線索，將「九一八」到「一二八」事變，以至錦州失陷，日寇進犯山海關，溥儀「被挾」出關，國聯調查調解，中日簽訂「停戰協定」，「陳獨秀等人被捕」，39 名進步人士在雨花臺被殺害，紅軍打到正陽關等，每一個事件節點都由人物的活動、人物對話或報刊新聞帶出。從而，在風雲突變、國家將亡的民族災難中，不同階層、不同職業、不同信仰、不同際遇的人們紛紛登臺亮相，演繹出抗敵與投降、鬥爭與妥協、革命與反動、新生與腐朽、主流與濁流、血水與淚水激蕩衝撞的時代史詩。

顧洪是作者傾心塑造的最為成功的中共學生運動基層領導者的形象：

（顧洪）童年時，家裏境況非常貧困，父親病倒了，全靠母親的十指維持生活。晚上，沒錢買油點燈，趁著月光還得做半夜的活計。他不願離開她，便每每抱著她的大腿睡上一覺。結果她終於因為過於操勞，以致一病不起。他的姐姐被他的父親賣給別人做小老婆，受不過虐待，跑了回來，那家不依，前來要人，把父親飽打了一頓。也是在這樣的月夜之下，姐姐隻身逃出去，縱身跳進了離家

不遠的深井裏。去年，他認識了張自新，一個害着第三期肺病的瘦老頭子，他說他有兩個兒子，一個犧牲在廣州，一個在上海被慘殺，現在只剩下他一個人，但他毫不哀傷，他更要勇敢地工作，直到他不能工作的時候。果然不兩天他就給弄進去了，第二天早上五點鐘便上了天橋。顧洪記得，他給弄去時，也是在一個月明的晚上。……

　　慘苦的家庭身世，先烈的革命意志，鑄就了顧洪堅毅的性格和犧牲精神。他有着比一般的愛國青年更為清醒的革命立場和政治遠見。當日寇發動「九一八」事變，他便敏銳地判斷：「日本對瀋陽長春的實力發動，是以資本主義國家互相間的衝突及資本主義與社會主義國家間的矛盾為原動力。所以，佔領瀋陽、長春，也只是國際帝國主義瓜分中國市場的先鋒，絕不是最後的一幕！」「帝國主義者揭開了它本來的面目，帝國主義者的走狗也露出它的狐狸尾巴，這在兩民族間的革命運動上，都是一個絕好的機會。」他領導了「貼標語」「散傳單」的行動，推動學生運動，組織學生南下請願，最後因策劃武裝暴動被叛徒內奸告密而被捕。這是一個職業革命家的形象，早已將個人生死置之度外。他反對個人主義、機會主義，痛恨知識分子的動搖性。他的愛情生活幾乎為零，「自獻身工作以來，就極力地剷除掉自己殘餘着的無聊的感情。了解了自從社會上劃分了階級，所謂感情，便已經失掉了它自身的真實性」。他內心深愛着組織內的戰友平兒，主動聯繫銀行家的兒子李肥為平兒在銀行裏安排一份工作。但他又嫉恨平兒對李肥「親近」，批評平兒浪漫，批評平兒「蘊蓄着小資產階級的意識」。當他決意離開北平，在與平兒吻別時，囑咐平兒向李肥借 50 元現金給重病的朋友李詩人治病。這一可敬可歎的「鋼鐵直男」形象，在挽救民族危亡的戰爭年代的革命隊伍中最具代表性和典型性，儘管我們今天看來有點左傾盲動、甚至幼稚魯莽。

　　平兒也是作者傾情塑造的知識女性形象，她優雅而不事打扮，率真而不露鋒芒。她積極參加抗日救亡運動，在中共地下黨組織內部，她遵守政治紀律，勇於表達自己的不同意見，在鬥爭第一線，她機警勇敢完成任務。她對銀行家的兒子李肥的追求和糾纏，虛以委蛇，而內心卻敬佩仰慕處處關心她、保護她的顧洪。顧洪的出走（平兒並不知道顧洪被捕），讓她非常傷心。最後落進李肥及其下人的圈套，被李肥軟求硬磨、齷齪強暴。她「悔不聽顧洪的勸告，更辜負了他深深蘊藏在心裏的那番情意。」在絕望中，她用菜刀殺死了李肥。

　　銀行家的兒子李肥，篤信父親的教誨，走「實業救國」的道路，天真地認為「用國貨，信任國家銀行，中國就有救！」他在同學和朋友中，幾乎是有求必應。但他生性慳吝，無決斷，無魄力，不敢得罪人，被別人欺負了，自己反而不敢言語，是一位十足的「爛好人」。他也有紈絝子弟好色的稟性，既怕家裏的老婆，又對銀行職員平兒垂涎凝望，最後死於非命。

　　黃雲既是「九一八」事變、「一二八」事變的親歷者和敘述者，又是在日寇暴行的血的教訓中終於覺醒、逐步成長為義勇軍某部頭領的人物。作者對這個人物成長經歷的設計既是匠心獨運、又是頗費躊躇的。

　　小說的開頭，黃雲在給顧洪的信中，就表明了緊跟時代，以天下為己任的抱負。「九一八」事變後，黃雲從瀋陽回到北平，執意南下上海，用文章喚起民眾，被顧洪批評為「個人主義」。上海文學界的無聊和污濁，讓他感到「顧洪不幸而言中」，打算回到東北。「一二八」事變，再一次親歷了日寇的侵華的暴行，血的教訓使黃雲猛然驚醒，決定回到東北組織抗日義勇軍。路過北平，由顧洪安排與 P.S.H 一道乘海船從天津北上大連，而後乘火車到瀋陽。

　　P.S.H 也是顧洪他們的同學，是這部小說中很獨特的女性。P.S.H 是英文 Public Sweet Heart（公共的情人）的縮寫。她妖冶放浪，對時事漠不關心。她的轉變令所有的同學納罕，而發給她路費的卻是（中共）北方局〔註3〕。她坦然解釋，「我在那裡對於工作，將如我在這裡對於放浪一樣有興趣。我原說過我如果對於實際工作有興趣時，我便去實際工作，這正是時候！你無須懷疑，也用不著詫異，我們大家努力！」到了東北，黃雲和 P.S.H 與闖關東的貧苦農民張富等人一道，投身於抗日救國的滾滾洪流。

　　通觀整部小說，黃雲作為「九一八」和「一二八」兩個重大事件的敘述者，這個設計是很關鍵很有必要的，但卻有刻意安排的痕跡。又因作者並非這兩個事變的親歷者，戰爭場面的刻畫和渲染多為作者的主觀敘事，缺少細節，顯得空泛而筆力不足。P.S.H 是這部小說從中唯一的奔赴抗日前線的女性，她的思想轉變和性格變化，前後差異過大，缺乏應有的鋪墊或過渡，也許在當年確有這樣的人物，但今天讀來，感覺太過隨意而唐突，缺乏邏輯真實。

〔註 3〕《急湍》第十五章 236 頁：「中央命令成軍，叫北方派人幫助，P.S.H 已經答應去了。」「中央」，即當時的中共中央，「北方」，即中共北方局。

　　王余杞創作長篇小說《急湍》，從 1933 年 5 月寫到 9 月，白天在鐵路局上班，「晚上回家，和女人孩子局促在三間小屋中。本處於沒有設有公共育兒所的社會，孩子哭鬧，便不得不放下筆來，推著搖車，哼出 The Song of the Volga Boatman（《伏爾加河船夫曲》）的曲調，催她入眠。」〔註 4〕在「屋子小，孩子鬧，鬧得心煩」的窘境和焦慮中，他用了不到 5 個月的時間，效法巴爾扎克自覺充任二十世紀三十年代初中國社會「書記員」的角色，完成了這部在抗戰文學殿堂中居於重要地位的長篇著作，具有不朽的文學價值和史料價值。作家借作品人物之口，表露出對抗戰時局的正確判斷和鮮明而堅定的左翼政治立場：

　　　　——帝國主義發動戰爭的根源是資本主義世界性的經濟危機。（第一章 132 頁）

　　　　——日本侵華戰爭是第二次世界大戰的第一聲號炮。（第四章 154 頁）

　　　　——世界總面積六分之一的社會主義蘇聯存在，是資本主義國家的最大威脅，她一天不消滅，舉世帝國主義國家便一天不得安枕。（第四章 155 頁）

　　　　——日本帝國主義發動侵華戰爭，為中日兩國的革命運動，提供了絕好的機會。（第四章 151 頁）

　　　　——國聯公開地揭破他的假面具和日本採取一致行動來宰割中國。（第六章 195 頁）

　　　　——國聯調查團報告書發表，胡博士首先贊成，總算叫「愛國志士」們大大放下了那一片熱心。（第二十一章 280 頁）

　　　　——現在的官僚政客們，平日只知道自己弄錢，哪管國家的興亡成敗！他們幹的，沒一件不是賣國的勾當……（第六章 165 頁）

　　　　——苛捐雜稅搜刮殆盡，「沒有收成要餓死，有了收成還不是一樣地要餓死！」（第十九章 270 頁）

　　　　——日本軍國主義者打著「弔民伐罪」的旗號蠱惑人心。（第十五章 243 頁）

〔註 4〕引自王余杞《急湍〈後記〉》。

　　——日本大眾應該從自己生存的鬥爭裏覺悟起來，從聯合世界
上同階級的大眾裏覺悟起來。（第二十一章 285 頁）
　　胸中有浩蕩之意，筆下有沉雄之氣。今天讀來仍，是金石之言，從歷史
的霧靄中透出力量和光輝。

第九章 《海河汩汩流》：淪陷前的天津

1935 年 12 月 9 日，北平大中學生數千人舉行聲勢浩大的抗日救國示威遊行，反對華北自治，反抗日本帝國主義侵略，要求保全中國領土的完整，掀起了全國抗日救國高潮。這是中國共產黨領導的一次大規模的學生愛國運動。12 月 18 日，天津 14 所大中學校學生舉行遊行集會，聲援北平「一二九」運動。1936 年 3 月，天津各界抗日救國會宣告成立。王余杞隨後在天津海風社《詩歌小品》第 3 期呼籲《抗敵──進攻》，批駁國民黨當局「攘外必先安內」的投降主義政策，發出抗敵圖存的吶喊，他寫道：

> 以「剿匪」為口號，一百個錯誤，那是媚外的行為。我們應該馬上改口，改口喊出：「抗敵！」在現狀中沒有「匪」的存在，只有「敵」的壓迫。無須乎「剿」，只有「抗」。

> 「抗」的解釋，不能只圖保守，更應該進攻。──事實上我們卻僅僅在保守。保守不足以圖存，乃相當於自認失敗。

> 在保守現有的疆土之外，還須把我們的國防線推展到我們的國境上去。我們還有一大片未收復的土地呢！收復失地的念頭，敵人早在利用威脅欲使我們淡忘的，然而我們回答他的最好就是這個：反守為攻。

這篇文章發表於 1936 年 12 月 10 日。兩天之後，發生了西安事變，張學良、楊虎城發動兵諫，逼蔣抗日，這是全國軍心民心所向。在中國共產黨的調解和推動下，西安事變和平解決，標誌著抗日民族統一戰線的正式建立。

1937 年初，王余杞開始創作第三部長篇小說《海河汩汩流》。這部小說着

眼於描寫在日本帝國主義的侵略威脅下的天津的人民遭受的苦難，揭露日寇以天津作為侵略的大本營，脅迫中國青壯年勞工修築秘密工事，最後將其殘殺並將屍體扔到海河的罪行。小說從西安事變和平解決之後寫起，記述華北各界救國聯合會的英勇鬥爭，最後寫到「七七」盧溝橋事變，日寇炮轟宛平，中國軍民奮起抵抗。從 1937 年 2 月 5 日到 1937 年 7 月 24 日，天津《益世報》副刊《語林》連載《海河汨汨流》，共 126 期。為配合小說的發表，1937年 1 月 29 日《益世報》還刊發了廣告：「《海河汨汨流》——王余杞創作，本版下月起發表。以天津的社會為背景的作品，似乎很少見，而且幾乎不見，文人好像鄙薄於天津似的。最近王余杞先生為本版寫一篇長篇創作，即以天津為題材，名曰《海河汨汨流》，即於下月起發表。特先發布，希讀者（尤其是本市的讀者）注意！」同年 7 月 30 日，天津淪陷，報紙停刊，小說連載被迫中斷。書稿在躲避日機轟炸的逃難中險些遺失，幸虧作者的妻子彭光林冒險回家搶出一箱書稿，其中有《海河汨汨流》存稿，及在天津《益世報》報紙連載剪貼本，還有《自流井》小說手稿。1939 年，王余杞校勘全文，增寫了日寇轟炸天津的章節。1944 年，《海河汨汨流》由重慶建中出版社出版（重慶圖書館、西南大學圖書館藏）。

　　《海河汨汨流》是王余杞在日寇敵特監視下冒著極大風險寫作的。作者在本書《自序》中寫道：

　　　　「雙十二」事變平復後，舉國如狂的爆竹聲，震驚了隱匿在天津日本租界的敵閥和浪人們。他們早已把都市當作了侵略華北的根據地的，而在今天，根據地的天津就響出了歷亂的爆竹聲。那響聲使得中國人的頭腦愈加清醒，也使得敵閥和浪人們魄散魂飛！

　　　　於是他們就更擺出了一副猙獰的面孔：干涉政治，武裝走私，誘掠壯丁，製造漢奸。尤其是製造漢奸，簡直明目張膽地大肆活動起來。

　　　　漢奸論調散佈到各角落，迫使我口頭上沉默了——然而在另一方面，我卻並不甘於沉默的。

　　　　這就又提起了筆，開始寫出這部《海河汨汨流》。

　　作為一個身處華北抗戰第一線的作家，王余杞一直在思考新文化運動先驅魯迅先生等人對「國民性」的評判。當此民族危機日益加深之際，除了國民黨當局內外政策的嚴重失誤乃至倒行逆施以外，普通民眾的國民意識、精

神狀態到底怎麼樣？「九一八」事變以後，在日本軍國主義的鐵蹄和淫威之下，偽治安維持會招搖於東三省城鄉各地，街道商鋪掛起了日本太陽旗。僅僅半年之後，偽「滿洲國」居然在日寇的卵翼之下「借屍還魂」〔註1〕。1933年3月，128個日本鬼子輕而易舉佔領了熱河省會承德（令我們今天的讀者難以想像）〔註2〕。國民黨當局於當年5月與日寇簽訂了徹頭徹尾的賣國條約《塘沽停戰協定》，實際上等於拱手把華北河山送給日本帝國主義。1935年11月24日，在日本特務機關策動下，華北十二縣發動「冀東政變」，宣布脫離南京國民政府，成立「冀東防共自治政府」。1936年5月，日本將天津駐屯軍改為華北駐屯軍，司令部設在天津，天津遂成為日軍侵佔華北的大本營。5月中旬，天津河東大直沽海河內發現浮屍300多具。這就是駭人聽聞的「海河浮屍案」。〔註3〕

　　王余杞「激憤難忍，不得不寫」。但在風雨飄搖中的天津，「因為執筆當時的顧忌多端和報紙編輯的曲意刪節，致使行文轉成隱晦，類似半吞半吐，故為艱深，顯得連些力量也沒有了。這真是叫我哭笑不得的事。」（王余杞《海河汩汩流・自序》）然而，《海河汩汩流》相較於前兩部小說，可以說是另闢蹊徑，既不重複《沉浮》知識分子走上革命道路的主題，也不像《急湍》著力表現愛國青年投身抗日救亡運動——它僅僅是以「無數的青年幹部離開都市，走出課堂，將抗敵救亡的種子，深深地種向農民、工人和士兵中間去」作為作品的亮點和副線。難能可貴的是，作者第一次以淪陷前的「天津社會為背景」，以果戈里式的幽默和魯迅式的辛辣，入木三分地刻畫和諷刺了奴氣十足的吳二爺這樣一個靈魂扭曲的人物形象以及與之相聯繫的漢奸群體，不僅使這部長篇在中國抗戰文學史上有著特殊的重要地位，而且在中國現代文學的

〔註1〕偽「滿洲國」：1932年3月1日，在日本帝國主義策劃下建立的偽滿傀儡政權，扶持清朝末代皇帝溥儀為偽「滿洲國」執政。1934年，改「國號」為偽「滿洲帝國」，執政改稱「皇帝」，故謂「借屍還魂」。

〔註2〕1933年3月4日中午，日軍川原旅團派128人，兵不血刃佔領熱河省會承德。至此，熱河抗戰不到10天徹底失敗，東北全境淪陷。由於當地百姓痛恨熱河省主席湯玉麟虐政和棄城逃跑，民心喪失，不僅沒有抵抗，相反歡迎日滿聯軍。1933年3月8日，張學良因東北四省全境淪陷，被迫引咎辭職。

〔註3〕「海河浮屍案」：日本軍隊強徵中國民工修築從日本租界到日本軍營的隧道和軍用工事，參與的勞工或壓榨至死，或被秘密殺害，海河上出現浮屍，計有300多具。1936年至1937年，《申報》《中央日報》《大公報》《益世報》均有所揭露，但始終沒有破案的報導。王余杞將這一慘案寫進小說，引起淪陷區和國統區民眾對日本法西斯的極大憤慨。

人物畫廊中堪為最具代表性和深刻性的文學典型之一。

二十世紀三十年代前後，天津已是我國北方最大的工業、金融、貿易中心以及郵政、電報和鐵路中心，雄厚的綜合經濟實力和現代的城市化水平讓天津極為炫目，素有「北京看四合院，天津賞小洋樓」，「冒險家的樂園，除了上海就數天津」之說。它不僅是北方最早的通商口岸之一，列強各國還紛紛在天津「租借」土地，其中有英國、法國、美國、德國、日本等9國，租界的總面積相當於天津老城的8倍以上。因此，天津自然成為殖民氣息最為濃烈的城市。在《海河汨汨流》中，各國租界均以國名名之，即「英國地」「法國地」「美國地」「德國地」「日本地」，至於老天津衛，順理成章叫做「中國地」。既然是中國地，當然會保存有封建主義的痼疾。吳二爺的稱謂，就是一個典型的例證。作者在小說的開篇中寫道：

> 海河兩岸，住滿了人家，而人家中所有的男子全是二爺。全天
> 津市找不出一個大爺——大爺都住在娘娘宮裏。

這是怎麼回事呢？這娘娘宮，幾乎是天津人的聖地。每到大年初始，凡是婦道人家，頭一樁要緊的事便是到娘娘宮去給娘娘燒香。磕頭起來，爬上樓去。樓上擺著一大堆泥娃娃，挑一個又白又胖的，接回家裏去，供在炕頭上，從此以後，一家子便都管它叫「大爺」。以後即便生了後代，排行也都從二爺算起。

原來吳二爺的大爺就是從娘娘宮裏抱來的，他自然排行老二，大名叫吳祥卿，是天津市某機關的普通職員，筆直的馬褂襟上還佩有一顆圓圓的證章，這就是身份。每日出門，必須「穿上馬褂，戴上紅頂恭喜帽，圍著圍脖，放下常在手內玩弄的那對光滑的核桃，架上眼鏡，穿上大氅，接過二奶奶遞過來的折疊好的雪白的手絹揣進兜裏，沒忘記摸摸馬褂襟上佩著的小圓證章」。除了長官主任之外，他向來是不大理人的，他的小眼珠總是往上瞧。但在偌大的天津市，華洋雜處，怎不叫他寒心？因而自覺「渺小，渺小，第三個還是渺小」。大丈夫能屈能伸，「伸」了半輩子的吳二爺，從此有時候也不得不「屈」一下了。

> 能使他吳二爺由伸而屈的人物並不多，其實也不過就只有三種
> 人：頭一種是穿洋服的西方洋人，第二種是穿洋服的東方洋人，第
> 三種是穿洋服的好像洋人的中國人。頭兩種容易懂，第三種呢，他
> 的意思是指的他的長官的主任之類。

吳二爺一出場，一個自大而又謙卑、虛榮而又怯懦的「二大爺」形象幽魂似地兀立在讀者面前。而且，他所畏懼的三種人，都跟「洋人」有關，可見在半殖民地半封建的中國、尤其是在天津洋場，華人地位之低下和崇洋恐洋心理之普遍。這為後面故事情節的發展打下了伏筆。

作品以吳二爺為中心，展開兩條敘述線索：一條是他的家人，二奶奶吳二娘、中學即將畢業的長子壽春、讀小學的小兒子小牛，還有堂弟老五以及剛過門的女人孫麗娜；一條是以他的長官主任蕭振華為代表的官場中的中下層人物。「主任佔據著吳二爺的整個的心，吳二爺卻完全不在主任的記憶裏」：

> ——也幸虧完全不在主任記憶裏。倘或主任偶然注意到他而又偶然記起了他，則那位主任將會感到莫大的恥辱，恥辱著竟有這樣的人會和自己一塊生存在這個都市裏。他算是哪一號的人呢？不高尚，不文雅，不體面，不軒昂，尤其是不帶洋味；現代都市裏所應該排擠的人，而天津市偏偏任他存在着，則天津市也應該負點責任，從此更將被這位主任瞧不起。

在吳二爺眼裏，主任真有主任的那種氣派，要不，他決不能做官就做到主任呀！單看那儀表：白白胖胖，紅光滿面；嘴上的鬍子只一撮，而威風凜凜；一對眼睛神采奕奕，真顯精神；頭髮梳得極光亮，極整齊。主任對天津市的唯一的評語是「印象不佳」，儘管對天津市不滿意，但看在如許外國人面上，他主任也就只好「屈尊」在租界裏。中國地界在他看來簡直不是北極，就是南極。跨過金剛橋，河北一帶，因為他所任職的機關業務所轄，致使他每天必須冒著險一次險。「冒著險去，冒著險回來，緊皺著眉毛，輕易不肯稍多停留一刻」。主任的口頭禪是：「外國人說的，西洋的建築，中國的吃食，日本的女人，是世界上的三絕！」像吳二爺自己所謂的那樣的身份，在他的長官的主任看來幾乎會問：「喂，你這身份值幾個大錢一斤呢？」

然而，吳二爺的命運卻在悄然中發生變化。主任的紅人鷹鉤鼻子張辦事員（機關裏的會計兼庶務）從蔣老三那裡打聽到吳家世世代代經商，鋪面開在估衣街。「在城裏，誰人不知道他那有名的吳家？」「財主們怕遭事，寧可掛個名兒在衙門裏」，「這也是天津衛的一種風氣」。於是，蕭振華主任換了一副和藹可親的面孔，尊稱「祥卿兄」、「好朋友」，請到玉壺春吃飯，又看打「回力球」，可讓吳二爺受寵若驚了。這原來，主任還拉來一個章委員，加上張辦

事員，謀劃合夥做煤炭生意。煤在出產地每噸三元五角，在天津卻賣到十八元，除去運費，一噸賺十元，有福同享啊！但得請吳二爺湊足三千元。這對於吳二爺來說，可不是一個小數字。

其實，吳二爺並非老天津的土財主。他只不過代管已過世的堂兄的家業，他所居住的院子、所有的店鋪、家產，都屬於正在上大學的堂弟老五的。「顧不得家當是老五的，反正又不是白花出去」，做哥哥的代管了這些年，哪件事不是做哥哥的給拿的主意呢？咬牙切齒，下了決心；於是，三千元，交給他的長官主任。然而，從春節等到清明，盯着貨運、行市，人都消瘦了，沒見煤炭生意的反饋，冒着犯上的危險上主任家去理論。主任的眼睛可向著房頂，他像在跟房頂說話：

> 那件事，本來有點冒險。意外的成功必須將意中的失敗去掉換，所以，我們失敗了。祥卿兄，你還好，才三千；我呢，我呢……噢，不失敗也是失敗了，外國人做事都不問過去了的，不說也罷。總之，你知道，我們的貨在半道上被人家扣住了。真是不幸得很！——不幸得很！可還有一件：這件事，請你從此再別向任何人提起。我們全都擔着干係，鬧穿了，後患就多了。我跟同人間的感情向來都很好，但是假如誰要和我為難，我還能顧得到麼——不過祥卿兄，咱們總是好朋友！

常言道，人不可能兩次踏進同一條河流。這對吳二爺來說應是個例外，而且下一次踏進就再沒有回頭的餘地。一個休假日，在飯飽酒足之後，長官主任提議要去聽「聽一回少一回」的劉寶全。主任在一番「祥卿兄」、「自己人」、「患難之交」之後，說：「您是位很有點道理的能人，佩服得很。現下我們組織了一個協會，圖謀大事，正約集人——可也不能隨便約人，每個都得經過嚴格選擇。只是您祥卿兄我們是相信得過的，希望您加入，屈尊合作。您答應吧！」

> 「光是入會哪成，」那個（吳二爺）非常慷慨，還十分得體地客氣着，「是是，主任提拔，您哪。」

> 「笑話笑話，」主任大笑，「都是自己人。……可是籌備時期，差一點經費……」不說下去，眼睛當嘴巴，眼睛閃呀閃地，補充了未盡的餘意。

吳二爺這才明白了，三千元啊，這又來了！還能答應嗎？還答應嗎呢？

今非昔比，老五結婚後，全部家產和店鋪經營當早被老五收回去了，雖說是用在拉攏上司的事兒上，但已有前車之鑒。向老五吞吞吐吐提起此事，灰頭土臉吃了一個閉門羹。轉而找到代管店鋪的蔣老三，這傢夥竟以介紹入會、并搭上老五的岳父孫二爺為條件，私自挪用三千元上繳主任，作為協會籌辦經費。至於協會叫什麼名稱，什麼性質，則懵然無知。只是許下了一個不小的頭銜：「財政總長」。

協會成立那一天，會場裏，除了吳二爺所認識的人外，「教書匠、大學生、公務員、生意人、律師、記者、醫生、買辦、密探、流氓，倒是諸色人等色色俱全」。這個協會到底是幹什麼的呢？

第一條 本會以恢復共和，實行民治，造成足以符合適應世界之新國家為宗旨。

第二條 本會總部暫設天津……

會上，東洋老闆直呼蕭振華的名字，用中國話喊道：「簡章——簡章上，加一條：『凡本會會員有違反本會者殺無赦矣！』」

於是，吳二爺渾渾噩噩、甚至戰戰兢兢地加入了由日本人控制的漢奸組織，被派兼充「服務團」的團員，每月有津貼，按時聽候差遣。雖說「財政總長」這個職位沒有落實，但自己一躍而成「國際人物」了啊，每日裏周旋於華洋之間，確有得意之處哩！從此，說話都只發平聲，一個字一個字地往外吐，折磨得相熟的人百般哀告：「得了，二爺，您饒了我吧！」有了一點點權勢，男人的鄙性免不了潛滋暗長。「貴相知」青樓的春紅老七，一個小眼睛、大鼻子、白白胖胖的女人，偏偏像是特意活著來侍候他！

盧溝橋的炮聲驚破了吳二爺的酣夢。

1939 年 7 月 29 日，國軍第二十九軍駐天津的第三十八師一度奪回火車站，包圍了東局子的日本軍用機場，但 30 日卻又奉命撤回天津。同日天津淪陷。日寇對天津市區狂轟濫炸，數十萬難民無家可歸。

王余杞特地用一個長鏡頭描繪了吳二爺一家被炸的慘景。他引以為護身法寶的太陽旗不管用了。女傭老劉媽慌亂中用捅火條撐起了這個膏藥旗子，吳二爺與二奶奶和小牛連爬帶蹭地鑽進靠牆的方桌下。一顆炸彈正落在吳二爺屋裏的牆角上。吳二爺躺在了血泊裏。二奶奶變得異乎尋常地勇敢。叫來老劉媽，一齊將吳二爺抬上炕去。吳二爺終於猛醒，斷斷續續地說：

「別忙了，您哪！」吳二爺止住她，「我，我是完啦，你們娘兒

倆，趕快，逃，命去吧！找壽春，日後，給我，報仇——報仇——
哪！」

　　人靜靜地躺着，創口上，血也靜靜地流着，汩汩地流著——像海河一樣
地汩汩流着！吳二爺一年多來晝思夜想的「加官晉爵」「招財進寶」「添人進
口」三大喜事終於以他提前告別人世的方式宣告破滅。他來自於娘娘廟，虔
誠的香燭、抽籤的偈語，都在他咽氣的一瞬化為烏有。

　　儘管王余杞對這部長篇有種種不滿意，但據天津《益世報》副刊「語林」
版主編吳雲心回憶，「《海河汩汩流》在當時影響很大。」〔註4〕1944年2月，
該書的單行本在陪都重慶甫一推出，便引起文學批評家李長之的關注。他認
為作者活畫了天津的風物，「把天津市裏中國地界的靈魂捉住了。」指出「這
部小說有果戈理風」〔註5〕。李長之是第一位高度評價《海河汩汩流》的評論
家。只要我們認真細讀這部小說，再與他的前兩部小說以及同一時期其他作
家的作品相比較，便可以清晰地發現；《海河汩汩流》不僅標誌著王余杞長篇
小說的進一步成熟，而且以鮮明的藝術特色，足以成為中國現代文學史上不
可多得的成功範例。

　　首先，它是第一部寫天津的長篇小說。確切地說，它寫的是二十世紀三
十年代的天津，日寇佔領以前的天津：

> 　　滿眼洋樓，屏列在海河兩岸，氣派非常雄壯。海河如帶，上面
> 橫跨著金鋼橋，金鋼橋和萬國橋乃更成為增加氣派的點綴。像古時
> 腰帶上的雕花寶石一樣，腰帶的本身是沒有多大價值的，裝上寶石
> 才立時顯得華貴，這就是說海河的氣派，也全靠了洋式的樓房和金
> 鋼橋來裝點……

> 　　兩邊是四五層六七層的洋樓，每個窗孔都閃耀著亮晶晶的燈；
> 樓外也是燈，一條條的霓虹燈連接着，自樓頂到腳下，儼然築成了
> 一道燈峽谷。峽谷之下，自然是馬路，現下馬路也被照耀得如同白
> 晝。

　　小說以《海河汩汩流》為書名，海河意象貫穿全書，時而悲抑、時而沉

〔註4〕轉引自倪斯霆《李長之評〈海河汩汩流〉》，載天津《今晚報》2016年10月10
　　　日。

〔註5〕轉引自倪斯霆《李長之評〈海河汩汩流〉》，載天津《今晚報》2016年10月10
　　　日。李長之曾主編重慶《時與潮文藝》，在該刊1944年第三期副刊「書評」
　　　欄目撰文評介王余杞長篇小說《海河汩汩流》，影響較大。

鬱、時而浮光耀金，時而奔逐而去，時而如負傷長蛇，時而滿載着血淚，它不僅僅作為母親河而存在，並且是天津歷史和現實的見證者和敘述者：

> 海河像一條死蛇似的躺在橋下。今年冬天的天氣雖是和暖，兩邊淺處依然結了厚冰，只有中間一派水流還在汩汩流著。——像死蛇躺在地下蠕蠕掣動，左不過在那裡等死罷了。大大小小的船隻，或者凍在冰裏，或者沿着水流，乍一看還疑心停在那裡，仔細看來才會發現它們居然還在游移。船上也許還有人，卻個個都瘦瘩得像鬼影。籠罩着這些鬼影的是滿天滿河的煙塵。……而那海河中的流水，仍自永恆地汩汩地流着！

全書的每一個章節幾乎都有對於海河的描寫，這個猶如人的主動脈的生命意象，經如此反覆詠歎，形成了有節奏的律動，給全書平添了詩意化的氛圍。李長之指出：「在這個大時代的變動的寫照中，卻有一股時時流動著的汩汩的海河，當作了全書的節奏：那代表著帝國主義的侵略的洋樓和鐵橋造起來了，海河仍然汩汩流著；春天給天津帶來了活氣和鬧意，但海河不管，汩汩流著；天熱得昏昏然，一切像不能支持，海河呢，照舊汩汩流著，最後，抗戰的意識覺醒了，海河便又在應和著，汩汩，汩汩，汩汩流著！因為有這節奏，給全書增加了活力，增加了韻致。讓全書不只是諷刺，而且在根底上像一首詩。——民族的潛力就彷彿是那『不廢江河萬古流』的海河似的！」

李長之還指出：「中國在近代，好的諷刺小說固不易見，能寫一個地方色彩，運用那一地方的地道口語的小說，尤為少有。但我們現在卻見之《海河汩汩流》。」這個見解是非常中肯的。如同老舍用北京話寫老北京，王余杞是第一個自覺地用天津話寫天津的風土人情、寫人物對話的長篇小說作家，不僅人物語言乃至敘述語言都用老天津口語來表達：

> ——「有嗎事我還不知道，我是誰呢您哪？」

> ——「憑我的運氣，憑您的誠心，頭彩定拿了，沒個跑，您哪！」

> ——既成知己，還有嗎不該說的？沒說呢，也就是沒嗎可說的呀！

> ——衙門裏不方便就找上他的家！有嗎可怕的呢？

王余杞長期生活在天津，行文多用倒裝和襯字，沒有天津相聲式的貧嘴，卻將天津方言親切率真、詼諧機趣的特點表現得韻味十足。

第二，幽默諷刺的敘事風格。集幽默與諷刺於一體的表現手法是王余杞

長篇小說的另一鮮明特色，《海河汩汩流》將這一手法發揮到極致：

> 「真叫我瞧不上眼」，那位主任曾經向着每一個人大聲疾呼地
> 嚷過，「多野蠻呀，喝茶竟不用茶杯？一喝竟是幾大碗！我告訴你
> 們，在前清李中堂辦外交的時代，外國人就批評過中國：『單看他們
> 喝茶一件事，就知道他們會將國家弄貧弱。』枉自天津還是個大都
> 市，幾十年來，還是這般光景，沒一點改良，沒一點進步，真真叫
> 人不能不生氣，真真氣煞我也！啊！My God（我的天啊）！」

好一副不打自招的買辦、洋奴自畫像！在書中辛辣的嘲諷、甚至反諷，
比比皆是：

> ——「世界上沒真是非，你可以做一個是非的創造人！」

> ——連國際談判也包含着詩意，而成功了「詩的外交」。

> ——即使是國難當前，也還堅抱着救國不忘微笑的主義呢！

> ——笑是勝利的笑！西方的文化終戰不過東方的文化！哪怕
> 眼前周圍的建築都是洋樓，哪怕連腳下踩着的街道也是柏油馬
> 路……

李長之等評論家評價「這部小說有果戈理風」，其實，王余杞受魯迅的影
響也是非常明顯的。小說第八章寫堂弟吳老五娶了個妖豔女子孫麗娜，在小
院裏晃來晃去，吳二爺「羨慕加上嫉妒，實在是嫉妒多」，「偶然望望二奶奶，
牙關突然咬緊，就恨不得扔過核桃去把她打死。」滿肚子的悶氣無從宣洩，
作者寫道：

> 這才不能不效法二奶奶，兩人一條心，最聰明的辦法是全給她
> 一個置之不理——表示瞧不上眼。當眾比大腿，瞧不上眼；叫人佔
> 便宜，瞧不上眼；丟了一家人的臉，瞧不上眼；嘴唇儘管紅，瞧不
> 上眼……一切付之以瞧不上眼，他吳二爺暗地裏又算勝利了，心平
> 氣和地擦了擦頭上剛才急出來的一頭汗，又悠悠然輪轉着手裏的那
> 對核桃。

甚至還有對《紅樓夢》的模仿：大兒子壽春不願上大學，想要離家另尋
出路。吳二爺破口大罵「真是個忘恩負義的畜生」，「真是家門大不幸」。又回
過頭來誇誇全家的掌門人堂弟老五的「學問資格道德文章」，「您五爸哪一樁
不都在替咱們增光露臉？」作者寫道：

> 掐著手指比方着，眯着眼，臉上笑得直打皺。——老五首先便

笑了，他媳婦也跟着就笑了，二奶奶也在陪着笑了。小牛望了望他
哥哥，做一個鬼臉，也天真地笑了；壽春哼了一聲，瞧瞧他爸爸，
也不禁發出一聲冷笑。——連老劉媽也躲在下房裏笑了起來：「咯咯
咯……」

吳二爺言不由衷的奉承，一家人都覺得好笑，他自己笑個不亦樂乎——
他心裏真是痛快呀！不管怎樣，拉攏老五，總算又進了一步了啊！相較而言，
這一段「眾笑」的描寫，比《紅樓夢》中貴族老少對劉姥姥的嘲笑，讓人會心
得多。〔註6〕

第三，個性鮮明的人物形象。《海河汩汩流》最大的成功，莫過於塑造了
吳二爺這一個性格複雜的典型人物。他替過世的堂兄代管家產，身為天津市
某機關的小職員，從未作惡，並非嚴格意義上的壞人。但他迷信怯懦、又虛
榮投機，上諂下驕，又謙卑猥瑣。在國難當頭之際，在華界租界鷹犬密布的
天津，他最怕的就是洋人；在東洋兵野外實彈演習的炮聲中，在「海河裏的
浮屍」的消息不斷傳出之時，仍然做著他的榮華夢。最後被上司主任一騙再
騙，身不由己地當上了漢奸走卒：

> 追隨在他的長官的主任和張辦事員之後，手摸大腿鞠躬，撅起
> 屁股握手，他有那份聰明，不須幾次訓練便表演得熟諳非常，再過
> 兩天，「所得士咧（日語：是的，沒錯）」，「薩揚拉那（日語：再見）」，
> 一切等等，也都能流利上口；而且不知不覺間倒把說了五十來年的
> 中國話給忘了，應用起來反而佶屈聱牙，費了半天勁才跟外國人一
> 般地從嗓子眼裏蹦出幾個字，一字一頓，字字輕重一致，淨念平聲。

人說知子莫如父，王余杞的這部書中來了個顛倒：知父莫如子。積極投
身抗日救亡運動的兒子壽春在評價父親吳二爺時，挑明了問題的實質：「血裏
如果是繁殖着奴才菌，命裏一定是注定了的奴才命——做漢奸倒是標準的材
料呢！」何等精闢的預言！待到日機轟炸，躺在血泊裏，他才猛然醒悟，已
是魂歸西天了。

小說活畫出了與吳二爺有關的一小撮漢奸的嘴臉，從章委員、長官主任、
張辦事員到蔣老三、孫二爺，他們共同的誓言是：「世界是咱們的世界，咱們
別充書呆子，預備做奴才，咱們得幹，幹，幹，幹！」每一個人都走上了罪惡
的不歸路，被歷史扔進不恥於國家民族的狗屎堆！

〔註6〕見曹雪芹《紅樓夢》第四十回。

第四，抗日救亡的號角鼓點。王余杞的《海河汩汩流》同果戈里的傑作《死魂靈》的結構有一定的相似之處。《死魂靈》以投機商人乞乞科夫收購「死魂靈」，罪行敗露之後逃之夭夭為主線，但有一條副線，就是自始至終貫穿全書的「俄羅斯主題」的紅線〔註7〕；《海河汩汩流》以靈魂扭曲的吳二爺從一個卑微的奴才被「製造成漢奸」為主線，以抗日救亡的紅線作為副線，表現京津地區軍民的英勇鬥爭。

作品沒有生發太多的枝蔓，有條不紊地刻畫了壽春從一個愛國熱血青年，走出課堂，參加學生運動，抗議走私，動員救國，積極投身天津文化界救國聯合會革命活動的成長歷程。他在家裏宣傳「救國統一」，區分「喊『統一救國』的不是我們，我們只喊『救國統一』」，「意思是發動『救國』以求『統一』」（這是中共關於抗日統一戰線的原則立場），並表示「我早就決了心，我一定要離開天津——一定要離開都市，待在都市裏喊口號真沒用！」最後深入到農民、工人和士兵中間去，成為抗日前線的一名戰士〔註8〕。作者對壽春雖然着筆不太多，卻寫出了一個愛國青年在國破家亡的歲月毅然選擇與父輩完全不同的人生道路，充滿了愛國主義的浩然之氣，今天讀來，猶覺真實感人。

由於作者身處平津第一線，目睹在平津日本敵閥和浪人及其漢奸走狗恣意橫行，干涉主權，武裝走私，搶佔工廠，誘掠壯丁，更深切感受到抗日救國的急迫性。作者緊緊抓住「海河浮屍案」，揭露日寇以天津作為侵略的大本營，強徵中國青壯年勞工修築秘密工事，最後將其殘殺的罪行：

> 陽光下，一灣黃水如奔逐。後浪催前浪，水流開浪花。浪花翻滾之處，駭然一物浮了起來——遠看彷彿牛與豬，近看才知是死屍。肚子脹如鼓，面貌全模糊，一身破棉襖，已成爛布包。一個一個又一個，不懂得他們怎樣丟了命，也摸不清他從哪兒流出來；只看其間沒有婦女老幼，個個都像是年輕漢子……

在這部小說中，最初是通過工人劉萬福（老劉媽的兒子）與吳二爺的對

〔註7〕《死魂靈》：俄國作家果戈理傑出的批判現實主義長篇小說。小說描寫專營騙術的商人乞乞科夫來到某偏僻省城，以其天花亂墜的吹捧成為當地官僚的座上客，並上門去向地主收購死農奴，企圖以此作為抵押，買空賣空，牟取暴利。罪行敗露後，他便逃之夭夭。與乞乞科夫購買「死魂靈」的情節線索並行的，還存在著一條若隱若現、但貫穿作品始終的紅線——俄羅斯主題，小說在敘事中插入作者的主觀抒情，表達了對祖國和民族的熱愛。

〔註8〕參見王余杞《海河汩汩流·自序》。

話，提到「海河裏的浮屍」，「跟去年一樣？」在小說的最後一章，王余杞以大無畏的勇氣捅破了這個「疑案」：「東南城角的日租界邊上早就建築起一座堡壘式的軍事要塞，傳聞中有可容三輛汽車並行的隧道直通海光寺日本軍營，而兩年來的海河浮屍，也就是這秘密建築的犧牲者。」小說的最後，是令人髮指的場景：

> 海河吞沒了死屍，喝乾了血水，汩汩地流，逐潮而去。——可
> 在潮漲時，死屍重給沖出來，畫出一幅滿河浮屍圖。

1937 年 7 月 7 日，盧溝橋事變爆發，全面抗戰開始。日軍一邊以談判，一邊增兵擴大軍事行動，大舉進攻北平和天津。7 月 15 日，天津各界救國會在英租界成立，通電援助二十九軍。23 日，中華民族解放先鋒隊天津民先隊成立。29 日，第二十九軍駐天津的第三十八師曾奪回火車站，包圍東局子的日本軍用機場。作者滿懷崇敬地寫道：

> 那些戰士們，偉大的業績更放出了光芒萬丈！一個個魁梧奇
> 偉，意氣縱橫；短褲衩，短襯衫，一把大刀斜背背上，手裏端着步
> 槍。弧形的沙袋工事頃刻砌成，一小隊人立即集中，穩住腳跟，誓
> 死決不後退！
>
> 決不後退！定要在中華民族的歷史上寫出新的一頁！

第十章　南下北上：《八路軍七將領》

　　1937 年 7 月 7 日「盧溝橋事變」後，日軍大舉進攻北平、天津和華北戰略要地，遭到二十九軍等華北軍民的頑強抵抗。日軍徹底暴露出猙獰血腥的本性。7 月 23，日軍佔領塘沽海河北岸。7 月 26 日，日軍佔領落垡、楊村、豆張莊車站及北倉地區。7 月 28 至 30 日，日軍以驅逐艦和海河北岸火炮向中國軍隊防線轟擊，出動飛機轟炸天津市政府、警察局、保安司令部、法院、各火車站、以及南開大學、造幣廠、造紙廠等地，造成大量房屋被毀，數千人直接傷亡，數十萬人無家可歸。28 日下午，王余杞在敵機「一次低飛狂炸之後，帶了夫人和一雙兒女，乘間隙連跑帶跌地由居處越過火線，逃向租界，蹲在租界緊閉着的鐵柵欄門邊，擠在人家矮窄的屋簷下，淒風苦雨，缺喝少吃，一等就等了七天！」（王余杞《海河汩汩流・自序》）

　　王余杞在天津的抗日文學活動早已引起日本敵特的注意。一位在鐵路局工作被派給日本顧問當翻譯的同事告訴王余杞：日本顧問曾向他打聽王余杞的情況，希望介紹認識。這位同事勸王余杞趁早離開。夫人彭光林力主丈夫盡快逃離日寇拘捕，並且說「你走了我就放心了！」那時，他們住在三馬路福成里 24 號，大女兒華曼剛滿四歲，小弟兒諾諾還不到一歲零兩個月。其實，作妻子的怎能放心丈夫在戰亂中隻身出走，作丈夫的又怎敢想像文弱的妻子將要帶著一雙年幼的兒女加入逃難人群的情景？

　　8 月 12 日，王余杞脫險離開天津，與李輝英、劉白羽、陳荒煤、金兆野等進步文化人士在大沽港擠上了一隻海船南下，「船上的苦處特殊不堪回味，沒得吃，沒得喝，更擁擠得沒一個可以插足的縫隙。」（王余杞《〈游擊隊歌〉和〈八路軍七將領〉》）13 日，船過煙臺，傳來上海戰事爆發的消息，眼看不

能去上海，只好到青島上岸分手。王余杞隨即由青島轉濟南，乘火車直到南京。

　　此時的國民黨南京政府，一方面緊急投入第二次「淞滬會戰」，一方面在作遷都重慶的準備。「八一三」事變後，日軍對上海的進攻直接威脅着國民政府的統治中心南京，也威脅到英、美帝國主義的在華利益，這就使國民黨當局不得不增調軍隊自衛抗戰。「淞滬會戰」奮起抗擊日本侵略軍的壯烈戰鬥，更加激發了中國軍民全面抗戰、與山河共存亡的愛國熱情。

　　在中共黨組織的領導下〔註1〕，由上海戲劇界於 8 月 15 日發起成立了「上海救亡演劇隊」，分赴內地，宣傳抗日。在短短的五天時間內，陸續組成了十三支演劇隊，第十、第十一兩隊留滬工作。馬彥祥〔註2〕率領的演劇一隊於 8 月 23 日率先出發，路過南京，王余杞立即加入了這支抗敵宣傳隊伍。演劇一隊一行三十餘人出南京城到了下關，王余杞為演劇隊做了第一件事情：通過知交——時任下關掣驗局主官的王仲彬在當地解決了上行的船票，並獲得捐款（王余杞《我的故鄉·送王仲彬兄》）。9 月初，演劇隊一隊抵達武漢，於 9 月 11 日在漢口蘭陵路大光明戲院演出抗日話劇。由此，拉開了上海救亡演劇隊抗敵宣傳的序幕。

　　此時，上海救亡演劇一隊作出了北上的決定，深入到北方抗戰前線。演劇一隊到開封後，馬彥祥因組織安排離隊去了漢口。於是，一隊領導班子改組，不設領隊，分設編劇、演出、總務三個幹事。宋之的任編劇幹事、崔嵬〔註3〕任演出幹事（原為副隊長）、王余杞任總務幹事（負責隊裏內務和對外

〔註1〕1937 年「八一三」淞滬抗戰爆發後，由中國共產黨領導的上海戲劇界救亡協會，發起建立了 13 支上海救亡演劇隊。演劇隊的成立，一方面是抗戰爆發後，戲劇工作者迫切要求上前線願望的實現；另一方面與中國共產黨的領導密不可分，同時，國共合作也為演劇工作者的宣傳活動提供了一定的條件。抗戰初期，中共在戲劇界的領導人夏衍、于玲等與這十幾支演劇隊一直保持着單線直接領導的關係，各演劇隊的領隊和骨幹，也多為中共黨員和左翼人士。

〔註2〕馬彥祥（1907～1988）著名戲劇導演、文藝理論家，浙江鄞縣人，生於上海。1928 年畢業於上海復旦大學中國文學系。1930 年在廣州主編《戲劇》雙月刊，1932 年在天津主編《戲劇電影週刊》。1934 年後與田漢等籌組中國舞臺協會。後在濟南齊魯大學中國文學系、南京國立戲劇學校任教。曾任上海救亡演劇一隊隊長，後在桂林主編《抗戰戲劇》。先後導演《殘霧》《國家至上》《李秀成之死》《國賊汪精衛》等戲劇。新中國成立後，任文化部戲曲改進局副局長、藝術局副局長等，致力於戲曲改革工作。

〔註3〕崔嵬（1912～1979）著名電影藝術家，原名崔景文，出生於山東省青島市。1930 年，考入山東省立實驗劇院；1932 年，加入青島左翼戲劇家聯盟。1935 年，赴上海從事戲劇電影活動。1937 年「八一三」事變後，參加上海救亡演

聯繫)。宋之的與王余杞曾是左聯老戰友，崔嵬後在影劇界以「南趙北崔」與趙丹齊名，用現在的話來說，這個劇隊領導班子是一個「鐵三角」。

到河南開封後，王余杞曾在「保衛大河南宣傳大會」上報告在開封的工作。並與王震之、宋之的等邀請當地文藝界人士約 50 餘人在開封高中禮堂召開座談會（《河南民報》1937 年 10 月 22 日）。演劇隊經陝縣到達西安。西安是封鎖延安的一道重要關口，國民黨反動派對於進步力量，乘機製造摩擦，把救亡演劇隊看作眼中釘，百般刁難，還利用御用報紙《西京日報》捏詞攻擊。當時，左翼作家鄭伯奇〔註4〕正在西安主持文化界抗日工作，演劇隊得到他的積極支持，但終不免被迫離開西安，轉往鄭州。火車剛到鄭州車站，鄭州市國民黨黨部派人來「接待」。宋之的和他的愛人王蘋立即躲在人後，等接待人一轉身，便悄聲告訴王余杞，負責接待的那個頭子，就是當初在上海逮捕並審訊他的人。他不能留下，還叫王余杞也要多加小心。

演劇一隊在鄭州不敢久留。上哪兒去呢？首先想到的是去延安。去延安，那得與西安八路軍辦事處聯繫汽車，便由崔嵬和另一位同志返回西安。八路軍駐西安辦事處首長林伯渠認為，演劇一隊不必去延安，延安的人都向前方出發了；最好是去山西臨汾，八路軍總部駐在那裡。於是演劇一隊由河南進入晉東南太行太嶽八路軍根據地，沿焦作、晉城、長治一路北上，一邊行軍，一邊演出，最後到達了山西臨汾劉村八路軍總部。

此時已是寒冬季節，汾河水面上輕霧裊裊，雄奇險秀太嶽山更顯出凜然

劇第一隊，帶隊宣傳抗日救亡。1938 年 2 月，赴延安籌辦魯迅藝術學院；7 月，加入中國共產黨。1946 年，任冀中區文協副主任。1949 年 5 月，跟隨大軍南下武漢，任武漢軍事管制委員會文藝處處長；7 月上旬，被選為中華全國文學藝術界聯合會常務理事。1953 年，任中南文化局局長，兼中南人民藝術劇院院長。1956 年，調北京電影製片廠任藝術委員會主任兼導演。執導或主演的電影有《宋景詩》《海魂》《青春之歌》《楊門女將》《野豬林》《小兵張嘎》《紅旗譜》《北大荒人》《平原作戰》等，塑造了宋景詩、魯智深、朱老忠等屏幕形象，獲得第一屆電影百花獎最佳男演員獎、中國電影世紀獎男演員獎。

〔註4〕鄭伯奇（1895～1979）電影劇作家、文藝理論家，原名鄭隆謹，字伯奇，陝西長安人。1910 年加入同盟會。1917 年赴日本先後入東京第一高等學校、京都第三高等學校、帝國大學，1921 年加入創造社。1926 年畢業後，回國任廣州中山大學教授，黃埔軍校政治教官。1929 年，任上海藝術劇社社長。1930 年 2 月，當選為左翼作家聯盟常務理事。1937 年在西安編輯《救亡》週刊、主編《每週文藝》副刊等。新中國成立後，歷任西北大學教授、西北文聯副主席、作協西安分會副主席。有《憶創造社及其他》《鄭伯奇文集》等。

之氣。史載臨汾是中華民族發祥地之一,《帝王世紀》稱:「堯都平陽」,平陽即今臨汾。村頭路邊,到處是抗日救國的標語,全國各地愛國人士紛紛雲集臨汾,這裡已然成為華北抗日中心。

　　剛到臨汾劉村〔註5〕,王余杞遇到了一件開頭疑惑不解、後來特別感慨的事情。在八路軍總部,外事處長彭雪楓問:「你們帶有伙食單位嗎?」王余杞有點發窘,只得回答:「我們是西安辦事處介紹來的。」彭雪楓主動緩和了這個僵局,笑着說:「我會替你們安排嘛,嘿,我還讀過你的小說《活埋》哩。」兩人於是有了一見如故的感覺。後來才真正了解到所謂「伙食單位」的含義。在八路軍各部,職位不分高低,從總司令到炊事員,每人每月只有津貼一元。吃飯穿衣全由部隊供給,所以吃飯需有固定的單位,叫作「伙食單位」。這裡一切全按制度辦事。王余杞後來回憶道:「說真的,吃飯不容易,飯卻真好吃:大筐的小米飯,四川炊事員炒的紅白蘿蔔加點青蒜苗,味道硬是要得。」(王余杞《〈游擊隊歌〉和〈八路軍七將領〉》)

　　演劇隊受到八路軍官兵的熱情接待,被安排住到村裏老鄉家裏,男女隊員分住兩家院子的兩間房內。西北戰地服務團的作家丁玲和李伯釗(楊尚昆夫人)也聞訊趕來探望演劇隊的同志,顯得格外親切,大家忘卻了所有的疲勞和在西安、鄭州留下的不快,感到真正回到自己家裏。「我們和指戰員們生活在一派整齊嚴肅、生動活潑、團結戰鬥的氣氛中。同志們對我們極好,我們絲毫不感到拘束。」(同上)

　　安頓下來,演劇隊就抓緊排練和慰問演出。除了演唱當時流行《松花江上》《義勇軍進行曲》《長城謠》《畢業歌》《大刀進行曲》等救亡歌曲外,還演唱了一首塞克創作的新歌《全面抗戰》。此前演劇隊集體創作的多幕話劇《八百壯士》,也在這古老的名鎮登臺亮相。當八百壯士堅守在四行倉庫高樓,由邸力〔註6〕扮演的「女童子軍」前去慰勞,經歐陽山尊設計裝置的國旗在樓頂

〔註5〕劉莊:山西臨汾八路軍總部駐地之一。根據上海抗敵演劇一隊王余杞、歐陽山尊、劉白羽等人回憶,1937年12月下旬,八路軍總部駐地在劉莊。但王余杞《八路軍七將領》中,採訪朱德、賀龍,所署地址均為洪洞高公村。這是因為,八路軍總部為了自身安全和便於指揮作戰,具有流動性、不確定性的特點。據統計,八路軍總部一直轉戰於山西各地,計有35個縣,82個村莊,因而將山西省變成了華北指揮抗戰的中樞和戰略基地。

〔註6〕邸力(1914~?)女,回族,老一輩電影演員、電影表演教育家,內蒙古土墨特右旗人。1932年,在北平參加左翼戲劇聯盟,同年,參加中國共產黨,在北平、天津、上海地區從事地下工作。1937年,參加上海救亡演劇一隊,

上冉冉升起，這個場面，大大激動了觀眾的情緒，贏得一片掌聲。多年以後，王余杞對的演出情景仍然記憶猶新。他不無感慨地寫道：「那時候的演出，總的來說，表演和說白是粗糙的，服裝和道具是簡陋的」，「在八路軍裏搞宣傳，那簡直是『班門弄斧』，我們其實是來學習的。」

一天上午，演劇隊正在院子裏圍坐著開會，冬日的陽光照得院壩暖融融的。驀地從院子外面走來一個軍人，頭戴灰布棉軍帽，身穿灰布棉軍衣，普普通通，大家不由得驚叫一聲：「總司令！」

朱總司令事前沒有打個招呼，身後又沒有帶警衛員，竟自率先邁了進來，隨後進來的還有任弼時、蕭克和彭雪楓同志。總司令結實健壯，兩手習慣性地揣在袖筒裏，臉上總是帶着藹然的笑容。一個隊員讓出自己坐着的凳子給總司令，轉坐到臺階上；大家也就圍坐在總司令面前。王余杞代表上海救亡演劇一隊說幾句表示敬意的話——心情太激動了，迫不及待地請總司令給隊員們講話。

總司令在百忙之中抽出時間接見演劇隊的同志們，詢問了大家的行程和生活情況，簡略地回答了隊員們突出的問題：關於國際的形勢，關於政治的改造，關於國共合作的前途，關於運動戰、游擊戰和平型關、雁門關、娘子關等幾次戰役勝利。談到山西抗戰的局面，總司令爽朗地笑了笑：「我們的八路軍和游擊隊衝出晉北，奪回了河北十幾個縣，往來於綏南一帶，截斷了平綏、正太兩條鐵路，我們的前線實在遠得很呢，有味道得很。」「有味道」成了口頭語，他的談話倒真有味道呢。笑聲給談話作了一個結束。總司令時間有限，隊員們仍然地熱烈地要求他挪出一個較長的時間來「擺龍門陣」，「他慨然應允了，時間定在明天。」

第二天下午，朱總司令只帶了兩個衛兵走來。院子上方臨時擺下一張小條桌，請總司令坐在條桌的正面，大家四下圍攏來，各人掏出鉛筆、本子，預備記錄。王余杞常常回憶起當時的情景：

> 問題還沒提出之先，那巨人，他又由衷地對我們表示着過分的

參加演出話劇《八百壯士》《游擊隊的母親》《兄弟們手拉手》等。1938 年赴延安，在延安魯迅藝術學院戲劇系畢業後，任八路軍 120 師戰鬥劇社演員。1944 年，參加歌劇《白毛女》在延安的首次演出，在劇中飾演王大嬸。1950 年，調北京電影製片廠，1955 年，調北京電影學院，後任北京電影學院表演系主任。出演影片有《呂梁英雄傳》《新兒女英雄傳》《祝福》《林家舖子》《少年彭德懷》《老鄉》等，獲北京電影學院終身成就獎「金燭獎」。

愛惜：他看重我們，他看重我們的工作。他勸我們好好將息身體，多多休息，不可疲勞過度……娓娓談話聲中充滿了親切與慈祥，一如家人父子，一如師長學生，使我們每個人都受到了深深的感動——尤其是我，鄉音入耳，我似乎又回到了我的童年了。

所以我向他說：

「……我們來到此地，意義別有不同：我們是久留在外的遊子，現在回到了家中，看見了慈愛的父兄；又像是一群失學多年的學生，現在走進了學校，看見了賢明的師長。親切，我們委實只有感到親切的；但我們自己知道還需要學習——這也就是今天特別要請你來談談的一點心意了」。

——王余杞《八路軍七將領·朱德》

他從口袋裏掏出一個小本子，而且掏出一隻表來放在桌子上，「只能談一點半鐘」，先限定了時間，然後戴上老光眼鏡，抽出鉛筆：「你們提出問題來吧。」

總司令講了抗日戰爭的形勢和抗日的必要性，講了淞滬的抗戰和平型關戰役的勝利，分析了敵人的兵力和我軍的戰略，結論是：抗戰必勝，不抗戰必亡。他講得全面，也講得細緻；隨時向隊員們提出問題，又主動地做出解答。人人傾耳靜聽，認真做着筆記，生怕漏掉一個字。

（一）國防性政府的組織

（二）中國抗戰的前途

（三）國共兩黨合作的將來

（四）在友軍中怎樣工作

（五）第一隊的工作方針

（六）游擊戰術及組織

他強調指出：「共產黨雖主張社會革命，仍以抗日為第一義，若是不抗日而亡了國，做了亡國奴，哪還談得上什麼革命呢？」「中國目前需要一個民主共和國，容納各黨各派參政，改善民生，從這裡進而建立一個社會主義國家。」講到游擊隊的生存和戰術，更是讓聽眾耳目一新：「游擊隊的分子是不願意做亡國奴的人們，大多數是農民，只需要知識分子去發動他們。」「在抗日的條件下，他們自會得到群眾的擁護，也就可以在群眾中間解決生活問題。游擊隊組織的形式不拘一律，盡可隨環境而變更，但原則上應該是：（1）自己能

夠生存；（2）不打硬仗——須積極作戰，要自成主動——就是退走也是主動地撤退；（3）經常打仗。不可遊而不擊，不可擊而不遊，必須且遊且擊，且擊且遊；（4）紀律要好，才能夠抓住民眾，（5）隨時集中，互相間要取得聯繫，更須與友軍、義勇軍等密切地聯絡起來」……

再次看見朱總司令，那是黃昏時分在村子裏的籃球場。由於朱總司令的提倡，八路軍總部所駐之處，籃球場總是被列為一項優先的基本建設。沒有球架，就把當地老財門上的大匾卸下來，一鋸兩開，面對面地架設起來。球場上，總司令索性脫掉上身穿的灰布棉軍裝，光穿一件毛線衣。在革命的陣營中，他是舉世聞名的老戰士，而在球場上，他蹦不高跑不動了，站在籃球架下，空自忙亂一陣，只等待着同隊的人給他送球來，由他投進籃筐裏去。籃球不像部隊般地聽他指揮，他已經五十歲了。

有一次，隊員們發現一同打球的還有賀龍和蕭克二位將軍。他們是剛從前線回來的。那賀龍，憑他胖圓臉上一抹黑鬍子，誰會認不出來？這位天下聞名的中國夏伯陽〔註7〕，他具有蘇聯夏伯陽的膽量，而機警明智，卻遠遠不是夏伯陽所能及。你看他在球場上，三下兩下就能把球傳到對方球架下。

一天晚上，演劇隊毫無準備，賀龍將軍一陣風似地飄然而至，口稱「我來看望你們！」這個當年「能止住小兒夜哭」的大英雄大豪傑竟是這麼和氣，不斷抽着煙，指手畫腳，風趣幽默，時時逗得人們仰面大笑。大家一見如故，就纏着他講「兩把菜刀」的故事。他立即糾正，說不是「兩把菜刀」，是一把菜刀。他盤腿坐到炕頭上，人們把他圍了個裏外三層，只見煙霧騰騰，人頭攢動，卻是鴉雀無聲地靜聽着他爽朗的繪影繪聲的講述。

炕桌是點着一支蠟燭，跳躍着晃動的光影，透過煙塵，照現出他英雄的青年時代，一派雄姿英發，要革命，要打不平，揮舞一把菜刀，猛衝出去，繳了兩個狗腿子的槍。得了槍，就號召起義，打起孫中山的旗號，蓋上一顆自刻的斗大鮮紅的大印，活躍在湘鄂川三省地帶！

「而抗戰必須配合民眾，而抗戰到底。而在這新舊交替中間，一時當難叫人滿意。而總要經過一個時期，而最後勝利終久是可以獲得的……」賀龍將軍原籍湖南，講話卻摻雜湖北的口音，湖北發音的「而」字音讀起來是相

〔註7〕夏伯陽（1887～1919）原名恰帕耶夫・瓦西里・伊萬諾維奇，蘇聯國內革命戰爭時期的英雄。當時蘇聯記者將賀龍比之為夏伯陽，一是英勇無敵的傳奇英雄，二是賀龍「一小撮鬍子，濃黑的眉毛，肩寬體健」，酷似夏伯陽。

當吃力的，他這時也像頗有點吃力的樣子。他一邊吸着煙，一邊挪動着洋燭的位置，指點着地圖，比劃着敘述出雁門關抗戰的情勢——興致非常好，敘述得津津有味，不消說，每句話的開始也無須再加上一個「而」字了。

紙煙火頭上的青煙在縷縷飄散，微弱的洋燭光輝在時時跳動；在這西戰場的後方，在這深冬的寒夜，在這樣四壁都糊着年畫的古老的小屋裏，只聽到一派洪亮的談話聲，不時引出一陣陣會心的笑聲。

「……這個你是不可以發表的，看哪。有一個外國記者要我講給他聽，我還沒答應！」他忽然又嚴肅起來了。

王余杞纏住不放：「那嗎請你告訴我一點可以發表的好了，我們還希望聽聽你那一把菜刀的故事呢。」

> 聽了賀老總的自述，我興奮得當夜連覺也睡不著。想到這次來的收穫之大，真是勝讀十年書。這裡的人是平凡的人，卻又是非凡的人。他們的精神面貌是跟舊世界的迴然不同的。我來自舊世界，我自覺就跟他們不一樣。我渾身是舊的，不但語言動作是舊的，連身上穿的也是舊的。演劇隊在西安時給每人縫了一件皮衣。我們穿着皮衣，可這裡哪有人穿皮衣的？這皮衣就說明了我們還帶着一身舊。在蔣管區李公樸算得是進步人士，他來這裡，身穿一件皮夾克，腳蹬長筒靴，一比之下，他也是舊的，在這裡哪會有人穿皮夾克和大馬靴？那簡直就是奇裝異服。革面須革心，可連革這個面也是很不容易的啊！

> ——王余杞《〈游擊隊歌〉和〈八路軍七將領〉》

總部方面告知，採訪林彪，須到馬牧鎮一一五師師部，與周參謀長聯繫。

師部大門外分站著兩位守衛兵。王余杞和同伴跨進大門的時候，衛兵冷不防喊出一聲「立正」！大門儘管破舊，到底還是師部，師部自應該有師部的氣派呢！

從門上往裏看，裏面是一處大院子，卻被一道臨時砌起的磚牆掩蔽著，看不見院內的一切布置。

開門進屋裏，火爐邊坐着的青年軍人站起來迎候，王余杞便先問一聲：

「貴姓？」

「我是林彪。」

好像有點出乎意外：他就是林彪！——隊員們知道八路軍自從開到山西

抗戰前線，第一站就打了大勝仗的是一一五師；自平型關一戰勝利之後，才使得晉北的陣線為之穩定，才使得華北抗戰的前途愈加好轉，才使得敵人的部隊不敢長驅直入，才使得我們的將士敢於自許誓死不退守黃河西南岸——擔負了那次光榮的戰役的就是一一五師。一一五師的最高領導者就是他，林彪！

這位青年軍官顯得十分平常：瘦小的身上穿着一身破舊棉軍服，既沒領章，也沒有長官的標識，乍一會見，誰又能認出他便是名震中外林彪師長呢？

採訪者再望望他，滿想向他提出幾個問題，同時也希望他告訴一點關於平型關作戰的經過。

「好的好的」，他答應了，卻也僅止於答應罷了。

看得出不是故意矜持，他彷彿真是個不肯多言的人；甚至只要多望他幾眼，他就會自覺不安起來了。

採訪者不便再望向他，盡把眼光往上抬，越過他的頭頂，直注到他身後那面牆上貼著的滿牆地圖——五萬分之一的山西省地圖。地圖上到處用紅筆圈畫出，在圈裏再寫上地名，王余杞便將話題轉落到地圖上。

「像這樣詳細的地圖很夠用了吧？」

「對嘍。」

又沉靜了好一會。他才講出這麼一番話：

「可是，敵人——厲害呢！他們所用的中國地圖有萬分之一的，更有五千分之一的。某一個村莊有多少口井，有多少水塘，圖上都測量得很清楚；下一天雨，水塘裏能夠增加多少水量，圖上也有說明——還有各種道路的分析：比方一條山路能夠通過幾匹馬的車子，人家都完全曉得。我們歷次繳獲的戰利品中的地圖，考查起來大半都是明治年間所印製，他們存心之久也就可以想見了……」

「像這樣五萬分之一的地圖還只有山西一省才有呢」他到底還是有些動氣了，「其他各省差不多都沒有的，有些省份測量地圖，淨是在舊圖上添畫些地名路線，弄得顛倒錯亂，毫無一點用處，有沒有什麼分別呢？」回身伸手指指牆上，鄭重地加上一句：「像它倒是真有用的！」

話到這裡為止，一疊疊文件又送到他面前，無須沉默，他實在已就沒有工夫再說話了。王余杞起身告辭，但堅約他抽出一個時間來談一談平型關之戰——從他口裏聽到這場戰績，那一幕壯烈的情景必更顯得真切詳細。

第二天就派人來了，卻只單獨約見王余杞。推門進去，看見他正在紮捆一個小包袱。「我要到洛陽開會去」，他匆忙地與採訪者握了握手，「平型關之戰的事，只好另外找人談一談了——我已經派好了我們的作戰科科長。」

房門再關上，周參謀長告訴王余杞：

「林師長很關心你們。他留得有話，你們有什麼困難，儘管說出來，只要我們這裡能解決的都可以給你們解決。不要客氣，八路軍是向來不會客氣的，他知道你們中間有幾位需要衣服，這裡可以給你們每人提供一套；還有經濟方面，這裡也可以盡我們自己的力量。」

別看他是一個沉默寡言的人，他倒是一個細緻周到人呢。王余杞印象殊深！

上海救亡演劇一隊在臨汾演出、採訪期間，取得了一項重大的收穫，那就是作曲家賀綠汀〔註8〕譜寫的蜚聲中外的抗日歌曲《游擊隊歌》。

與八路軍官兵朝夕相處的日子裏，耳濡目染的是抗日游擊戰爭的神勇戰績和抗日根據地軍民的樂觀主義精神。王余杞和隊員們見證了賀綠汀創作這首歌曲的全過程：王余杞在回憶錄中寫道：「只見他手不離音叉，嘴裏念念有詞，似乎是一邊在編詞，一邊在譜曲，所以詞曲同時完成。」

《游擊隊歌》譜成後，作者首先教給演劇隊全體隊員，又教給總部的幹部和駐在這裡的指戰員。大家激動無比，當然一教就會。這本是來源於指戰員們的親身體驗，再從他們親口唱出來，自然感到親切而又豪邁。

臨汾是八路軍抗戰總部，留駐臨汾的部隊，陸續受命開赴前方。演劇隊

〔註 8〕賀綠汀（1903～1999）原名賀楷、賀安卿，當代著名音樂家、教育家，湖南邵東九龍嶺人。早年參加湖南農民運動和廣州起義。1931 年，考入上海國立音樂專科學校。後任教於武昌藝術專科學校。1934 年，進入上海明星電影公司，參與左翼電影事業，為 20 多部影劇作品配樂作曲，創作了《四季歌》《天涯歌女》等上百首膾炙人口的歌曲。1937 年，參加上海抗日救亡演劇隊，在山西臨汾創作《游擊隊歌》，並在八路軍一次高級幹部會議上指揮演唱。此後還創作了《全面抗戰》《上戰場》《弟兄們拉起手來》《保家鄉》《中華兒女》《勝利進行曲》《還我河山》等抗戰歌曲。1943 年到延安，任教於魯迅藝術學院、擔任延安中央管絃樂團團長。1946 年 10 月，任中央管絃樂團團長、華北文工團副團長、中央音樂學院副院長。創作了《前進，人民的解放軍》《新民主主義進行曲》《新中國的青年》等一系列革命歌曲。新中國成立後，擔任上海音樂學院院長。賀綠汀共創作了三部大合唱、二十四首合唱、近百首歌曲、六首鋼琴曲、六首管絃樂曲、數十多部電影音樂以及一些秧歌劇音樂和器樂獨奏曲，著有《賀綠汀音樂論文選集》。

得到消息後，整隊等候在劉村村口的大路邊，在隊伍經過時，一遍一遍地唱：

「我們都是神槍手，每一顆子彈消滅一個敵人！」

歌聲唱到了延安，唱遍了晉察冀邊區，唱遍所有的敵後根據地；又唱到後方，唱遍了國統區的城市和鄉村。同行的美國友人伊萬斯‧福代斯‧卡爾遜非常愛唱這首歌。在他所寫的《中國的雙星》一書中曾多次提到《游擊隊歌》，並引用了它的歌詞：「我們生長在這裡，每一寸土地都是我們自己的，無論誰要強佔去，我們就和他拼到底！」通過這本書，《游擊隊歌》的影響也逐漸擴展到了國外。

演劇一隊在臨汾的另一重大收穫，就是王余杞與劉白羽為共同撰寫的報告文學集《八路軍七將領》獲得了極其珍貴的第一手資料。

前面已經提到，1937 年 8 月 12 日，王余杞脫險離開天津，乘海輪南下，結識了比他小 11 歲的文學青年劉白羽〔註9〕。其後在青島分手，輾轉奔走，兩人又在武漢見面了。王余杞介紹劉白羽加入了演劇一隊。後來一路北上，赴開封、西安、鄭州、臨汾，參與了演劇隊的全部宣傳活動和學習採訪，兩人志同道合，相互信任。

王余杞領隊到達西安不久，一直以來對夫人和兩個孩子的牽掛，終於降臨為難以接受的噩耗。11 月 10 日，在西北飯店收到夫人彭光林從重慶寄來的航空信。開頭便寫著——「小弟兒於本月 2 日死於寬仁醫院……」家破人亡的慘禍，使王余杞五內俱焚，日本帝國主義者的殘暴毒手，即使一歲多的小孩也不能幸免！王余杞強忍悲痛，以超人的堅毅，義無反顧地率隊北上，順

〔註 9〕劉白羽（1916～2005）中國現當代文學傑出作家，山東濰坊青州人，出生於北京通州。1936 年，畢業於北平民國大學中文系。1937 年，參加上海抗日救亡演劇隊。1938 年赴延安，同年加入中國共產黨。曾任延安文抗支部書記，重慶《新華日報》副刊編輯部主任，新華社總社軍事記者。新中國成立後，歷任解放軍總政文化部部長、中國作協副主席、書記處書記，國務院文化部副部長、人民文學雜誌社主編等職。著有長篇小說、散文集、短篇小說集、報告文學集等十餘部。獲 1950 年斯大林文藝獎一等獎，長篇小說《第二個太陽》獲 1991 年茅盾文學獎，併入選「新中國 70 年 70 部長篇小說典藏」。

　　劉白羽在《八路軍七將領》後記中寫道：「我們最近，得到機會到西戰線上去，而且和『八路軍』的同志們，相聚了一個期間——現在，把我們記憶中的幾個偉大的民族英雄印象、談話寫了下來，獻給讀者。」「其中，關於朱、賀、林三位的是王余杞君寫的，其餘四篇是我寫的。」但 2017 年出版的《王余杞文集》仍未收入《八路軍七將領》中王余杞所寫的朱、賀、林三篇，這對於彙編王余杞作品，是很重大的缺失。

利地完成了演出和採訪任務。

演劇一隊的戰友們深深同情王余杞家庭的遭遇，動員他回四川與家人團聚。與此同時，另一個原因，是演劇一隊繼續抗敵宣傳，先到新鄉、陝州，再到陝北，還是直接到陝北，產生了分歧。1938 年 1 月，崔嵬、王震之帶隊與歐陽山尊、塞克、邸力等去了延安。劉白羽則陪王余杞南下到了武漢，暫住在平漢鐵路局附近北平交大同學會的一間簡陋的浴室內。

此時，上海雜誌公司遷址漢口交通路 26 號，文藝理論家葉以群〔註10〕受出版家張靜廬先生委託，主編「戰地生活叢刊」。他知道演劇一隊去過山西八路軍總部，特約王余杞和劉白羽合寫一本有關八路軍的書。兩人商議，決定寫一本對幾個八路軍領導人的訪問報導。王余杞寫朱總司令、賀龍、林彪，劉白羽寫彭德懷副總司令、任弼時、蕭克和彭雪楓。

於是抓緊時間寫作。浴室裏只有一張木炕，兩人真正是趴在炕上寫稿子。王余杞寫好了《巨人朱德》《一把菜刀話賀龍》兩篇，劉白羽看了覺得很生動。劉白羽寫稿，極為認真，用蠅頭小楷起草，行間隔得很開，修改再三，然後另紙謄清定稿。王余杞則要隨性一些，喜歡一氣呵成，但這次也是反覆斟酌推敲，寫出了三位抗日名將的風采和迥然不同的性格。

1938 年 3 月，「戰地生活叢刊」之《八路軍七將領》由上海雜誌公司在武漢正式出版，發行 7000 冊（現藏於中國國家圖書館善本館、南京圖書館善本館中）。全書各篇均以人名為標題，且以姓氏筆劃為序。該書高度讚譽八路軍將領是可敬的「偉大的民族英雄」（劉白羽《八路軍七將領‧後記》）把朱德總司令稱作「中國紅軍的領袖，民族革命的先驅者」。《八路軍七將領》是當時

〔註10〕葉以群（1911～1966）原名葉燦、葉華蒂，筆名以群，文藝理論家，安徽歙縣人。早年曾留學日本，就讀於東京法政大學經濟系。1931 年回國，參加中國左翼作家聯盟，任組織部長。1932 年，加入中國共產黨，擔任過《北斗》《青年文藝》等左聯機關刊物主編。1938 年，參加中華全國文藝界抗敵協會，任《抗戰文藝》編委。1946 年，赴上海創辦新群出版社，出版文藝叢書。新中國成立後，先後擔任文化部對外文化聯絡局副局長、上海電影製片廠副廠長、上海市文聯副主席、上海市作家協會副主席、上海市文學研究所副所長、《上海文學》和《收穫》副主編等職，協助巴金主編刊物。因受「潘漢年案件」株連，被長時間審查。「文化大革命」初期被迫害，跳樓自殺身亡。以群文藝理論造詣極深，著述很多，主編有高校教材《文學的基本原理》；著作有《創作漫談》《文學的基礎知識》《在文藝思想戰線上》《魯迅的文藝思想》等十多種；譯作有《蘇聯文學講話》《新文學教程》等。

國統區第一部有關八路軍將領抗戰的報告文學集，在「戰地生活叢刊」〔註11〕中，是報導抗戰將領職務最高、最具現場感和真實性的一部書，出版後風行一時，後遭國民黨政府查禁。〔註12〕

今查《劉白羽文集》，如實收錄了《彭德懷》《任弼時》《蕭克》和《彭雪楓》四篇，而王余杞所寫的《朱德》《林彪》《賀龍》三篇卻久不見聞，甚至連河北省報業集團山花文藝出版社 2017 年 1 月出版的《王余杞文集》都沒能收進如此重要的著作。自貢籍青年學者鍾永新檢索到南京圖書館藏有此書，前往查閱，在工作人員的協助下，終於將《八路軍七將領》電子版下載，並得以傳播。

王余杞完成了《八路軍七將領》其中三篇的寫作之後，就準備買輪船票去重慶；劉白羽決心去延。適逢彭雪楓到武漢辦事，王余杞請彭雪楓將軍親筆寫了介紹信，委託八路軍駐西安辦事處關照劉白羽搭乘去延安的汽車。多年以後，王余杞回憶起分別的情景：

> 我上船那天晚上，他送了我回去後就要搬家（從交大同學會浴室搬到旅館）。我們這一段時間，特別是最後在武漢的時間，相處很好，肝膽相照。我上了船，最後一次勸他同去重慶。當然，他的主意已定，不能動搖。我們依依惜別，相對悵然。

〔註11〕葉以群主編的上海雜誌公司「戰地生活叢書」於 1938 年 3 月在武漢出版發行。叢書記錄了中國抗日戰場的許多熱點話題和英雄人物，除《八路軍七將領》（王余杞、劉白羽）外，還有《陽明堡的火戰》（奚如）、《西線隨征記》（舒群）、《游擊中間》（劉白羽）、《兩個俘虜》（天虛）、《西北戰地服務團戲劇集》（丁玲、奚如）、《莫雲與韓爾謨少尉》（羅烽）等，是中國抗戰史研究領域一份珍貴的文學史料。

〔註12〕1938 年 8 月，國民黨當局設立「圖書雜誌審查委員會」，公布《修正抗戰期間圖書雜誌審查標準》。1939 年春季，國民黨掀起第一次反共高潮。革命的抗日書刊全遭查禁，「《八路軍七將領》自然不能幸免，當即被禁，成為『禁書』。」（據（王余杞《〈游擊隊歌〉和〈八路軍七將領〉》）

第十一章 洪流迴旋：
在故鄉的抗戰歲月

四十多年以後，王余杞在《洪流迴旋——記抗戰時期在自貢的鬥爭》中寫道：「我去重慶的目的，是回自貢市看看先我到家臥病的愛人，然後再次北上，奔赴解放區。」

王余杞脫險離開天津之後一個月，1937 年 9 月中旬，他的夫人彭光林帶着兩個年幼的孩子，擠進了躲避日寇燒殺擄掠、倉皇逃難的人潮。自天津乘海船，在青島上岸，轉濟南，轉徐州，轉鄭州，轉漢口，再到重慶。數千里的顛沛流離，乘換車船的千辛萬苦，讓王余杞一直擔驚受怕。幸有四川老鄉謝老八夫婦和潘大姐全家一路陪伴照顧，9 月 28 日回到四川重慶。沒想到一歲多的「小弟兒」（諾曼昵稱）最終沒能逃過劫難。

早在 7 月 29 日日機轟炸天津期間，小弟兒因「過度驚駭而不斷哭泣」，「一星期的遭難，要吃沒有吃，要喝沒有喝，大人還可以勉強忍耐，可憐的孩子，他馬上就瘦了，而且病了。我離開天津以前，他就一直在病中。我不敢叫光林和我同走，最大的原因便是顧慮着他柔嫩的身體。」（王余杞《小弟兒的一生》）孩子實在被飛機給嚇怕了，一聽到飛機聲就嚇得直哭。車船上缺吃少喝，混亂不堪，病弱的小生命怎能承受如此長途折騰？9 月 30 日，小弟兒因腹瀉在重慶住進了醫院；兩天以後，便氣斷聲吞。「醫生說是心臟病」，「心臟病可不就是受驚過度所致！然則他雖僥倖沒死敵人的刺刀炸彈之下，卻仍是死在敵人的無恥暴行中，日本強盜就是殺害他的劊子手！」

　　1938 年 2 月 25 日，王余杞從重慶搭船去江津岳父岳母家。夫人彭光林和女兒華曼在碼頭迎候。半年不見，曼曼長高多了，而他的愛妻卻已然消瘦了。彭光林帶着女兒華曼在江津上幼稚園，直到放暑假才回自貢老家。根據王余杞的回憶，他是 7 月初才回到自貢市，「看先我到家臥病的愛人」。至於為什麼不是與家人一同回故鄉自貢，我們在王余杞的《「七七」週年在新都》找到了答案。這裡的「新都」是指陪都重慶。作為抗敵文化戰士，他強忍悲痛，振作精神，他在重慶還有許多工作要做，還必須留下來參加在重慶舉行的「七七」週年紀念會和火炬遊行，表達「一致團結，抗戰到底」的決心！

　　需要再補充說明的是，1938 年 7 月，自貢還沒有正式建市。早在辛亥革命後，此地的有識之士就提出了建市的動議。1911 年 12 月 30 日，分屬富順縣、榮縣的自流井、貢井的鹽商，聯合起來建立了一個具有資產階級地方政權性質的機構——自貢地方議事會。1912 年 5 月 7 日，自貢地方議事會正式提出由自流井、貢井及靠近這兩地的周邊地帶，共同組建新和縣。兩月後，該提議被省臨時議會否決。1928 年，自流井、貢井地區大鹽商、地方名流再度做出驚世之舉，目標不是建縣，而是設市，並從各方面造成「生米煮成熟飯」局面。這一次，財大氣粗的四川鹽務管理局（後改為川康鹽務局）和本地的國民黨黨務人員也積極參與，率先成立國民黨自貢市黨務指導委員會，又相繼組建了眾多以「自貢市」命名的同業公會、地方機構，並直接對接省級相關單位。

　　「七七事變」後，日寇大舉侵華，全面抗戰爆發。我國沿海產鹽區相繼淪陷，淮鹽內運受阻，致使華中、西北、西南 7 省軍民食鹽困難，不得不轉而依靠川鹽供給。1938 年 3 月，國民政府財政部明令川鹽增產，並提出「增加產量首先從富榮兩場（即自流井、貢井鹽場）着手」，要求富榮鹽場年產食鹽增加 300 萬擔。富榮鹽場開始投入大量的資金起復鹵井，增建鹽灶，提高產量，拓展鹽運。第二次「川鹽濟楚」由此大幕開啟，自流井、貢井迎來了全面繁榮的「黃金時代」。1938 年 6 月 16 日，四川省省政府頒發了「成立自貢市政籌備處」命令，同期，自貢市政籌備處奉令成立自貢特種警察局。1939 年 9 月 1 日自貢市政府正式成立，自貢遂成為全國第一個因鹽而設的省轄市，完成了它的歷史進程中一次質的飛躍。

　　王余杞就是在籌建自貢市的緊鑼密鼓聲中再次回到故鄉的〔註1〕。1938年初，川康鹽務管理局〔註2〕在自貢創辦《新運日報》，川康鹽務局科長于去疾〔註3〕兼任社長。于去疾是老同盟會員、國民黨左派人士，以狷介狂放，慣寫嬉笑怒罵文章著稱於世。于先生聽說王余杞回到了自貢，特地約見這位王三畏堂的「逆子貳臣」。

　　「我剛看過《八路軍七將領》哩！」于去疾首先表明自己的政治態度，悄聲說：「看了你們對八路軍的報導，我準備把兒子送到解放區去。」

　　王余杞表示贊成，並補充說：「我不久也要前去。」

　　「你不能去」，他截住王余杞的話題，「你來得正巧！」

　　所謂「巧」，指的是川康鹽務管理局主辦的《新運日報》，于先生忙不過來，想要聘任王余杞擔任主筆。

　　于去疾解釋說，鹽務局辦的這份機關報取名「新運」，無非是附和蔣介石提倡的「新生活運動」。實際上呢，鹽務官僚是要把它作為鹽務官方的喉舌，公布鹽場的「大政方針」，製造輿論，藉以抵制地方政府和井灶鹽商，並對付鹽業工人。因此，這份報只要符合鹽務局的利益，只要不得罪這個後臺就行了。除此以外，百無禁忌，倒可以為在自貢打開抗戰宣傳局面鋪平一條道路。

　　「我不是鹽務方面的人，不可插這一手。」王余杞覺得有些不妥。

　　他用揚州話叫了起來：「你開黃腔，非幹不可！打仗要有戰場，戰場是

〔註1〕1932年秋天，王余杞與彭光林女士喜結良緣。1933年春，王余杞攜新婚妻子從天津回自流井探親。這是他1921年十六歲赴北京求學之後，暌隔十二年，第一次踏上故鄉的鹹土地。故1938年7月，是王余杞第二次回到故鄉自貢。

〔註2〕川康鹽務管理局，公署建於自流井，其前身為四川鹽務管理局。1939年1月，西康建省，原隸四川的西昌、雅安等14縣劃歸西康，產鹽區的鹽源鹽場及銷區的雅河等岸亦屬西康省轄境。為強化戰時對川鹽的統治，亦「為加強對川康區的管理，四川鹽務管理局於1939年2月1日改組為川康鹽務管理局」。原四川鹽務管理局局長繆秋傑為首任川康鹽務管理局局長。

〔註3〕于去疾（1888～1957）名鼎基，字燕園，出生於揚州。1911年畢業於京師法律學堂。早年參加同盟會，曾為孫中山文書。「七七事變」以前和抗戰期間一直從事鹽務工作。曾任川康鹽務總局科長兼自貢《新運日報》社長，後任陝西省鹽務總局局長。1945年10月，在重慶加入民盟，抗戰勝利後曾從事新聞業，旋即到青島永裕實業公司任職。青島市首屆人大代表，南京市首屆政協委員。精於詩詞，酷愛書畫，所藏極為豐富。與陶行知、鄧初民、梁漱溟、柳亞子、張善孖、張大千、潘伯鷹、黃君璧等交往甚密。現存著作有《鹽務稽核所問題》。

讓不得的。告訴你，很快就要有一個大新聞，要你來喊一嗓子，打破這個局面。」

王余杞問：「那麼你呢？你就撒手不管！」

「我哪能撒手？」于去疾表示，當時他實在真忙，不久又調走了。

——新中國成立後，于去疾「四處尋找他去了解放區的兒子，始終杳無音信，十有八九已經不在人世。」（王余杞《洪流迴旋——記抗戰時期在自貢的鬥爭》）這是後話。

於是，1938年8月，王余杞在自貢得到了第一份差事——《新運日報》主筆。那時的報館，大多數都實行主筆負責制。主筆主持「筆政」，相當於社長或總編輯管轄下的執行主編，對報刊文字全權負責。主筆本身必須是「記者」「專欄作家」「評論家」，要親自抓新聞、寫新聞、撰述重要言論等等。《新運日報》後來的社長由鹽務局的一個督察兼任，這人名叫方有章。報社只有一個編輯和一個外勤。社長什麼都不管，只看鹽務局的公報登沒登罷了。

所以，《新運日報》除編輯發排鹽務公報外，就剪剪重慶、成都的報紙而無所作為。于去疾說：「這些你都不要管，你是主筆，主筆就是耍筆桿，只要你不給鹽務局捅漏子，招來禍事，你要上天入地都行。」

王余杞主持《新運日報》筆政後，即對該報進行了一些改革。其一是增添「短論」。對此，王余杞解釋說：「先時報紙逐日無『短論』，我則以為報紙為言論機關，言論表現，端賴論文，遂規定每日必刊『短論』，闡明報紙立場。」這類「短論」，多由王余杞撰寫，側重於評論時事政治，指點社會情狀，篇幅短小，至多四、五百字，刊於報紙第一版下方。其二是加強刊載內容的地方性。王余杞認為，在緊要新聞方面，《新運日報》難與成、渝兩地報刊競爭，故而「莫若轉注本地風光，概以『此時此地』為原則，進謀充實本地新聞。其三是與上兩項改革相呼應，王余杞有意仿傚郁達夫戰前在《東南日報》連載散文的方式，也在《新運日報》第一版左下方緊挨」短論處，增闢一個連載自己散文隨筆作品的專欄。此舉「一以補短論之不足，一以充實報紙言論篇幅，一則本『此時此地』之義，期以現實題材報導於讀者之前」。這個專欄定名為《我的故鄉》。（陳青生《王余杞和〈我的故鄉〉》）王余杞後來回憶道：

> 在于去疾的鼓勵下，我就用《我的故鄉》為總題目，逐日發表一段隨筆，每段約一千字，企圖擺開陣勢，進行戰鬥，表面上卻以懷舊念新、睹物思人作掩護。文章具有新聞性，對報紙評論的文字，

也把它寫到隨筆中。有些儘管記述的是身邊瑣事，卻也反映出我們
現在還在進行着的神聖的抗戰……

——王余杞《洪流迴旋——記抗戰時期在自貢的鬥爭》

從 1938 年 8 月 27 日，至 1940 年 3 月，王余杞在《新運日報》連載隨筆
《我的故鄉》，共 400 餘篇〔註4〕。這部隨筆，從自流井的風物民情到鹽業生
產，從社會新聞到抗日救亡，字裏行間充溢着對故鄉的深情，對鄉親們勞動
創造的讚美，對鹽業生產的關注和參與，對抗敵運動全身心的投入，以及對
社會弊端、積習陋俗和國民劣根性的鞭撻與批判。的確有如于先生所希望的
那樣，「打破這裡的亂七八糟、烏煙瘴氣，吹進來一股抗戰的新風！」

于去疾所說的「大新聞」，就是久大鹽業公司和蜀光中學相率從天津前來
自貢開闢新的場地。久大是國內外知名的鹽業公司，范旭東、李燭塵都是聞
名中外的實業家，侯德榜製城技術，連敵人的日本也為之垂涎。南開中學是
國內外知名的優等學校，張伯苓是聞名中外的教育權威，他以創辦南開起家，
從私塾到中學到大學，樹立起一個獨特的系統。王余杞在天津多年，對這些
事績、這些人物，早已聞名。如今他們竟要前來發展現代化的鹽業，創辦南
開型的蜀光中學，真是引領科技教育潮流，深孚自貢各界的期望。王余杞寫
道：

> 我一開始就不認為他們（天津久大鹽業公司）是來搶地盤，搞
> 壟斷，而是把他們看成是搞新法的旗手，開風氣的先鋒。偌大個自
> 貢市，沉睡不醒，鹽業生產、學校教育，千百年來，一成不變，難
> 道不應該趁此時機，改弦易轍，棄舊圖新，共謀發展，而徒然頑固
> 保守，故步自封、裹足不前、自甘落後嗎？

——王余杞《洪流迴旋——記抗戰時期在自貢的鬥爭》

在此期間，王余杞特地在《我的故鄉》隨筆專欄，發表 20000 多字的長

〔註 4〕隨筆《我的故鄉》的篇數尚未定論。《王余杞文集·我的生平簡述》中寫道：
「1938 年 8 月回到四川自貢市，任《新運日報》主筆，按日寫《我的故鄉》
散文，寫到 1940 年 3 月，約共 400 篇，每篇千字左右。」上海社科院研究員
陳青生在《王余杞和〈我的故鄉〉》一文中說：「《我的故鄉》於 1938 年 8 月
1 日問世，到 1939 年 4 月 21 日於自貢市《新運日報》連載……共有作品 240
篇左右。」筆者曾於 1991 年親自在自貢市檔案館查閱並複印館藏《新運日
報》，從 1938 年 8 月 27 日到 1939 年 6 月 11 日，共計 239 篇。是否連載到
1940 年 3 月，可查自貢市檔案館《新運日報》合訂本。

文《關於久大問題》，分四天連載；關於蜀光中學的文章也達 6 篇之多。這本
來應是很正常、很有意義的討論和推介。文章發表後，在社會上引起了廣泛
的注意：鹽務局的人自是讚不絕口；自貢鹽業的「大公」們則頗有微詞，辦起
了一份《自貢民報》，顯然是跟《新運日報》唱對臺戲。地方上的國民黨黨部、
市政機關、井灶鹽商，卻把王余杞看成了「對頭」「冤家」，不斷施加壓力。王
余杞無論如何都沒有想到，在他為故鄉的生存發展竭盡心力之時，卻一步步
陷入必欲置之死地而後快的危險境地。

　　王余杞不願做無謂之爭，在「支持抗戰的前提下，必須以團結為重」。1939
年，在自貢建市之際，他徵得報社社長同意，用《新運日報》社的名義，編輯
出版《自貢市叢書》，誠邀自貢各界名士方有章、陳奉先、張文山、劉定貴、
馬君牧、聞化魚、李吉淵、戴夢梅、王晴山、李石鋒、楊炯昌、熊楚、劉廷鈺
等 30 餘人，組成編輯委員會，連《自貢民報》劉少光也應約參加，表示絕無
門戶之見。第一次會議商定書目，其中約略包括歷史地理，沿革變遷，井灶
興衰，風土人物，風俗習慣，文化教育，特產專長等等，以下再分細目。第二
次會議，決定了撰稿人選。叢書計劃分出單行本，字數不限；並約定每星期
在「好園」開會一次，一面檢查進度，一面布置工作。所有書目和作者，都在
《新運日報》上公布。不久便有所斬獲，熊楚和李吉淵等幾位先生陸續交來
初稿。他對《自貢市叢書》從內容到形式提出了具體要求，今天看來，仍具指
導意義。這項工程，比《自貢市志》的編撰整整提前了半個世紀。設若當年王
余杞們的構想成為了現實，對於後來的志書形成，是何等的功德無量啊。但
歷史是不能假設的。

　　這時候，國民黨反共特別委員會制定和秘密頒發了《限制異黨活動辦法》
《共黨問題處置辦法》等反共文件，在自貢成立了「新聞檢查所」。軍統特務
張怒潮當上了所長，揚言《自貢市叢書》的稿子「不予通過」。他連王余杞每
天撰寫的隨筆也橫加刪削，甚至蓋上「免登」的戳子。王余杞有時只得「同時
送去幾篇」，預作儲備，讓《我的故鄉》隨筆概能逐日登載。擬議編輯出版《自
貢市叢書》的方案，也只是起了一個頭，終因新聞檢查所的橫加干預，未能
具體實施，這對於自貢歷史文化研究，不啻是一個巨大的損失。

　　與地方上的保守、頑固勢力相反，王余杞在故鄉自貢卻受到中共地下黨
和進步人士的推崇和信賴。王余杞在《洪流迴旋——記抗戰時期在自貢的鬥
爭》《無人會登臨意——悼念李石鋒同志》等文中都談到了加入自貢市抗敵歌

詠話劇團並擔任團長的經歷：

> 1939 年 4 月，李石鋒和聞化魚來找我，……要我繼續擔任自貢市抗敵歌詠話劇團團長職務，並暗示這是一個黨直接領導的群眾組織。因此我不能不接受。我在受壓迫中，反抗的意志加大，更覺有機會接近廣大群眾，自此向接近基層邁進了一步。

自貢市抗敵歌詠話劇團是中共地下黨組織領導的自貢地區抗日宣傳團體，1938 年 4 月正式成立，王樸庵、雷識律為首任團長、副團長，後由李石鋒〔註5〕和聞化魚繼任。因李石鋒籌建中華全國文藝界抗戰協會川南分會、聞化魚也另有任命，故請王余杞出山。

該團的宗旨是「以歌詠的力量，激發人們的抗戰情緒」，開展由演出教唱抗戰歌曲和演出進步話劇，發展到開辦夜校、出版發行刊物等多種形式的抗日宣傳活動。團員們足跡遍及自貢、威遠、榮縣、富順城鄉。演出抗日話劇《保衛盧溝橋》《國仇》《艱民曲》等數十個，演唱、編印抗日歌曲數百首；創辦三所「戰時民眾夜校」；出版《正確日報》《大家看》三日刊；發行《大眾歌聲》《救亡歌曲集》等小冊子，散發張貼抗日傳單標語，動員自貢民眾參加偉大的抗日救亡運動。劇團成員由最初的 30 多人，最多時發展到 380 餘人。

王余杞接任自貢市抗敵歌詠話劇團團長，與副團長楊炯昌一道，不顧當局的打壓和恫嚇，帶領劇團的戰友們「堅持文藝進廠——保障鹽工福利；堅持文藝下鄉——宣傳二五減租」；堅持排練演出、集會宣傳，高唱「槍口對外」——揭露和反抗國民黨當局的反共高潮。他在《我的故鄉·歌詠戲劇》中高度評價救亡歌曲與抗戰戲劇對動員民眾、鼓舞士氣的作用：「抗戰是中華全民族的事，必須發動每一個人」；「但如何發動他們——先決的條件當是，如何使他們了解抗戰的意義」。「對老百姓唱幾首歌，演一幕戲，比我們下十道命令還更有效」。「故自抗戰以來，救亡歌曲與抗戰戲劇勃然而興，乃應事實所必須為，非人力之強致」。「勉乎哉，今日之音樂家、歌手、劇作家劇人。只要

〔註5〕李石鋒（1920～1984）現代作家，四川自貢人。早年在北平求學，「七七」事變後投身抗日民主運動，參加中華全國文藝界抗敵協會。1938 年秋，李石鋒回到自貢，接任中共地下黨組織領導的自貢市抗敵歌詠話劇團團長，同時創辦了中心市委的機關報《正確日報》，任社長兼副刊《火網》編輯，同年 10 月加入中國共產黨。新中國成立後，曾任川南文聯創作研究部部長。1952 年，在自貢蜀光中學任教。1957 年被錯劃為「右派」。1979 年改正後退休，仍積極寫作，1984 年因病逝世。輯有《破風樓雜文集》四卷。

有貨色，決不會給埋沒，有一分貨色，自有一分報酬；有十分貨色，自有十分報酬，抹殺污蔑都無用。民眾才是最高的裁判者！」

1940 年初，在王余杞等人組織領導下，歌詠話劇團積極排練解放區作家丁玲創作的三幕話劇《河內一郎》，準備於春節期間盛大公演，卻接到警察局「停止演出」的通知。這是一齣日軍俘虜受到游擊隊救治和感召，調轉槍口反擊日本侵華戰爭的戲劇。隨後報載，成都五所大學聯合公演《河內一郎》，極大地鼓舞了自貢同仁的鬥志。3 月下旬，適逢時任四川省政府主席的王瓚緒來自貢視察，自貢市抗敵歌詠話劇團排演的《河內一郎》終於獲准公演三天。

王余杞沒有能夠等到《河內一郎》在自貢正式公演。他在《新運日報》當主筆，發表文章，組織編寫《自貢市叢書》，又在自貢市抗敵歌詠話劇團擔任團長，高唱「槍口對外」，早已引起當局的注意。國民黨自貢市市黨部書記長高定淵明令查禁抗日團體，解散群眾組織，指斥「歌劇團分子複雜，不合抗戰國策要求」，矛頭直接指向王余杞和抗敵歌詠話劇團的愛國人士。

1940 年春節後，王余杞已經發現自己「日益處於艱險之中」。自流井珍珠寺老王家的一位叔輩告訴他，趕緊離開自流井。並急切囑咐：「他們幾爺子是不認黃的！好漢不吃眼前虧嘛，老賢臺，把細點！」3 月 10 日，像十二年前離開天津一樣，這次是在家鄉自貢逃離險境。所不同的是，離開天津，是為了逃脫日本敵特的魔爪，逃離自貢，是為了躲避國民黨鷹犬的追捕，而結局卻完全出乎所料。

料峭寒風中，王余杞搭上去內江的汽車，再從內江到了成都，躲進了四川省公路局在犀浦的一間公寓。沒過兩天，王余杞的二弟王仕謀匆匆趕到成都，告訴他，有便衣警察包圍了他在自貢的住所，成都也不是安全之地，催促他快走。王余杞沒有料到危險已經到了眉睫，居然送二弟到牛市口搭汽車返回自貢。二弟買好了票，已經上了車〔註6〕，王余杞剛要轉身進城，便被一個憲兵攔住，帶進車站的值班室。憲兵班長一邊詢問，一邊玩弄著手槍，拆開又裝上，裝上又拆開。王余杞謊稱是來找工作的，還舉出了幾個公路局負責人的名字。在汽車站一直待了一整天，憲兵班長問不出破綻，沒說任何理

〔註 6〕據陳思遜《思遜隨筆・自貢左聯作家王余杞》（澳門學人出版社，2012.2）：1940 年 3 月，王余杞的逮捕令是由國民黨自貢市黨部、三青團部、內井警備司令部三家聯合發出的。另據王余杞侄子王明導提供當事人回憶：王余杞二弟王仕謀從成都回自貢後，被當局監禁三個月。

由便叫王余杞走人。

　　此時，街上已亮燈了，公路局犀浦公寓遠在城外，他只能在城裏過夜，遂在東大街巷子內找了一家旅館。旅館的人要求先交房錢，王余杞正在付錢，四五個黑衣人一擁進門，舉著手槍指著他，叫他「識相點！」於是被押到警察局，關進一間單人住的屋子。餓了一天，王余杞這才掏錢請看守買點吃的。夜已很深，一夜睡不著，檢查起來，只怨自己撲在工作上，卻不夠策略，不夠警惕。兩個宣傳抗戰的陣地受到衝擊，而自己又遭拘捕，如何是好？

　　第二天一早，蹬蹬蹬來了十來個警察，把王余杞押在中間，押解到偽「軍事委員長成都行轅」禁閉室。當夜提審，審了大半夜，兩腿都站麻木了。審訊中問到王余杞所寫的文章，主要指《我的故鄉》中的內容，卻沒有提出《新運日報》；又問到他參寫的《八路軍七將領》，更說是為共黨張目。那位審訊者軟硬兼施，硬說王余杞是共產黨〔註7〕，而且是自貢市委書記，甚至說「用網球做暗號」，開展秘密活動等等。但審訊者並不提出抗敵歌詠話劇團，也沒有涉及久大鹽業公司和蜀光中學。問得翻來覆去，王余杞有問必答，「一個釘子一個眼，叫他摸不著頭腦」。問來問去，連問的人都有點膩味了，弄得個不知所云，末了以「再想想吧」做了結束。

　　同在禁閉室被關押的人告訴王余杞：「問得越長，案情越重。」可那有什麼法子呢？這也是一種鬥爭啊。禁閉室裏關押的人都叫作「軍事犯」，大半是在空襲警報時抓來的，卻都沒有什麼證據，關一陣，就放了。有一個「難友」被放出去的時候，王余杞託他帶出一封信，這封信居然交到了，自貢的親友才知道王余杞被關押的消息。

　　由此展開了一場驚動了愛國將領馮玉祥將軍，並由馮將軍寫信干預、歷時100天的「大營救」。

　　大營救的發起者理所當然是王余杞的夫人彭光林。這是一位深明大義的偉大的女性，文靜優雅而又堅強睿智。她與王余杞同年，重慶市江津人，出身於城市貧民家庭，是家裏十幾個孩子中最小的一個。她同王余杞一樣，是五四新文化運動後的第一代「北漂」。家境貧寒，父母無力負擔其學費，只得

〔註7〕據王余杞《我的生平簡述》：王余杞在北京交通大學就學期間，於1925年加入中國共產黨，介紹人陳道彥（黨小組的負責人，後改名陳明憲，轉學到北平法學院）。1927年「四一二」政變後，中共北平交大地下黨與上級組織了失去聯繫，根據黨章規定，王余杞與其他黨小組成員即已自行脫黨。此後沒有恢復黨籍或重新加入中共。

夜晚為工廠糊火柴盒補貼生活之用。她刻苦用功，學習成績名列前茅，考上了北平師範學院中文系。畢業後，於 1932 年春節期間，在天津與王余杞結婚。作為現代知識女性，她不甘居家作全職太太，在天津和江津、成都等地都有一份教師工職。她理解和支持丈夫的寫作，在逃離天津前冒着生命危險，回到寓所搶出《海河汩汩流》和《自流井》兩部書稿和剪貼本，帶著一雙兒女，千辛萬苦把書稿帶回了自貢。這可是王余杞的「第二生命」呀！（王余杞《海河汩汩流·序》）

大營救的另一位關鍵人物，是抗戰時期曾在蜀光中學任教的王冶秋〔註8〕。1938 年秋天，王余杞在故鄉自貢擔任《新運日報》主筆。有一天，接到一封來信，署名的是「王冶秋」。信上說，上海出版了一本《魯迅書簡》，上面收有魯迅寫給王余杞的一封信，也有寫給他王冶秋的一封信。他現在在這裡的蜀光中學任課，寂然索居，希望有機會見面談談。王冶秋胸懷坦蕩、妙語驚人；兩人相見恨晚，成為無話不談的摯友。王余杞作為東道主，還邀請王冶秋乘船徜徉家鄉的釜溪河。兩家也多有往來，王冶秋的女兒王子剛和王余杞的女兒華曼同在蜀光小學上學，王冶秋的夫人高履芳那時正好在該校任教。

彭光林得知丈夫被關押在成都「行轅」，急着去找王冶秋先生商量營救辦法，不巧王冶秋已離開自貢。向他的一位親戚打聽，才知道王冶秋去重慶擔任馮玉祥將軍的秘書了。這真是絕望中的一線希望啊！她立即給王冶秋寫信；自己帶著七歲的女兒冒着風險趕往內江。那時內江開往成都的客車太少，彭光林只得在旅館候車，心急如焚。天真爛漫的曼曼喜歡唱歌，在眾人面前也不怯生：「我們都是神槍手，每一顆子彈消滅一個敵人！」歌聲清脆而稚嫩，旅客們可喜歡這孩子了。問她們到哪裏去，她媽媽只說家裏有緊急情況，不能耽誤時間。一位旅客便主動讓出了車票叫她們先走。

到了成都，王冶秋的回信已寄來了，其中附有馮玉祥寫給「行轅」主任賀國光的「保釋信」抄件。此時的馮將軍雖受蔣介石排斥，但仍是國民政府

〔註 8〕王冶秋（1909～1987）著名學者、中華人民共和國文物博物館事業的主要開拓者和奠基人之一。又名野秋，安徽霍邱人。1924 年加入中國社會主義青年團。曾任共青團北京市委秘書、霍邱縣委書記。1925 年加入中國共產黨。1932年參加左聯。曾在馮玉祥處任教員兼秘書。1947 年後任北方大學、華北大學研究員。新中國成立後，歷任文化部文物局副局長、局長，國家文物局局長、顧問。是中共十一大代表，第三至五屆全國人大代表，第四、五屆全國人大常委。著有《民元前的魯迅先生》《琉璃廠史話》《王冶秋作品選》等。

軍事委員會副委員長，且為抗日救國奔走呼號，深得人心。有馮將軍具名的信，「表明事情已經公開，不能任意黑辦」，案子也就就拖了下來。

彭光林在成都聯繫上了久大鹽業公司的一個職員，這人與「行轅」的一個軍法官相熟。便通過軍法官給予王余杞一些照顧，不僅送去了被褥，還由曼曼給爸爸送飯。然而，當局怎肯輕易放走一個「眼中釘」「肉中刺」。有一段時間還關在單間，後來又搬回了禁閉室。彭光林再託關係，找到時任國民黨四川省黨部監察委員富順同鄉曹叔實。曹係老同盟會員，與馮將軍雙重鋪保，將王余杞保釋出獄，保釋條件為：（一）隨傳隨到；（二）不准離開成都。

王余杞從關進「行轅」到保釋出獄，共一百零二天，因作詩記述自己憤怒的內心感受：

> 鮮血能將頂染紅，剝膚敲髓計何工？
>
> 鷺鷥態作藏秋水，虎豹皮曚仰大風。
>
> 物我渾忘原未肯，死生不易總應同。
>
> 百零二日成虛話，且向人前一鞠躬。

王余杞認為：在抗日救國偉大的時代裏，「從全國看，抗戰是洪流，反共是迴旋；從小地方看，新的力量是洪流，腐朽的抗拒、排擠、打擊、陷害是迴旋。迴旋終要被洪流卷走。」（王余杞《洪流迴旋——記抗戰時期在自貢的鬥爭》）

1942 年，王余杞曾到重慶拜謁馮玉祥將軍，以表謝忱。1943 年，馮玉祥到自貢市舉行抗日募捐活動，取得巨大成功。王余杞也曾在馮玉祥邀請共進便宴時提出過有關募捐的具體建議。（王余杞《冶秋和我》）

第十二章　抗戰驛運和《八年烽火曲》

　　1940 年初春，一個寒風刺骨的夜晚，王余杞被帶進警察局，而後關押在成都「行轅」，在那些沒日沒夜的禁閉室裏，整整的一個春天過去了，出獄時已是綠肥紅瘦的盛夏。他像一支被捆縛的雄鷹，被拋擲在危機四伏的虎狼之地，遙望遼闊的天宇和天宇下滿目的瘡痍，只能「用嘶啞的喉嚨歌唱」。

　　這年秋天，他獨自一人來到了離成都市區五六十華里的新都桂湖。桂湖，是明代三大才子之首楊升庵的祠祀勝地，以粉荷凌波、桂蕊飄香著稱於世。這位遺世獨立的大才子曾因犯顏直諫，慘遭廷杖，充軍滇南達三十年之久。一百零二天的牢獄之災讓王余杞在這位前賢故里「俯思」「遐想」，「別有一番滋味在心頭」。他在這裡寫下了《秋到桂湖》，卻偏偏懷想桂湖的春天和夏天：

> 　　想來，在春天，這裡一定是燦爛的：春風一度，好花全對着人含着笑靨；樹枝點上新綠，新綠也覺逗人愛嬌。湖水漣游，皺皺的微波吮着岸邊的草芽，歡喜得似乎就要跳起來。不僅湖水，一切在長冬蟄伏之後，靜極思動，也都想活動活動了：白雲在天上掠過，黃鶯在枝頭叫唱；燕子飛來尋舊巢，空寂的亭臺裏傳出了呢喃碎語；蜜蜂成陣，嗡嗡嗡的熱鬧了花叢……在夏天，這裡一定是繁富的：威嚴的太陽，刺激着一切加速長成。樹枝變成密茂，一派濃蔭，子滿枝頭。花開紅似火，比方石榴，它便是缺乏着少女般的溫情而具有少婦般的熱愛的。最初，只有浪蝶才迷戀着它們；但等到繁富之極，連蟬兒也只得踞在樹尖上聲嘶力竭的噪時，浪蝶們就會銷聲匿跡，遠走高飛，而讓一班草蟲在夜裏對着月光唧唧唧唧的了。

這是一篇短小精美的散文，它的題旨何在？作者借寫桂湖的秋景要告訴我們什麼呢？此時此地，儘管自己已是「戴罪」之身、保釋之人，念念不忘的還是國事：

> 趁沒有警報的好時光，且到楊椒山祠堂外的茶座間坐一坐，任頭上幾聲喳喳，懶得抬頭，不望而知那是我們的鐵鳥。如有人同在，最好談問題：或是英德互相更番空襲，或是巴爾幹各國的糾紛，或是美國禁運石油廢鐵，或是托羅次基之死，或是敵閣妄言的「政治新體制」，或是前線戰局，或是後方米荒……這是秋天，用不着高聲叫喊，也用不着煩悶躁急；這是秋天，討論必須思索，討論也無礙於沉思。如其只有自己一個人，那倒是沉思的機會更多，盡可以放弛而為遐想。

王余杞從行轅「保釋」出來，一是「隨叫隨到」，二是「不准離開成都」。豈料，不出三個月，便「領到」了一份「官差」。1940年10月1日，四川省驛運管理處成立，王余杞受聘驛運處，「一躍而為座上客」，再次搞運輸專業，開始任秘書，後任副處長。他在《人我之間》一文中談到了由四川運輸戰略和生活物資到前線各戰區的真實情形：「當時後方四圍被封鎖，運輸工具連最古老的驛運也都搬了出來。四五年中間，我們曾經用人力背負軍糧，爬過冰雪載途的大雪山，送給第六戰區的士兵食用（湖北西北部，首任司令長官馮玉祥，筆者注）；曾經用人拉的板車載運過炸彈，吃力地運到萬山縣（今屬於貴州銅仁，筆者注）的平原機場，供應盟國空軍轟炸前線敵兵之用；曾經利用成隊的獸力大板車，長途跋涉，經過川陝兩省地界，運汽油，運機器，幫助後方的建設；曾經利用成群的木船，載運糧食接濟陪都的民食。但是，能夠幹得好嗎？不會的！在腐爛的制度之下，一個人實不能獨善其身，儘管費盡百分的力氣也難得收到一分的效果！」請注意，王余杞的這篇文章發表於1946年6月15日天津《文聯》第2卷第7期，「腐爛的制度」直指國民政府當局。當年，王余杞真誠而固執地想把戰時運輸做好，他的目光投向了延安中共中央駐地楊家嶺：

> 楊家嶺的辦法多麼值得人效法呢，我曾經試着把它搬到成都來。招呼車商和貨主，直接來和我們辦交涉，不必再去請教中間剝削階層的運輸商行。我們這機關願意保障車商貨主雙方的利益，以加強運輸效能。

　　然而中間層的運輸商行，豈肯罷休？他們有的是錢，他們能夠
製造「輿論」，他們更甚而能夠拉攏我們的上級機關。結果，失敗倒
屬於我們的。

──王余杞《人我之間》

　　王余杞「身在曹營心在漢」的政治立場是一以貫之的。「此外我還沒忘記
寫文章。寫文章一樣是先時寫得出而登不出，因為總登不出也就跟著寫不出
來了。黨部的警告，檢查官的扣留，編輯先生的割裂，令人咬牙切齒。一言難
盡，還是引出兩句詩來──搖筆每驚文網密，執鞭寧懼驛途長。」他於這段
期間陸續發表的《漫談驛運》（上、下）（《驛運月刊》第 1 卷第 1、2 期，1941
年 3～4 月），和《四川兩年來之驛運》（《四川建設》第 2 期，1944 年 2 月）
應是極為珍貴的抗戰運輸資料。

　　1942 年年初，王余杞在成都加入了中華文藝界抗敵協會成都分會，任理
事。參加了抗協成都分會歡迎著名美術家劉開渠來蓉座談會，參與了由郭沫
若、老舍發起的成都文藝界捐助愛國作家萬迪鶴遺族等活動。發表了《紀念
魯迅先生》《榆關那畔行》《某夜》《一個教訓》等散文、小說。這一時期，他
的文學創作和文學活動顯然不是太多。他在《自流井‧後記》中寫道：「文字
招怨，自古而然，所以擱筆至今，忽已三載。但我並不是自甘沉默的，倘有機
會，仍將提起筆來。至於目前，或者工作繁忙，暫時埋首，固非逃避。」然
而，難能可貴的是，他在遭到秘密監視和人身自由受到嚴格限制的極其危險
的處境中，將自己的兩部長篇小說《海河汩汩流》和《自流井》書稿及連載剪
貼本，重新謄清修訂，正式出版。這兩項工作應當說在戰亂動盪、顛沛流離
和當時羅網密布、鷹犬橫行的出版環境中得以問世，真正是煞費苦心，竭盡
全力！

　　前面第九章已述：從 1937 年 2 月 5 日到 1937 年 7 月 24 日，天津《益世
報》副刊《語林》連載《海河汩汩流》，共 131 期。同年 7 月 30 日，天津淪
陷，報紙停刊，小說連載被迫中斷。書稿在躲避日機轟炸的逃難中險些遺失，
幸虧作者的妻子彭光林冒險回家搶出文稿箱來，將這部小說的剪貼本帶回了
四川。1939 年，王余杞校勘全文，增寫了日寇轟炸天津的章節。1944 年 2 月，
《海河汩汩流》由重慶建中出版社出版（重慶圖書館、西南大學圖書館藏）。
該書的正式出版，補充和強化了兩個很重要的核心內容：第一是在校勘全書
的過程中，增寫了「日寇轟炸天津」的章節，讓主人公吳二爺這類渾渾噩噩

的糊塗蟲終於覺醒，在人物形象塑造上更為完整合理，更具昭示性和典型性；相應地，表現和歌頌了華北軍民的英勇抵抗，展示了團結抗日的光明前途。這一章的增寫極大地提高了該書的時代意義和精神價值。第二是保留了政治傾向性極為鮮明的話語詞鋒：「喊『統一救國』的不是我們，我們只喊『救國統一』」；諷刺國民黨當局的乞求外交：「即使是國難當前，也還堅抱著救國不忘微笑的主義呢」；至於對公開和隱蔽的漢奸的判詞更是一針見血：「血裏如果是繁殖着奴才菌，命裏一定是注定了的奴才命——做漢奸倒是標準的材料呢！」長篇小說不像散文短章那麼直白，這些「肉中之刺」深隱在人物對話或不經意的述說之中，騙過了檢察官們的「鷹眼」，而成為了抽向頑固派、投降派的鞭子！

長篇小說《自流井》的創作和連載都要早於《海河汩汩流》。1933 年王余杞第一次回故鄉，觸發了創作長篇小說《自流井》的構想。於是，竭力搜集辦井燒灶的新材料，加上家族的片斷回憶，乃至商業資本侵入的具體情況，開始了中國現代文學史上第一部鹽業題材長篇小說的創作。書稿於 1934 年在南京《中心評論》雜誌上逐章刊登，讀者很感興趣。約莫經過一年，全書終於完成，重加修改抄畢，已是 1937 年的夏天。因天津淪陷，輾轉數載，直到 1944年，《自流井》才在成都東方書社署名「曼因」出版。《海河汩汩流》出書時間是 1944 年 2 月。從大概率說，《自流井》正式出版應晚於《海河汩汩流》。再看兩書的定稿時間：

——《海河汩汩流・自序》「一九四三年十二月二十五日，重慶」；

——《自流井・後記》「一九四三年天寒歲暮在成都」。

兩部書幾乎是同時送出版社的，從時間上看，一是抓緊歲末年初的書刊審查「空檔期」出書，二是兩部書交稿（姑且以自序、後記為交稿時間）就在五六天左右，說明了什麼？節奏之快、效率之高——當時王余杞頭上還有一個「不准離開成都」的緊箍咒啊！

《自流井》從逐章刊登到重新結集出版，歷時 10 年之久。作者堅持了反帝反封建的題旨，對於出身於自流井鹽業世家的作者來說，把批判的矛頭直接指向龐大的鹽業家族，是需要勇氣和膽識的。「封建制度不好，資本主義也不好，同是吃人肉吃人血的魔鬼！」，這樣這政治宣言，即使是今天的作家也未必有勇氣這樣說出。與此同時，在經歷了多年的沉澱以後，王余杞重回故

鄉，所見到的是第二次「川鹽濟楚」〔註1〕，以久大鹽業公司為代表的新的生產方式逐步取代了原始的作坊式的勞作，作者感到必須有所回應。於是，他深入調查研究井鹽「產」「運」「銷」的歷史和現狀，了解坐實鹽場的商業組織和工人生活狀況，撰寫了11500餘字的《自序》，無論是對於這部長篇小說的解讀，還是延伸對井鹽文化的討論都有價值連城的意義。

不僅如此，王余杞還用他的吶喊實現了他的抗戰文學的最後衝刺。

這一時期，他沒有太多的時間投入文學創作。白天，他要去驛運處上班，調度運往各個戰區的軍用和生活物資，勞累和緊張程度可想而知。晚上疲憊不堪地回到家中，腦海裏往事一幕幕呈現：敵機轟炸的慘景、巨大的爆炸聲、火光中坍塌的房屋、到處是同胞的屍首……孩子叫爸爸媽媽的聲音，三歲的曼曼在北平選為健美兒童，有了小弟兒諾諾，曼曼推著搖籃輕輕唱着：

小弟弟，睡醒了，

睜開小眼微微笑。

點點頭，招招手，

媽媽媽媽我要抱。

「我的小弟兒！」他失聲喊出，才發覺淚水已湧出眼眶。

絕不放下手中的筆！他選擇了用敘事長詩表達全民抗戰的艱難歲月和必勝信心。從1941年至1944年，王余杞創作並陸續發表長詩《八年烽火曲》（原名《全民抗戰》），全詩共分43個章節，但僅發表幾章後即被查禁。該詩刊載於由葉聖陶、牧野編輯的中華抗敵文協成都分會會刊《筆陣》，現在能查到的僅存三章：

——1942年8月20日，長詩《全民抗戰》第一章《四萬萬人的仇恨》發表於文協成都分會會刊《筆陣》第4期；同年9月10日，發表於《人民文藝》第1卷第6期（現存於國家圖書館新善本館）。

——10月15日，《全民抗戰》第二章《平津路不通》發表於文協成都分會會刊《筆陣》第5期。

〔註1〕第二次川鹽濟楚：1937年抗日戰爭爆發，戰火破壞淮鹽生產，兩湖食鹽供不應求，甚至發生鹽荒。國民政府明令川鹽增產加運，供應川、康、滇、黔、湘、鄂、陝七千多萬人口。自貢作為四川鹽產中心，迎來了又一個井鹽生產運銷的黃金時代，史稱第二次「川鹽濟楚」。至於第一次川鹽濟楚，發生在太平天國起義時期。1853年，太平軍佔領南京，淮鹽的運輸通道完全封鎖，於是湖北全境、湖南的湘北和湘中成為川鹽運銷地。

——1943 年 4 月 15，《全民抗戰》第四章《中山陵做見證》發表於文協成都分會會刊《筆陣》第 8 期。

「文革」結束後，作者不顧年事已高，再次修改《全民抗戰》，並定名為《八年烽火曲》。現收集到的當年正式發表的第一、第二、第四章，已達 500 多行，按推算，全詩應有 6000 多行。長詩控訴了日本侵華戰爭中犯下的慘無人道的滔天罪行，並以「南京大屠殺」的血腥場面告誡國人，國難當頭，團結一致、共同抗敵才是救國的唯一出路。僅從現存的三章，可以歸納出以下特點：

第一，《八年烽火曲》是一部力圖反映全面抗戰的史詩式的作品。

這部長詩以時間為經，以重大事件為緯，力圖表現日本侵華戰爭給中華民族帶來的深重災難，書寫中國人民堅持八年抗戰，取得抗日戰爭完全勝利的悲壯歷程。作為敘事詩，作者筆涉軍事、政治、經濟、外交、文化、教育、社會等方面的大事要事，重在表現四萬萬人的覺醒。詩篇開頭似驚雷閃電劈空而下：

> 四萬萬人的仇恨，
>
> 海一樣深，
>
> 大海淹不了，
>
> 四萬萬顆跳躍的心，
>
> 血熱到沸騰；
>
> 四萬萬雙眼睛閃出火，
>
> 死盯著當前那唯一的敵人。

從「攘外必先安內」，到抗日民族統一戰線的建立，我們走過了屈辱的六年、曲折的六年和局部抗戰的六年，以大片國土淪喪和千萬同胞被殘殺為代價，迎來了全民抗戰歷史新篇：

> 昨天原不是今天：
>
> 九一八以不抵抗而屈服，
>
> 迎接七七啊！
>
> 卻以英勇的抗戰而開端！

從現存的第一、二、四三章來看，每一章都緊緊抓住一個重大事件，從「九一八」事變，到「七七」全民抗戰，到「一二八」淞滬抗戰〔註2〕，到「一

〔註 2〕王余杞敘事詩《八年烽火曲》僅存一、二、四章，根據這部長詩以時間為經、以事件為緯的體例，第二章寫「七七」事變，第四章寫南京淪陷，缺失的第三章當寫淞滬抗戰是沒有疑義的。

二一三」南京淪陷，這部長詩所要展示的，不僅僅是中華民族的災難史，更是一部中華民族的覺醒史和反侵略戰爭史。

揭示帝國主義是侵略戰爭的罪惡根源，歌頌抗日軍民浴血奮戰的犧牲精神，是這部長詩的核心和靈魂。作者親歷過敵機轟炸的慘景：「一幢幢的建築，／片刻間變成了瓦礫土堆，／一捆捆的死屍，／給拋下海河也不用埋葬。」距離天津 200 公里的宛平，中國軍人用血肉之軀築成新的長城：

> 「以橋為墳墓，
>
> 與橋共存亡！」
>
> 叫那宛平城樓轉而鎮定安詳，
>
> 消失了焦躁，閃出了萬丈毫光。

第二、《八年烽火曲》具有悲憤情緒與理性思辨交織的藝術特徵。

王余杞比大多數同時代的詩人對於這場侵略與反侵略戰爭有過更多的親身經歷和史實積累，在直覺中滲入理性思辨，在理性中表達悲憤情緒，是他區別於其他詩人對詩意營造的顯著特徵。從「九一八」到「一二八」，國民政府乞憐國際聯盟主持公道，屈辱的外交助長了敵寇的囂張氣焰：

> 國聯調查團空來走一程，
>
> 洋洋灑灑的報告，
>
> 遠不逮嫩江橋上的大炮聲。
>
> 「滿洲國」新制出兒皇帝，
>
> 敵騎直下承德城；
>
> 萬里長城上鮮血淋淋，
>
> ——醮着血簽下了塘沽協定。

敵軍兵臨城下，搖着「和談」的旗幟。敵軍只有五千，而我軍有十萬之眾。我軍的代表居然是日本顧問，不啻為日本人與日本人簽「停戰」協議，滑天下之大稽，犯兵家之大忌：

> 敵軍的代表當然是日本人，
>
> 我軍的呢——原是軍中的顧問，
>
> 依然也是日本人。
>
> 不是兒戲，
>
> 萬分痛心！

更為痛心的，目睹了這荒唐而真實的戰爭現實，任何「理性」都顯得軟

弱無力了：

> 從關外絡繹着皇軍的兵車，
>
> ——而以中國的鐵路，
>
> 中國的火車，
>
> 中國的路員給日本運兵，
>
> 到中國的土地上，
>
> 來殺中國人！

詩人呼天搶地：「時局也似害着瘧疾，／病勢而且深沉；／過的是大熱天，／竟像是零度以下的寒冷。」最可恨的是漢奸走狗認賊作父，彈冠相慶：

> 文漢奸是失意的政客想做官，
>
> 武漢奸是坍臺的軍閥搶地盤；
>
> 老漢奸高唱「抗戰亡國論」，
>
> 小漢奸滿嘴「提攜」與「親善」。

第三、《八年烽火曲》具有與大眾化、戰地化相適應的時代特色。

抗戰詩歌，不應是花前月下的喁喁情話，也不是應臨水自照的低吟淺唱，它必須是匕首、投槍，是大刀、手榴彈，是吶喊、是動員，是宣言、是戰書，是工農兵學商喜聞樂見、同頻共振的戰鬥武器。鮮明的愛憎，大眾的語言，鐵血的現實，戰地的需求，構成了這部長詩表情達意的基本元素。長詩的第四章，作者以無比的悲憤控訴「南京大屠殺」的慘劇，警告世人「永不能忘掉呀，十二月十三，那天愁地慘最可紀念的一天」：

> 輝煌的首都地覆天翻，
>
> 隱藏了光陰，
>
> 籠罩着黑暗。
>
> 亮的刃，
>
> 紅的血，
>
> 叫人心顫；
>
> 焦糊味，
>
> 腐屍氣，
>
> 叫人鼻酸。
>
> 鴉群飛來啄人頭——它是高掛在電線杆，
>
> 也有那條條的野狗拖着肚子紅着眼！

中山陵的冷月做見證，

這一篇血債總得清算！

文革後，王老修改定名的長詩《八年峰火曲》手稿，現存於中國現代文學館。我們只能根據正式發表的三章給予實事求是的評價。但它在王余杞抗戰文學系列中已然成為最後一次英勇無畏的衝刺和亮相，透過字裏行間，仍然能看到戰爭的烽火在華夏大地燃燒的情景，能感受到血液的沸騰和灼人的溫度！

1945 年 8 月 15 日，日本宣布無條件投降；9 月 2 日和 9 月 9 日，一向驕橫跋扈、不可一世的日本法西斯匪徒終於黔首弓腰向同盟國和中國國民政府簽字投降，至此，標誌著中國人民抗日戰爭暨世界反法西斯戰爭的最終勝利。這對於抗戰志士王余杞來說，意味著什麼？

回想八年中，國家的命運真覺一步緊蹙一步；因之個人的工作
手段也隨之每況愈下！可這並不唯我氣餒：咬緊牙關，抗戰到底！
四萬萬五千萬人憑着這一股子韌勁，終於換來一個「勝利」。

勝利了，該復員了。到哪裏去呢？我一想便想到了天津。八年
前被迫離開天津時，我已決定了我的路向的：「我一定還得回來！」

——王余杞《我的計劃》

抗戰勝利前後，二女兒若曼和小兒子平明相繼出世。這是 1946 年的春天，若曼一歲零八個月，平明還未滿四個月，華曼已是十二歲的大姑娘了。「劍外忽傳收薊北，初聞涕淚滿衣裳。卻看妻子愁何在，漫捲詩書喜欲狂。」八年前隻身逃離天津，夫人攜倆孩子擠進逃難的人群；八年後的今天，一家五口登上了北歸的旅途，他不禁感慨萬端，吟誦起詩聖的名句。

王余杞隨鐵路系統復員回到天津，在鐵路局重操舊業。同年，調到國民黨天津市政府，任主任秘書，後兼任新聞處處長。但是，成天和公文打交道，非他所願，不禁彷徨起來：

我終於回來了，我走上了我的路。然而這一條路啊，整日裏盡
在公文中旅行。提起筆來不容我寫出一篇像樣的文章；擬訂了一個
方案，難得有一個實施的機會……我又不禁要喟然而歎了！

窗外，天暗下來；昏暗中，電燈亮了。花園雪地上，縱橫着的
幾條斜直的黑線上，紛紛的行人各自走着他們自己的路呢。

——同上

這一時期，王余杞發表的散文《人我之間》（1946 年 6 月 15 日天津《文聯》第 2 卷第 7 期）可以看作是他的政治宣言，是研究王余杞這一階段思想狀況的極為重要的文獻。

首先，王余杞對接受日本投降過程中國民黨當局對日本人繼續卑躬屈膝，但對淪陷區的中國人以「偽」類加以歧視深為不滿。「敵人投降，我們接受，接受者就是勝利者。勝利的姿勢以對於收復區的中國人為限。對日本人卻不然，那是所謂『寬大』。日本人仍然大模大樣地極盡享受，我們若熟視之而無睹。似乎中國人向來有尊敬洋人的脾氣，日本人雖然戰敗，到底仍是洋人，我們不加尊敬就會怪不好意思。至於中國人呢？則不在話下，一切都是『偽』。」「『偽』與『真』勢不兩立，誰叫他們不到後方去蹲上八年便是資格，具有這種資格便享受偽字號的人的尊敬，一如自己的尊敬洋人的日本人一般。」

其次，是王余杞對抗戰勝利的思考：

> 人民來不及明白戰爭的意義而又每受到戰爭的災害，他們因此躲避戰爭，有意無意之間甚至幫助了敵人。將軍們席捲家私盡先逃走，哪兒說得上反攻！

> 後來人民軍隊崛興，一步一步地前進，一區一區地發展；一切依賴人民，一切為了人民；人民和軍隊打成了一片，不但不逃避，而且並肩作戰。

「人民軍隊」這樣的政治術語，表明了非常鮮明的政治立場，由衷地頌揚共產黨所領導的人民戰爭。請看作者對國民黨當局毫不留情的揭露和批判：

> 重慶的藏垢的污，真是不堪言狀。以此，中原一戰，戰無不敗；湘桂一戰，戰無不敗。在連戰俱敗，戰無不敗的情況下，忽然說到勝利，豈僅別人，自己也會紅臉的。

抗日戰爭的勝利，是人民的勝利，是全民抗戰的勝利。作者展開了他的論述：

> 關於這，我們實不能朝重慶這一方面的一角落看，我們當先看那更遠更大的地方，看那裡廣大的人民和人民的軍隊。再看重慶也可以，卻該撥開那腐朽的一層，看看其中的壓抑著的艱苦的正義工作者，包括了大批重要學者專家和文化人以及無數醒覺了的工農群眾。自然他們都是具有巨大的力量的，發揮出這巨大的力量，中國又何愧於五強之一。

　　我們當下的一般學者，請看看王余杞這樣的抗敵文化戰士是怎樣評價抗戰勝利的，他寫這篇文章的時候，身處國民黨佔領區，他所表達的，正是當時的愛國民主人士普遍的正義立場。

　　瘡痍滿目的華夏大地終於有了修養生息的機遇，以為就要「和平建國」了。「雙十協定」墨瀋未乾，全國人民不願看到的內戰再度爆發了！

　　——1946 年 5 月下旬，國民黨軍隊在四平街擊潰中共軍隊，相繼佔領四平街和長春。

　　——1946 年 6 月，國民黨軍隊大舉圍攻中原解放區，挑起了全面內戰。

　　1946 年 6 月 8 日，王之相、王石冷、王余杞、光未然、馬彥祥、徐盈等 52 位北平各界愛國民主人士呼籲立即停止內戰。王余杞在《北平各界人士呼籲立即停止內戰》上簽了名。6 月 9 日，中共晉冀魯豫邊區機關報《人民日報》即以《北平各界名流呼籲無條件停止全國內戰警告黷武者放下屠刀救民水火》為題，轉發了停止內戰的第一次「呼籲」。

　　重返天津的三年，政務工作繁忙自不必說，國內處於內戰的動盪局面，但他仍沒放下手中的筆。據王平明、王若曼《王余杞生平和文學創作活動》記述：1946 年 9 月 1 日至 29 日，王余杞的隨筆《望中原》在天津《益世報·文學週刊》第 3 至 9 期連載。1947 年發表了「長篇小說《錘鍊》連載於《益世報》(1947 年 1 月 21 日至 7 月 5 日)，共計大約有 85 篇小短文。其中有《外國地的燈》《磋跌》《怎樣去了又回來》《孤雛群》《破獲》《疢》《國運》《夕陽人影亂》《中原烽火》和《12 月 13 日》等數段文字，描寫從七七事變爆發到日寇南京大屠殺的中國抗戰故事。」《王余杞文集》中對這兩部作品都沒有能夠收進，後者究竟是長篇小說連載，還是專欄隨筆，都無從稽考，也是較為遺憾的事情〔註3〕。

　　這一時期，王余杞排除干擾，積極主持並參與進步文化活動，「特別是話劇運動和京劇的革新」。

　　——1947 年，王余杞參加天津市平劇（京劇舊稱）改革活動。2 月 15 日天津舉辦戲劇節，王余杞發表《戲劇節獻詞》，上演了王余杞導演的改良平劇

〔註3〕據王若曼回覆，為爭取時間，為了讓王余杞的重點作、代表作早日問世，將大部分有出版處、有發表或刊登時間、個人獨自撰寫的作品收入《王余杞文集》出版，為的是盡快推向文學界與讀者見面。其他著作的收集整理仍在繼續。目前《王余杞文集續》正在整理結集，《望中原》《錘鍊》等抗日題材作品已收入其中。

《一隻鞋子的故事》（原名《汾河灣》）。

——3月10日，由王余杞、吳雲心、高渤海等倡導的改革劇目《陸文龍》，由京劇藝術家周嘯天主演，在中國大戲院示範公演。王余杞發表幕前致辭《我們為什麼上演〈陸文龍〉》（發表於1947年3月10日《益世報》）。陸文龍是小說《說岳全傳》中的人物，是岳飛手下猛將。本是潞安州節度使陸登之子，潞安州被金兵攻破後成為金兀朮的義子，後來在得知自己身世後返回宋朝，並成為岳家軍中的一員愛國將領。以陸文龍作為京劇改革的首選劇目，單從題材上看，對淪陷區的民眾來說特別親切並具有極大的激勵作用。

——4月，天津實驗劇團在勵志社第二招待所公演《裙帶風》，王余杞在4月9日於天津《益世報》第6版發表《天津實驗劇團第一聲》。

——5月8日由沉浮編劇、王余杞導演的戲劇《金玉滿堂》在天津皇宮影院演出。

——王余杞還為天津市作市歌，在天津市府同樂會上由耀華中學合唱隊演唱：「一百八十萬人共同一個理想：建設新市區，擴充到新港。白河浩蕩，渤海汪洋；華北樞紐，水陸津梁……」（載1947年3月29日《益世報》）

——1948年3月7日，天津戲劇工作者聯誼會成立。在300餘人參加的成立大會上，通過了《會員公約》，選舉王負圖、余克稷、王余杞等7人為理事，李保羅等3人為候補理事。會議決定向國民黨天津市政府請願，要求減低演出娛樂稅，取消檢查制度。

我們再具體看一看《文化改進委員會新使命》《人生如戲》《天津實驗劇團第一聲》《對青年談學習》等相關文章，就可以知道王余杞先生的好多觀點都是真知灼見，甚至是超前的：

> 我們看見了電影圈中，美國影片擠塞了市場，源源不斷的盡是肉感五彩歌舞片；國片中，新制大不多見，經常放映的百分之百仍是敵偽時期的漢奸作品！
>
> 我們看見了一切的評劇雜耍之類，無不一致地在那些因果報應，才子佳人裏面兜圈子；而其演員們也全數輾轉掙扎於飢餓線上，含着眼淚可還得裝出笑臉！
>
> 「人生如戲！」我如今也不禁感慨繫之。自然，感慨是徒然的，怎樣面對他們而以自救，我願和有志之士攜起手來！

他用詩的語言激勵實驗話劇：

有這麼一群的人，聚會在一起，同有着對於戲劇的愛好和對於工作的熱心。逐漸地，由抽象變為具體，由談話變成實行。天津實驗劇團這一組織，於此誕生。

當時還是寒冬的冬天，慘淡經營，歲月易得，如今已快到春暖花開時節了，這才啼出了它誕生後的第一聲。試聽這啼聲，當可以判斷它將來的榮枯的。

他告誡青年向人民學習，其觀點，與毛澤東同志《在延安文藝座談會上的講話》如出一轍：

中國是一個古國，古國的文化悠久，代代相傳，支持文化的知識分子亦成為一種特殊階級。他們替代帝王統治人民，對於人民是看不上眼的。其實廣大的人民才是建國的基礎。人民並不是如那些知識分子眼中那樣的沒出息。人民吃虧的只是不識字，但知識卻是高的。首先，他們能夠分善惡，辨是非；其次，他們保持有高度的生活技能，在工作隨常表露他們的優越的智慧——而且有著豐富的經驗。那是為許多學者專家所不及的，那是在講堂教室中所聽不到的。青年們千萬不要輕視他們，要和人民接近，要向人民學習。

另有兩件事對王余杞是至關重要的。抗戰勝利後王冶秋以少將參議的掛名軍銜，在北平鐵獅子胡同一個單位辦公，創辦了一個刊物，每期寄送王余杞一份。除了通信外，兩家繼續有了往來。他倆同遊頤和園和香山，途經清華時還同去看了吳晗教授，問吳晗送去的麵粉是否無誤。王冶秋還叮囑王余杞：「你也可以給教授們弄點麵粉。」王冶秋此時的真實身份為中共作軍事情報工作。1947 年 9 月中共在北平的地下電臺被國民黨當局破獲，王冶秋在吳晗的幫助下進入了華北解放區。王冶秋的夫人高履芳卻遭到拘捕。《大公報》記者徐盈〔註4〕從北平到天津聯繫王余杞，商量營救的辦法，（後由中共地下

〔註 4〕徐盈（1912～1996）著名新聞記者。原名緒桓。山東德州人。早年畢業於金陵大學農業專修科。1938 年加入中國共產黨。曾任上海《大公報》記者，重慶、北平《大公報》採訪部主任。採寫了《朱德將軍在前線》《戰地總動員》等新聞報導。新中國成立後，歷任天津《進步日報》編委、主筆，國務院宗教事務管理局副局長等職。抗戰時期，長篇小說《自流井》在重慶出版後，時任重慶《大公報》採訪部主任的徐盈曾與王余杞有過訪談。王余杞回到天津後，曾向北平《大公報》副刊投稿，徐盈「欣然採用」。徐盈、王余杞營救王冶秋夫人高履芳的方案並未實施，後由中共地下黨組織將高履芳救出。

黨組織將高履芳救出）。王余杞一直惦記王冶秋，並不知他落腳在哪裏？回想自己在成都「行轅」的被保釋的情境，「內心非常不安」！

1948 年 2 月遼瀋戰役結束後，中國人民解放軍東北野戰軍 83 萬大軍入關，直逼北平、天津。1948 年 11 月，中共華北城工部部長劉仁指示天津南開大學支部委員藍鐵白，通過其父李世雄去做國民黨天津市政府主任秘書兼新聞處處長王余杞的工作，要求他保管好市政府的文件檔案。李世雄與王余杞早年是交大同學，王余杞表示照辦。天津解放後，王余杞履行了承諾，把這些舊政權的重要文件檔案交給了人民政府，藍鐵白也受到劉仁的「特別的嘉許」〔註5〕。

1949 年 1 月 15 日，天津在隆隆的炮聲中宣告解放。天津市人民政府副秘書長劉同志交給王余杞一封王冶秋寫來的信，叫他留下繼續工作。這讓王余杞百感交集。這年 3 月，他欣然支持未滿 16 歲的大女兒華曼參加解放軍第四野戰軍南下工作團，他在《送曼兒南下》中寫道：「天翻地覆史更新，眾志成城夙願伸。南下叮嚀當緊記，向人學習為人人。」（載 1949 年 3 月《天津日報》）以極其鮮明的政治態度，表達了革命勝利的由衷喜悅。

1949 年 7 月 19 日，天津市委青年工作委員會、市學聯舉行萬人火炬晚會，歡送南下工作團，王余杞作為家長代表講話（見《天津現代學生運動史》）。熊熊燃燒的火炬映紅了一個個青春的面龐，火炬連成一片，匯成光明和熱血沸騰的海洋。此時，人民解放大軍已經打過長江，佔領了南京，宣告國民黨統治的覆滅。人民解放的洪流正在向西北、向華南、向西南勝利推進，在四川、在家鄉自貢，將要迎來黎明的曙光！

〔註 5〕轉引自王平明王若曼《王余杞生平和文學創作活動》。王余杞接受中共地下黨的指示，保存並移交了天津市政府部分檔案。因屬立功人員，等待政府安排工作。1950 年初，王余杞由孟用潛介紹到鐵道部在國立交大北京管理學院任教授，後在鐵道部出版社當編審。

下　編　從「鹽都文學」的開創，
　　　　到永不消泯的家國情懷

　　新中國成立不久，時任中共自貢市委書記的牟海秀建議到自貢工作的同志，都要讀讀自貢的《紅樓夢》——長篇小說《自流井》[註1]，大意是說，通過這部書，可以了解到自貢的鹽業生產的情況，還可以了解其特殊的社會結構，如同曹雪芹筆下的賈、王、史、薛，自貢鹽業的新、老「四大家族」盤根錯節，壟斷了社會經濟和地方事務。一直以來，自貢和川內外的學者都把《自流井》視為王余杞的代表作。本編着重討論王余杞長篇小說《自流井》和專欄隨筆《我的故鄉》對於自貢「鹽都文學」的開創意義，以及王老先生永不消泯的家國情懷。

〔註 1〕引自自貢市文聯原主席何青（1931～1993）的會議講話。自貢文史學者宋良曦也有相同的轉述。

第十三章 《自流井》：
封建鹽業家族的一曲輓歌

　　前面已經說過，長篇小說《自流井》的創作和連載都要早於《海河汨汨流》。將《自流井》放在第三編評介，主要是從題材上考慮，便於集中探討王余杞對於自貢「鹽都文學」的貢獻。1933 年王余杞第一次回故鄉，觸發了創作長篇小說《自流井》的構想。書稿於 1934 年在南京《中心評論》雜誌上逐章刊登，約莫經過了一年的時間。因天津淪陷，擱置了出版事宜，輾轉數載，直到 1944 年《自流井》才在成都東方書社署名「曼因」出版（此書在中國國家圖書館和美國國會圖書館都有收藏）。2008 年，徵得王余杞子女的同意，時任自貢市政府秘書長的陳星生同志親自主持《自流井》的再版工作，我受委託負責該書的校勘和相關文獻的編輯，終由大眾文藝出版社於 2009 年 1 月再版。

　　《自流井》以作者自己的家族為原型，寫「富壓全川」的烏衣門第「王三畏堂」由興盛到衰敗的故事，反映出本世紀二、三十年代中華民族在內憂外患的夾擊中，進一步淪為半殖民地的社會現實。作者難能可貴地站在歷史唯物主義的高度，形象地揭示了憑藉古老的井鹽生產方式來維繫其生存的封建鹽業家族，在帝國主義的壓迫和新興資產階級債團的挾制下必然破產的歷史趨勢，作品集中描寫了家族內部維新派與當權派的鬥爭，毫無憐恤地展示了封建家鹽業族沒落的過程，不啻為封建生產關係和鹽業家族的一曲輓歌〔註1〕。

────────────────

〔註 1〕自貢近代鹽業家族的性質界定，從其主要的經營產業、經營方式、以及對社
　　　　會經濟和鹽業發展的歷史貢獻而言，當今的學者傾向於在總體上定性為近代

　　小說的開頭追敘王三畏堂的中興之主「王四大人」引進秦商，擴展經營的發家軼事和砸水釐局、反對官運的英雄傳奇。據有關史料記載，王三畏堂的發家人王朗雲，於道光十八年（1838年）與陝西商人訂立「出山約」，引進陝西商人在其地基上開鑿新井，而後按契約規定的年限將鹽井與廠房、設備全部收回，並在此基礎上擴展井、梘、灶、號經營，很快成為「富甲全川」的豪富。王三畏堂的極盛時期，擁有鹵井、天然氣井數十口，開設鹽號遠及重慶、宜昌、漢口、沙市、洋溪等地，田土農莊遍於富順，威遠、榮縣、宜賓數縣，年收租穀達一萬七千餘石。咸豐十年（1860年），李永和、藍大順響應太平天國起義，譴將周紹興兩次圍攻自貢地主、鹽商聚集的大安寨，王朗雲募軍死守，使義軍遭受重大損失，因而大得清廷封賞。為了保護和攫取更大利益，王朗雲捐官進爵，不惜重金，初捐候補道臺，繼之加按察使銜，賞二品頂戴及三代一品封典，成為遐邇聞名的「王四大人」〔註2〕。小說的第二章王氏宗祠祭堂內那一副二百二十字的長聯，標榜這個封建家族昔日的顯赫功名，旌揚其書香門第的道德文章，並為這個封建家族的衰敗打下了伏筆。

　　小說集中描寫1925年冬季到第二年近冬時節，自流井王三畏堂的崩潰。「眼看着水井一天天地乾枯，眼看着火井一天天萎弱，眼看着熬出來的花鹽、巴鹽一天天地減少；又聽說川北天天打仗，食鹽銷路天天在退落，釐金捐稅層層加重，津關卡子處處加多，賣出去的價錢還不夠成本；重慶、宜昌的鹽號早已撤銷，運輸售賣的大權都落在江津、重慶兩幫手裏」，「帳主子的債團代表已經在這裡修好洋房子來等着要帳咧。究竟欠了多少帳呢？當家的人不肯說，此外誰也說不清。」圍繞着帳款的問題，家族中的維新派和當權派展開了針鋒相對的鬥爭。從素二公、作七公到如四公，家族中的當權者無不營

<hr />

民族資產階級，這是沒有疑義的。但是，自貢近代鹽業家族，畢竟產生於中國封建社會的末世，他們大多經營地產（地租）、鹽業、和商號，同時又以家族的模式進行管理和分配，甚至為了保護和攫取更大利益，有的還買官鬻爵，如王三畏堂的中興之主王朗雲等，這就不可避免地帶有封建經濟（如地租）、封建宗法、封建領屬的性質。王余杞早年生長在這樣的鹽業世家，對於家族的沒落，有着直接的、切身的感觸，所以他在《自流井》的序言中一再提到「我的家本是封建組合」，在小說中更以主人公之口說明「三畏堂正是封建社會裏的一個封建家族」。作為對《自流井》這部小說的評介，必須依據小說文本所提供的信息，尋索作者的創作意圖，這是不可逾越的基本的原則。

〔註2〕引自吳澤林《王三畏堂百年滄桑》，原載《自流井鹽業世家》，四川人民出版社1995年2月。

私舞弊，甚至勾結債團，出賣家族利益。以迪三爺為首的維新派，想要重振家業，「一面得推倒賣家奴，一面得應付債團，一面得挾持住那些『尾大不掉』的『丘二』（按：即掌櫃），自然處於數面受敵的夾擊之中。「挾債團以自重」的如四公一方面勾結官府，以「毆辱尊長」的罪名，使迪三爺陷入「吃官司」的糾葛困頓；另一方面，則把公堂基業全部抵佃給渝沙債團，簽訂了徹底出賣家族利益的《抵佃條約》。至此，維新派挽救公堂、重振家業的夢想遭到毀滅性的打擊，正如那位試圖依附維新黨勢力東山再起的作七公所說：「我們沒法子跟債團對抗，總因為我們欠了人家的債，欠債還錢，理所當然。」這一鬥爭的結局形象地告訴我們：封建家族在新興資產階級的威逼下無法擺脫必然破產的厄運，無論封建家族內部的人們如何尋找改革良方，都無濟於事。

這部作品以封建家族的興衰為主線，真實地描繪了二十紀二、三十年代中國內地的社會生活畫面。當時，「中華民族，處於水深火熱的內憂外患的夾擊中」，「全中國更成了次殖民地。莫說自流井隔得遠，帝國主義的侵略力量依然可以達到」，洋人的稽核處對自流井這個「銀窩窩」虎視耽耽，「稽核處的錢是一點不能少的」。而這裡的軍政兩界，兩廠紳商名流，省外鹽務代表，渝沙集團代表，「都是一班暗裏明裏吸着這一家膏血的人」。當時，國內戰禍迭連不斷，川北戰事阻滯了井鹽的銷售，自流井也沒能免予兵燹之災，雖然「這裡的軍隊，官比兵多，兵比槍多，槍比子彈多」，但為害之烈，亦屬駭人聽聞。不但抓丁拉伕使農業生產遭到破壞，而且「每逢軍隊開拔，出血自不能免」，當地駐軍張旅長一次就向商會索要三萬兩白銀，並且綁架商會會長以作人質，勒索「軍費」。縣知事老圈兒更是唯錢財是圖，「特別歡迎人們告狀打官司，不論原告被告，一律收起來再取保，三千五千，一千八百，言不二價」。至於農村，土地賦稅年年加重，「才民國十五年，上糧已交到民國二十四年了」；地主、掌櫃，催租逼債，佃戶一年的收成「交了租就只夠喂雞」，鄉下熬不過，只好往井上跑。社會混亂，民不聊生，棒老二（土匪）搶劫大墳堡，竄到茶館、街頭，把紳糧、井主「搶去做肥豬（當人質）」……作品就這樣展示了半殖民地半封建的中國內地廣闊的社會生活背景，把家族的沒落與時局動盪緊密地聯繫在一起，從而表現了作家對國家、民族命運的深重關切。

這部作品還真實、深刻地揭示了勞資雙方尖銳的階級對立，刻畫了鹽場工人的悲慘處境，反映了鹽場工人的覺悟和鬥爭。簇擁在一大片森林前面的大廈，屹立在雨臺山、大安寨的幢幢洋樓，廳房內豪華的陳設，用金銀打成

的煙具，出門輿馬的派頭排場，以及用皮貨珠寶給死人殉葬等等，無不炫耀著這個封建家族散發出腐臭的豪華。同這種驕奢淫逸的生活相反，鹽工「天天都不見亮就起來，賣着苦力氣！一直賣到夜裏火龍車放出最後一聲哨子：白天挑鹽水上灶，晚上搓索子捆筒，外帶塌牛屎粑——因此，他（們）的兩肩和兩手就變成一種形象：肩上長著紫泡，天一熱就潰爛，裏面脹着膿水，外面裂開一條條口子，現出鮮紅的肉。手板被麻絲和竹片割得血流，割破的傷口太多，重重疊疊，變成像一塊冬天的樹皮，滿手都是厚繭。雖然如此，肚子卻從來不曾吃飽過」，慘死的鹽工最終「被一個個破鹽包像狗一般抬出去窖咧！」

作品用較長的篇幅寫出了鹽工黃二順一家的悲慘遭遇。井主斯謙不顧工人死活，釀致鍋爐爆炸，黃二順的撿煤炭花的獨生兒子黃狗慘死於這場人為的事故，他的女兒又被斯謙的兒子所糟蹋。「黃二順一身也像變成鍋爐，肚內燃着烈火，將血煮到沸騰」，殺死了井主斯謙的兒子，卻被警察當局處決。「死了的死於非命，活着的遭了欺凌」，黃二順一家的慘禍使鹽場工人在血的教訓中覺醒，他們「將黃二順的棺材抬出遊街」。「事情堅持着，捕捉、格鬥都不怕，撒擱（最後）只好由官方叫商會派人出來做調解人，放下身份來跟他們講價錢，價錢不減低，天天遊街，喊出身受的痛苦，喊出最低的價錢」。「發揮所有的力量，力量不曾落空，像火閃（閃電），像炸雷，像暴雨，攪動了整個自流井」。作品就是這樣表現鹽場工人最初的自發的鬥爭：他們由對機器的憤怒和恐懼，進而發現自己任人宰割欺凌的地位，最後在團結、鬥爭中看到了工人階級所擁有的力量，預示了人民革命風暴必將蕩滌整個舊世界的污穢！

顯而易見，《自流井》以自貢近代鹽業家族為軸心，「全景式地反映正在發生的社會現實」，具有社會剖析小說〔註3〕的鮮明特色。這部作品的成功之處，還在於形象地展示了龐大的家族人物譜系極其錯綜複雜的關係，並在人物的刻畫和褒貶中鎔鑄了理性批判的力量。

迪三爺是這部作品中作者用筆最多、性格特點也極鮮明的人物形象。他早年畢業於日本高等法政學校，受過新思潮的影響，同王氏家族中那一班安於逸樂，沉湎酒色，毀於煙土的世家子弟截然相反，他作為封建家族利益的

〔註 3〕社會剖析小說，是二十世紀三十年代由茅盾先生倡導、為「左翼」作家公認的主流文學，其特點是：全景式地反映正在發生的社會現實，人物大多具有典型性和階級性，具有鮮明的理性特色和社會批判傾向。

忠實捍衛者，提倡教育救國，首創科學辦井。在家族衰微之秋，蛀蟲敗家之際，他挺身而出，挽救公堂，雄心勃勃，振興祖業。他常常將國來比家，把家看成是縮小的中國，閃著炯炯的眼光，禁不住喃喃自語：「看還是中國的問題先解決嗎，還是我們家裏的事先解決吧！」決心幹一番事業，儼然「王四大人」再世。然而，世易時移，在近代中國，改良的路是絕對行不通的。

在新興資產階級債團的威逼利誘下，家族的當權者們加快了賣家的步伐。兼有老虎、兔子、狐狸三種性格的如四公，對於「調查債款、查清借錢還債真相」，先是軟拖硬抗，繼而對維新派委以「顧問」之銜加以收買，最後告發迪三爺「毆辱尊長」，並趁迪三爺困於官司之際，進一步與債團勾結，簽定了將王氏公堂全都產業抵佃給渝沙債團的賣家契約。迪三爺吃盡官司之苦，家財傾盡。迪三娘心勞力瘁，溘然病逝，迪三爺傷心不已。而此時，家族產業抵佃已成定局，徹底粉碎了迪三爺振興祖業的夢想。「挽救公堂，為的大家，大家都不顧望，只好灰心了。」退而寄希望於自家的昌福井，機器下錘，井身歪斜，「一眼井敗家」，恰又應在自己頭上。遂百念俱灰，最後只得寄望於長子幼宜去京城求學，「洗去公堂子弟的習氣，改換公堂子弟的心術，精研學術，建立起一番事業來！」作品十分成功地塑造了這個真實可信的譚嗣同、劉光第式的「補天」者的形象，揭示了中國近代改良主義者自身的矛盾和悲劇的結局，令人感喟，引人深思。

如果說，這部小說僅止於描寫「補天」式的悲劇，塑造了迪三爺這樣一個「補天」式的人物，那麼，作品則沒有完全超邁整個封建思想體系的窠臼，作品以對封建家族和整個舊世界徹底否定的氣概，塑造了一個血肉豐滿的封建家族的叛逆者的典型——迪三爺的長子幼宜，從而寄託了作家對社會大變革的嚴肅思考。

幼宜是世家子弟中最聰慧、明達、善良、上進的一位。他從小就深感在家裏不快活，在嚴父的責厲聲中感到壓抑；他為自己不了解辦井燒鹽的知識感到羞愧，並對被剝削者的不幸感到不平。他目睹身歷了封建家族內部弟兄間、叔侄間、以至父子之間傾軋、殘殺，最終被債團所吞噬的慘劇。家族的崩潰、母親的去世、父親的頹唐使他一步步對家族的復興感到幻滅。當他跨出夔門，北上求學以後，各種新的思潮和風雲突變的局勢，使他逐步走向了成熟。他投身學生運動，「冒著寒風，揚頭吶喊，大家的身心聯結在一起，他們發揮出他們偉大的力！」及至國家危亡，教育破產，他回到違別十年的故鄉，

「從外形看,他完全變成一個具體而微的迪三爺,容貌之外,態度、口音、舉動、神氣……由於遺傳,眼神特別充足,一雙炯炯的眼光,十年之後的今日,又從這裡閃出了哩!」而他的鋒芒所及,卻是對於衰微家族的毫不惋惜的否定和對民族復興的憧憬與呼喚:

> 「中國社會原來是封建社會,封建社會講家族,講血統,稱之為綱常名教。三畏堂正是封建社會裏的一個封建家族,所以當初能夠興家。到近幾十年中國不斷受外國侵略,外國資本主義也傳流到了中國,時勢造成,封建思想再不能維繫人心;儘管嘴裏還大喊維持舊道德,實際上只是在利益上打轉身,日趨薄弱的家庭觀念,淨叫強有力的個人利害消滅得乾乾淨淨。誰都只顧自己,誰都不顧公家,兼之人才缺乏,不能適應潮流,安於逸樂,不肯吃苦,怎能跟人家競爭?怎經得起債團代表的壓迫?失敗是一定的。焉得而不敗呢?」

> 「失敗的原因便是不能恢復的理由!個人勉強成為資本家倒還可以,恢復封建家庭,絕對辦不到!」

> 「請你們把眼光放遠些,封建制度不好,資本主義也不好,同是吃人肉吃人血的魔鬼!」

> 「中華民族,在處於水深火熱的內憂外患的夾攻中,東北四省的土地已被斷送,全中國更成了次殖民地!」「請你們把眼光放遠些,不要為一家,要為全民族——全民族之中就包括有自己在。振作自己訓練自己!組織自己!大家聯合在一起,聯結一起更有力量!」

饒有深意的是,迪三爺把家比作國家,幼宜卻把眼光投向國家,其挽救民族危亡的吶喊和社會變革的呼籲,道出了那個時代革命青年的心聲,至此,幼宜已作為封建階級的叛逆走上了為國家民族而戰鬥的人民革命的行列。在幼宜身上,我們可以清晰地看到作者的影子,看到左翼作家激進的政治態度和強烈愛國情緒。

《自流井》是以少年幼宜的視角來完成家族敘事的。由於他在自身的成長過程中所關注的是家族的興衰,學校、祠堂、井灶、商會等,都成為了超出其意義本身的符號。作品也寫到家庭和親情,但決沒有一般流行小說的性愛描寫。女性在這部作品中所佔篇幅不多,卻塑造了迪三娘和三姐是這兩個近

乎完美的女性形象。迪三娘主持家政，過於操勞，在丈夫入獄後，竭盡全力拼湊高額贖金，最終過早地離開了人世，她的悲劇，加重了作品的悲劇氛圍。三姐溫柔細膩、善解人意，她的每次出場，都給幼宜帶來快樂和安慰。

從藝術構思上看，這部小說緊緊圍繞「查帳——抵佃——分家」的矛盾糾葛，不僅把家族中涇渭分明的「保皇派」和「維新派」的各色人物刻畫得惟妙惟肖，而且由家族引申到社會，活脫脫地再現了當年生活在這塊土地上的形形色色的人物形象，自然而巧妙地帶出了軍閥、官僚、捐客、債主等「明地或暗地吸着兩廠（指自流井與貢井鹽場）膏血的人」。作品在「分家」一節中，不厭其煩地介紹了這些人物：

> 除了全家弟兄叔侄外，並且邀請了當地的軍政兩界、兩廠紳商名流：算起來便有軍餉取之於鹽稅的張旅長，有靠刮地皮營生的縣知事「老圈兒」，有包庇私鹽和專吃私鹽販子的鹽場知事賈胖子，有鹽務稽核所的「轉窩子」洋人李約翰，有濫竽充數的學董汪沛學，有滿口京腔的省外鹽務代表張子高，有渝沙債團代表崔子奇、陳季農、陳綿初、皮畏陶，有胡團總、宋團總、梁團總，有大紳糧（地主）李雲甫、朱沛清、雷正華、魏少秋……

這樣龐大的陣容，介入一個家族的分家事務，顯得煞有介事而且滑稽，正是這些表面上「主持公道」的人，加劇了這個鹽業家族的崩潰。作者也正是從這裡開始讓矛盾衝突更加複雜化，並一一揭出這些正人君子的醜態和卑劣的靈魂。特別是乘人之危、勒索錢財的縣知事「老圈兒」，虛張聲勢、偽善詐騙的省外鹽務代表張子高的形象刻畫，匪夷所思，令人叫絕，完全足以進入中國現代文學的典型人物畫廊。

作為社會剖析小說，這部作品還正面描寫了鹽場的司機、山匠、燒鹽匠、桶子匠、挑水伕、轎伕、船老闆等普通勞動群眾。其中有兩個人物形象是至關重要的。一個是看守祠堂的叫化大爺，這是一個類似《紅樓夢》中賈府的焦大式的人物，他是當年「王四大人」的救命恩人，又是王三畏堂家族興衰的見證者，開篇由叫化大爺來講述「王四大人」的傳奇故事，整部小說又是在叫化大爺「落氣」的喧鬧聲和鞭炮聲中結束的。顯然，他是一個封建鹽業家族覆滅的陪葬品，作者賦予這個敘述者和見證者象徵意義是非常明確的。

另一個正好與之相反的形象，是到鹽場當雜工的李老幺。幼宜從小就與李老幺有著深厚的友誼，「幼宜見着李老幺如見着一個久別的親人」。這個在

「鄉下熬不過往井上跑」、到井上「跟做牛馬差不多」的年輕人，最終在洋學生老龔、老秦的啟發引導下，成為了鹽場工人運動的「提調」，直接領導和參與了鹽場工人的罷工和遊行示威。這本書出版二十年後，王余杞老先生對全書進行了重新校訂，並於 1985 年在他年屆八十之時，意味深長地作了一個尾批：「封建家庭氣勢消，工農群眾展雄豪。自流井廠誰當令，當令人是李老么！」〔註 4〕作者毫不憐惜封建家族的衰敗，其愛憎分明的立場是一以貫之的。

綜上所述，《自流井》這部創作於三十年代中期的長篇小說，通過封建鹽商「王三畏堂」家族的興衰，形象地記錄了自流井鹽業世家早期的創業傳奇，集中反映了在帝國主義、商業債團的雙重壓迫下，家族集團內部的矛盾、爭鬥和自相殘殺，封建鹽業生產關係走向崩潰的過程，揭示了生產力的發展必然帶來生產關係的變更，「舊的必然死去，新的必然成長」的歷史規律。它真實地再現了二十世紀二、三十年代自流井鹽場的生活：從帝國主義侵略、時局阽危，到政治腐敗、兵匪肆虐，從鹽業家族內部維新派與保守派的火拼，到鹽場工人的悲慘處境和罷工鬥爭，展示了廣闊的社會生活畫卷，預示着光明社會的到來。

〔註 4〕王余杞先生於 1983 年 10 月，對 1944 年原版《自流井》作了重新校訂，並於 1985 年端午在「校後記」的後面寫下了這首詩，原件現存上海中國左翼作家聯盟會址紀念館。

第十四章 《自流井》：
現代鹽都文學的奠基之作

　　除了具有進步的政治傾向和理性的批判力量之外，長篇小說《自流井》的寶貴價值，還在於它第一次把自流井鹽場的風貌進行了形象完整的、具體可感的描繪。神奇的鹽場景觀，獨特的井鹽生產流程，古樸的鹽場生活習俗，自流井特有的地域風情，以及新年正月的燈會遊藝等等，無不彌散著濃鬱的地方特色和鄉土情味。因此，這部作品不僅以其性格鮮明的藝術形象和悲劇的藝術構思叩擊讀者的心靈，而且還具有社會學、歷史學、民俗學以至井鹽生產運銷等多方面的認識價值。它是一部活的近代自貢鹽場的興衰史，堪稱鹽都文學史上的瑰寶。

　　食鹽是人類生活中的必須品，鹽務歷來為國家之大政；自流井地處封閉的內地，它的井鹽生產更關係到本省以至雲、貴、藏、楚等地的國計民生。在文學作品中，要能成功地表現井鹽生產的悠久歷史和它特殊的生產方式，不少作家對此望洋興歎。王余杞十六歲就離開家鄉，但他深深地眷戀着這塊養育他的土地。他既是出身於鹽業世家，對於此地「特殊出產和特殊的社會情形」自然比別人多知道一些。為了寫好這部長篇，他於 1933 年至 1934 年專程回故鄉搜集辦井燒鹽的新材料和商業資本入侵的具體情況，然後以自己家族的興衰為生活原型，衍化出人物故事來。

　　《自流井》將古老神奇的井鹽生產方式和自流井地域文化第一次寫進了宏篇巨製之中。這部被稱為鄉土文學的長篇小說，生動地描繪了鹽場風貌：「天車繁密得像蔗林，黑煙騰空，像一片濃霧，機器單調的喧聲，轟得人說

話都要放大喉嚨——卻也使人興奮，轟聲正表示出生活的掙扎，如萬馬軍中生死存亡的決鬥。」「山坡上，最高處有一座筧樓，底處也有兩座筧窩，四面八方的筧竿，兩根一排三根一排地一同伸達筧窩，好像無數的長蛇伸直了身子圍集着水缸吃水。」「灶房裏蒸騰著熱氣，充耳一派沸騰聲，鹽鹵氣味更加濃烈，幾乎換不過氣。地下一行行地安置着鐵鍋，鐵鍋裏滿鍋白色泡沫在那裡翻滾。」我們現在已經很難見到自流井鹽場當年的景觀，讀到這樣的文字，喚起沉睡的記憶，尤覺親切和珍貴。

作者還以王家少年幼宜的視角來寫鹽井的開鑽，鹽鹵的提取，鹵水的筧運，火井盆的安置以至熬鹽的工藝等等，寫得饒有興味，令人神往：

> 想像着那下鑽的光景，兩排兩手泥污滿臉流汗的工匠站在井口踩架上，中間橫着一根活動的木條，前端便繫着墜下井裏的鐵鑽。兩排人同時向着橫木後端一站，叫它的前端翹起，井下的鑽便隨着往上一提，很快地兩排人分頭跨下來，前端落下，井下的鑽也跟着落下，落下去砸剌一下泥土或石頭，這就也許加深了一分。接連不斷地一分一分地加深着，然而須得深到三百丈啊，將一分和三百丈來比，相差該是多大呢！

這是鑿井的一段描寫，不僅可以使人獲得相關的感性知識，更重要的是隨着少年幼宜的好奇和追問，讀者自然會被鑿井工匠的聰明才智和頑強意志所震撼。再看神奇的火井盆：

> 辦井辦到一百七十丈之外，也就有火，見火之後，在井下面一丈多深的地方挖空，安一個木盆，就叫火井盆。盆有丈把來高，周圍三丈大——這周圍，是就盆底說，盆頂卻小一點。在盆底的邊沿上插入竹筧，少則幾根，多則十幾根。……然後將盆封好。但是，盆在井口下，所以正對着井口的地方先要留下跟井口一般大小的洞，以便下筒推水。火氣上升，聚在盆內，由筧運出，這筧也是埋在地下，只是隆起一條土埂子，倒隱約分辨得出來。

這是一個天然氣和鹵水分離的裝置，既可避免由天然氣引起的火災，保證鹵井的安全，又把天然氣從井裏引出，輸送到灶房熬鹵製鹽。這些知識，都是由掌櫃的學徒周老表給幼宜現場講解的：

> 「你們看這一鍋花鹽。那邊將灌滿一鍋水，灌下水去，就把火點着，熬到水裏出現了鹽花，再加一點水，……豆漿下去，將水澄

清……水面上就會浮起一層黑泡子……這時候就要將黑泡子打出去。再加豆漿還有母子鹽渣，……減小火力，讓它慢慢地熬。熬成鹽，熬成的鹽跟雪花一樣，又白又亮，……以後就鏟起來，裝進竹蓑簍中，使它的汩濾盡，濾得乾乾淨淨，又把滾開的乾淨鹽水朝竹簍上淋下，鹽就結成晶，顏色也變得更白，更白……」

作者至少用了三個以上章節來寫井鹽生產──這個複雜而宏大的系列場景，與小說的情節、人物的經歷融為一體──它的神奇、它的功效，「比聽龍門陣有趣得多」，它的科學含量中所折射出的豐富的想像，它的勞動創造中所包含的堅忍不拔的精神力量，都無可替代地體現了井鹽文化的精髓。

作品進而在更為廣闊複雜的社會生活場景中，表現「產」「運」「銷」三者的聯繫以及引起的一系列矛盾，表現鹽業家族與商會、衙門、軍隊、勞工的相互關係與爭鬥，還涉及到興辦義學和井鹽生產方式的變革等等，為我們揭開了鹽業世家的重重帷幕，使我們得以窺見它的家族結構、企業經營、利益分配和生活狀況，因此，從某種意義上說，這部小說的社會價值，恰好就在於它再現了自流井當年「特殊的出產和特殊的社會情形」而為世人所矚目。

在這部作品中，作者以他對故鄉的情愛，寫出了自流井獨特的習俗和地域文化氛圍：新年正月夜裏的燈會遊藝，吸引着一直沟湧到東方發白的人們；春日裏「嗚嘟嘟」的過山號和已然撲向彩雲的風箏把童年的夢幻引向天際；端午節的粽子、鹽蛋、雄黃酒，以至門上掛的菖蒲和艾葉，散發出略帶苦澀的川南風俗的異香；盛夏時節，去水塘游「狗扒騷」、浮「仰天推」、踩「假水」、裁「汨斗」，更把少年的情趣和故鄉的山水交融一體。至於封建家族的祭祀，宗祠的月會，輿馬的排場，抽大煙的講究，「井主們出入於他們的井灶，奔走於軍閥權門，壟斷當地公事，鎮日家吃喝嫖賭。坐在茶館裏說女人，曲着指頭挖鼻孔」等腐朽糜爛的封建習俗的腐臭，則在作品中給予了無情的否定和鞭撻。

作為地域文學（或鄉土文學），這部長篇小說在語言上更具有濃鬱的自流井地方風味。作者在《序》中聲明，「最近出版的《小說家》上，有人批評我的寫作，說是太『文』。這『文』，我自己早已感覺到，但這與其說是我積習難除，故意造作，還不如說因我生長在自流井那地方習慣了半文不白的語調的原故。」其實，在這段文字中，已清楚地表明了作者對語言的要求：第一，要避免太文，盡可能口語化；第二，要保持自流井的語言特色。這部作品的語

言質樸、平易，具有娓娓道來的敘述風格，且又簡潔、明快，不乏精彩動人的描繪。不僅對話語言，而且在敘述語言中大量採用自流井方言土語，給這部作品烙下了地域特色的徽印，如「妙竅」、「扮燈」、「相因」、「行市」、「背時」、「訣人」、「認黃」,「舐肥」、「鬧派」、「撒擱」,「滅嗝」、「丘二」、「棒客」、「吼叭兒」、「吃香香」、「扯市口」、「涮罈子」、「清絲嚴縫」、「塞炮眼兒」等等。我們不能設想這部名為《自流井》的小說若用北京話、天津話或別的什麼話寫出會是什麼貨色。唯其自流井方言土語的運用，更使作品充滿了鄉土活力，並增強了作品語言精微的表現力和幽默、沉鬱的風格。

在《自流井》結集出版之時，作者為讀者獻上了 12000 多字的《自序》。其中有兩點是極為重要的,它客觀深入地闡明了本書的創作初衷和社會價值，具體而微地介紹了自流井鹽業特殊的生產方式和社會狀態。

第一，王余杞在《自流井‧自序》中明確地闡述了他自己的創作動機：「當人們驚異地注意到自流井的時候，我便也記起了自流井，因為我生長在自流井，自流井原是我的故鄉。對於故鄉，我自信比別人知道的多一些，不僅知道，而且認識了解——關於當地的特殊出產和特殊的社會情形。」「提起筆來之後，原來的計劃卻有了變更，我雖生長在自流井，但離開甚早，對於當地人群的生活，並不十分熟悉。凝想，凝想也只能得到一個模糊的輪廓；倒是另一些支配着一切的井主，比方就是我家裏的一些人物，我不僅看見他們的面貌，而且清楚地看穿了他們的內心——他們的習性，他們的見識，他們的信仰。」「我的家本是一個封建組合，而在資本觀念逐漸加深的今日，所謂道義——是封建思想裏面的精髓，委實已不能維繫人心，只知有己，不知有家，家的形式已沒法顧全；加之習於安逸，不懂得生活的艱難；缺乏知識，睜開眼睛不曉得世界有多大；不但不能和人競爭，而且不能自謀保守，所以一經打擊，便立刻崩潰而不可收拾，自是理有固然！」

> 第一次回家是在離家五年之後。那時候，稍稍看到一兩雙緊皺的眉頭，固然穿布面綢裏鑲邊袍子和粉紅或翠綠色腿褲的人仍然不少。重慶、宜昌、沙市的債團派來坐索的代表們已建築好高大的洋樓，雄踞在井區中心，板起了威嚴惡毒的面孔。官司打到省城裏，結果是一切企業交由債團監督，所有的餘利，盡先還債。

> 簇擁在一大片森林前面的大廈，掩不住它面枯骨立的衰顏。一間間寬大而幽暗的房屋中，總使我感到股陰森森的冷氣；不知道在

那裡捕捉過多少次蟋蟀的花園，於今變成了荒地；不知道從那裡翻跨過多少次的圍牆，於今變做了一堆瓦礫土堆！

作者寫道：「我的家正是一個縮小的自流井」，「飢寒二字畫上了幾乎是全家人的臉——全部企業抵押給債團，押期二十一年！」王余杞的這種早年經歷，與魯迅、巴金等作家大同小異。「總之我的家之破產是必然的——我便從這裡開始寫起。努力地寫，並且寫出在變為天堂以前的『魔窟』中的一角，那一角，正可以反映出中國社會今日內地的一般情形。」

第二，深入細緻、科學動態的鹽業生產的資料搜集整理，給讀者提供了相對完整的理性的認知。《自流井·自序》對自流井鹽業生產的歷史和現狀、產銷方式和營運規律、社會結構和勞資雙方的生活狀態，作出了全面系統的梳理和表述。足以見出王余杞作為理工專業人士在這方面的嚴謹務實，又給後來的小說作者提供了社會調查的成功範例。

《自序》的最後一部分，從十一個方面介紹抗戰期間自流井鹽場的情況：（一）產鹽區域；（二）產鹽種類；（三）鹽井種類；（四）灶戶種類；（五）採鹵方法；（六）製鹽方法；（七）運銷岸別；（八）運輸方法；（九）鹽商組織；（十）工人種類；（十一）工人生活。讀者千記不要以為這是枯燥無味非文學的社會學統計資料，它是小說家的必修課和作品的魂之所附。僅舉幾個比較簡單的例子：

鹽井種類 有鹽崖水井、黃黑水井、火井、水火井（兼有水火）各種。鹽崖井鹵最鹹，約占百分之三十強；黑水井次之，占百分之二十至二十五強；黃水井又次之，占百分之十至十五強。東場有水井六十眼。火井二百二十眼，水火井一百二十六眼，共四百零八眼。西場有水井十八眼，火井一百二十八眼，水火井十五眼。共一百六十一眼——但因靠運氣的關係，井眼的數目，是隨時都在變遷着。〔註1〕

運銷岸別 兩場銷鹽有引、票岸分別〔註2〕。引岸分為三大岸：一、濟楚岸——即湖北的舊荊州、襄陽、鄖陽、安陸、宜昌五府及荊門一州轄地，共計二十八縣，又湖南的舊澧州屬地計六縣。二、

〔註1〕西場、東場：自貢鹽場舊時稱自流井地區為東場；貢井地區為西場。
〔註2〕引岸、票岸：引岸是經過管理當局批准鹽商獨佔運鹽引銷的專賣區域。票岸，指行銷票鹽之地；鹽商繳納鹽稅後發給憑證運銷的食鹽稱之為票鹽。

計岸——即瀘西岸、涪陵岸、渠河岸,共計四川二十六縣。三、邊
岸——即仁邊、綦邊、涪邊,行銷於黔省的舊貴陽、遵義、仁懷、
都勻、大定各府及平越州共計五十三縣。除此之外則是票岸(鹽販
以牛馬馱載及人力負擔者),行銷富順、內江、資中、隆昌、永川、
榮縣、壁山、瀘縣、南溪、宜賓等十二縣。票花鹽東西兩場都可出
售。票巴鹽則由西場專售。〔註3〕

常說「川鹽濟楚」,運到楚地哪些地方?楚地之外還有哪些地方?川江號
子、駝鈴聲聲,運鹽船、古鹽道早已隱沒於的歷史帷幕之後,今天讀來何等
親切而又立體。再看看工人的情況:

工人種類 兩場工人據民二十四年十月調查,總數為九千五百
十七人,內分井戶雇用、灶戶雇用、筧戶雇用,其他運轉方面的工
人還不在其列。名單如下——

工人名稱	人　數
司　　機	89
生　　火	93
開　　車	93
拭　　筧	130
山　　匠	247
管　　事	202
大　幫　車	712
牛　　牌	230
輥　子　匠	133
白　水　挑　夫	501
井　上　雜　工	1020
共　　計	3450
燒　鹽　匠	1977
鹽　水　挑　夫	917

〔註3〕花鹽、巴鹽:將鹵水倒進鹽鍋中熬製,提淨污穢雜質,結晶成為細鹽,稱為
花鹽,也是井鹽作為食鹽最主要的品種。先將細鹽渣鋪在鍋內,用火將鍋熬
成通紅,再把鹽水灌入,須經四五天或七八天熬製成餅,稱為巴鹽,又名鍋
巴鹽。後者狀如鍋形,厚五六寸,重可達八百多市斤。少數民族地區或有的
山區習慣食用巴鹽。

桶 子 匠	1023
灶上雜工	1713
筧 山 匠	58
車 水 匠	195
巡 視 匠	10
筧上雜工	174
共　　計	6076
以上總共	9517 人

工人生活 工人中待遇最高的為司機，因為是從下江請來的。月薪約在四五十元。其次為山匠管事，多者為二百串（不到十元），少就不過三四十串。其他則都不過此數，而白水挑夫、拭蔑、牛牌、雜工等，更有少到幾串的，合起來還不到半塊錢。雖說有紅利可分，一家人要吃的，奈何他們不餓肚子呢！

第三、《自流井・自序》對故鄉的鹽業生產的提升和發展寄予厚望。顯而易見，這部長篇小說，具有左翼作家決絕的批判精神和對社會進步的強烈渴望。但是，在全面抗戰的新形勢下，四川成為了抗戰的大後方，以自流井為中心的井鹽生產獲得了新的發展機遇，不僅增產加運為當局所鼓勵，而且機器電力的引進，正在逐步取代落後的生產方式。1938 年秋天，王余杞所見到的自流井鹽場並非小說中的井停灶熄、破敗衰頹的景象，「跟書中所寫的十四五年間的情形不甚一樣了」，而是煥發了生機，成為助力抗戰的經濟支柱之一。作為一個有社會擔當的作家，在整理舊稿，完整地保留原有的總體構思、敘事角度、人物事件的同時，他特地在寫於 1943 年的《校後記》中表達了世易時移的感觸：

人都愛着他的故鄉，我自然是熱愛着自流井，每因為愛之深，望之切，責備求全，在所不免，卻自問無一而非出於善意。但願鄉人，諒我愚衷！

本書成於抗戰之前，抗戰而後的自流井，突飛猛進，氣象萬千。即就鹽井一項來說，機器銼井，篠枝蒸發，平鍋熬鹽，都已盡情利用，惟待普及。行見生產手段提高，社會機構改進，腐爛的難得存留，新鮮的必將成長。本書還不曾寫到這點，應該在此特為提出，容待續寫。

　　一位自貢籍的當代學者曾經指出：王余杞和《自流井》的價值不僅僅在於一位自貢籍作家寫了一部老自貢題材的小說，它的寶貴價值在於留下了自流井特別的歷史和文化的寶貴寫真，並從中體現出深沉的文化反思〔註4〕。當我們重新解讀半個多世紀以前的作品的時候，一定要回到當時的歷史語境，從當時的政治、經濟、文化、包括民間習俗、社會思潮等方面給予科學的合乎客觀實際的考量和定位。可以說，迄今為止，我們還沒有一部文學作品能像《自流井》這樣真實地、全景式地描繪自貢鹽場的歷史，滿懷深情地表現這快神奇的土地，表現我們的前人的偉大創造和特定時代的精神風貌，王余杞無疑是表現自流井地域文化特色最自覺、最成功、最有代表性的作家。《自流井》無論是從成書的年代、題材的價值、還是從形象的塑造，乃至方言土語的運用等幾個最基本的要件上看，它都是鹽都現代文學當之無愧的奠基之作。這是毋庸置辯的。

　　我們不妨再作一番比較研究。

　　稍早於王余杞的近現代作家劉長述（1989～1919），是「戊戌六君子」之一的本邑先賢劉光第的長子，英年早逝。早在五四運動前夕，與李劼人在成都共同創辦了《娛閒錄》小說月報，開啟了四川小說月報先河。劉長述的長篇白話文小說《松岡小史》，於1915年出版，署名覺奴，由吳虞作序，計十餘萬字，在成都風靡一時。這部小說以四川保路運動和辛亥革命為題材，以作者和與之一道奮鬥的革命青年男女為原型，塑造了一批為爭取民族富強，不惜流血犧牲的可歌可泣的男女青年革命者形象。當年中國話劇運動創始人之一的曾延年曾極力讚揚《松岡小史》，稱之為「九妙」小說，即「最妙之政治小說」、「最妙之立志小說」、「最妙之家庭小說」、「最妙之軍事小說」、「最妙之教育小說」、「最妙諷勸社會之小說」、「最妙之言情小說」、「最妙之實業小說」、「最妙之歷史小說」。該小說甚至早於魯迅的《狂人日記》，但它的題材內容顯然不屬於鹽都文學，且在文學史上應劃歸為近現代文學範疇。

　　再與王余杞同期的兩位自貢籍現代文學作家及作品比較。

　　陳銓〔註5〕，作為中國現代重要的作家、哲學家、翻譯家，在抗戰期間以

〔註4〕引自潘顯一《新文學與四川作家論辯》，四川文藝出版社，1996年5月。
〔註5〕陳銓（1903～1969）四川富順人。中國現代作家、哲學家、翻譯家。1928年畢業於清華大學。同年留學美國阿伯林大學，以優秀成績獲碩士學位，後留學德國克爾大學，獲博士學位。1934年學成歸國，先後在武漢大學、北京清華大學、長沙（臨時）大學、昆明西南聯合大學教英文或德文。1940至1942

《野玫瑰》等諜戰話劇名世，其小說創作早於話劇創作。他的第一部長篇小說《天問》，由他的恩師吳宓於 1928 年推薦到上海新月書店出版。作品以川南特有的風土人情與民國以來兵匪禍亂的歷史為背景，講述貧民青年林雲章因為失戀憤而從軍，變成了殺人不眨眼的魔王，派人殺死了情敵、得到了自己心愛的女人，最後卻在懊悔中拔劍自殺。稍後創作的長篇小說《徬徨中的冷靜》也以富順為背景，寫王團總的二少爺王德華躊躇於三個年輕女子的戀情故事，其中穿插 43 名革命黨人遭到慘殺，痛斥封建統治的黑暗與血腥。他的小說在緊張曲折的傳奇故事的敘述中，通過人物悲劇命運的書寫，着重於人性善惡的探尋與人生哲理的形象表達，其小說構架上有「愛情故事和社會哲理」兩個軸心，把它歸入廣義的鄉土文學較為妥當。〔註6〕

　　毛一波〔註7〕，曾是較有影響的中國現代作家、編輯家，但他最重大的貢

年，與林同濟、雷海宗等人創辦《戰國策》《戰國》等刊物，被稱為「戰國策派」，在當時文壇上引起很大爭議。新中國成立後，陳銓繼續擔任同濟大學文學院外文系主任，兼復旦大學教授。1952 年調任南京大學外文系德國文學教研室主任。1957 年被錯劃為「右派」，後於 1961 年「摘帽」。1969 年因病去世，終年 66 歲。1979 年 1 月，中共南京大學黨組織對陳銓錯劃為「右派」予以改正，並恢復其教授職稱和政治名譽。1985 年，陳銓作為家鄉的「歷史名人」列入中共自貢市委編輯出版的《鹽都英傑》一書，始得公正評價。陳銓的主要作品有：長篇小說《天問》《革命的前一幕》《戀愛之衝突》《死灰》《徬徨中的冷靜》《狂飆》《再見冷荐》《歸鴻》等，話劇劇本《野玫瑰》《無情女》《藍蝴蝶》《金指環》《黃鶴樓》等，電影劇本《天字第一號》《斷臂女郎》，理論專著《文學批評的新動向》《中德文學研究》《戲劇與人生》《從尼采到叔本華》等，以及譯著《兩人在邊境》（〔德〕弗里德利希·沃爾夫著）《語言的藝術作品——文學理論》（〔瑞〕凱塞爾·Ｗ著）等。

〔註 6〕楊義《中國現代小說史（中卷）》，人民文學出版社，1986 年 9 月。楊義在教材中專闢一節，將陳銓的小說創作納入四川鄉土作家群中。

〔註 7〕毛一波（1901～1996）自貢市沿灘鎮人。中國現代作家、編輯家、文史專家。其父早逝。祖父系監生，以教書為業，自幼便隨祖父學習。1922 年，考取瀘縣川南師範學校。1924 年秋，考入上海大學社會學系。1926 年畢業後，參與編輯《民鐘日報》副刊、《文化戰線》《現代文化》《土撥鼠》和《上海民國日報》《星期評論》等報刊。1929 年東渡日本留學，先後進入成城學校、正川學校和日本大學深造。1931 年回國後，任《巴蜀日報》《新蜀報》主筆兼編副刊。1936 年，應聘到香港任《超然報》主筆兼副刊編輯。後回到四川，任《華西日報》主筆兼編副刊、《合作日報》社長兼總編輯。1944 年返回故鄉自貢市，主持《川中晨報》。1946 年，毛妻高一萍應聘去臺灣，執教於臺南教師講習所，次年毛赴臺北任《和平日報》總編輯。1950 年，轉任臺灣省文獻委員會編纂組長，後升委員、專任，主編通志、叢書、專刊，兼任文化學院臺灣研究員，淡江學院臺灣史教授等職，歷時二十餘年。1980 年赴美定居路州紐

獻是作為文史專家參與臺灣省志的編撰和對臺灣歷史沿革的考訂。有短篇小說集《少女之夢》《古典與浪漫》，隨筆小品集《時代在暴風雨裏》等，都顯然不足以與《自流井》相提並論。王余杞去世後的第二年，時在美國紐奧良的毛一波得知故友王余杞逝世的消息，在四川《文史雜誌》發表了紀念文章《王余杞與自流井》〔註8〕，強調長篇小說《自流井》在文學史上的地位，他寫道：「三十年代前後的新文藝作家，也可說多如過江之鯽，許多人的作品，只是曇花一現而已。其能流行一時，已是萬幸。如不流行，卻從此默默無聞，永與文學絕緣也多的是……在『鹽都』新文學上來說，他當是首屈一指的現代作家。就全國新文壇來看，他亦應有其作家的地位……他是可以傳世的文學作家，則是無可置疑的。」筆者注意到，毛一波先生這篇文章的標題，自流井三字沒有加書名號，這是有意為之的，這意味着，王余杞就是自流井文化符號的代表，王余杞也因了自流井而永垂青史。

奧良市次子家。1996 年 3 月 12 日病逝世，享年 95 歲。著有短篇小說集《少女之夢》《古典與浪漫》，隨筆小品集《時代在暴風雨裏》《櫻花時節》《秋夢》，詩集《春》，以及《文藝批評集》。編纂並出版了《南明史談》《臺灣文化源流》《臺灣省通志》等史志，著有《鄭成功研究》《臺灣古史》《前塵瑣憶》《文史存稿》和《文史續稿》等。

〔註 8〕毛一波《王余杞與自流井》：載四川《文史雜誌》1990 年第六期。

第十五章 《我的故鄉》：
大後方抗戰救亡的縮影

　　在前面第十一章，已講述了王余杞專欄隨筆《我的故鄉》的始末，在這裡，將用兩章的篇幅對這部長達三十餘萬字的隨筆作進一步的評介，具體研討它的題材內容、藝術特色以及相關的文本價值。

　　《我的故鄉》的篇數尚未定論。《王余杞文集‧我的生平簡述》中寫道：「1938 年 8 月回到四川自貢市，任《新運日報》主筆，按日寫《我的故鄉》散文，寫到 1940 年 3 月，約共 400 篇，每篇千字左右。」上海社科院文學研究所研究員陳青生在《王余杞和〈我的故鄉〉》一文中說：「《我的故鄉》於 1938 年 8 月 1 日問世，到 1939 年 4 月 21 日於自貢市《新運日報》連載……共有作品 240 篇左右。」筆者曾於 1991 年親自到自貢市檔案館查閱並複印館藏《新運日報》，從 1938 年 8 月 27 日到 1939 年 6 月 11 日，共計 239 篇。此後不久，自貢日報社調研員、時任自貢報業志書編撰的鄒定武老先生也曾專函告訴我：《新運日報》刊載王余杞《我的故鄉》，共有 400 篇文章，印證了王老的回憶。我和陳青生研究員的查閱情況大體相似，關鍵是《我的故鄉》是否連載到 1940 年 3 月。我在撰著本章之時，請自貢市文聯領導電詢自貢市檔案館，回覆說：館藏《新運日報》不完整，且翻閱易脆；電子文檔沒有跟上。太遺憾了，也許在自貢這已是最終答案，不知道成渝兩地或其他檔案館有沒有查到的可能？

　　1992 年，我在《從〈自流井〉到〈我的故鄉〉》一文中寫道：「專欄隨筆《我的故鄉》，除《久大問題》專章以近兩萬字的篇幅分四天連載外，其餘每期均為六百到一千字到左右的短章。如果說《自流井》是以其家族的興衰，

形象地、歷史地寫出自流井的鹽場風貌、社會變遷的話，那麼，《我的故鄉》則是對自流井的社會生活、時代特徵近距離的透視和記錄。縱觀這部隨筆，從自流井的風物民情到鹽業生產，從社會新聞到抗日救亡，字裏行間充溢著對故鄉的深情，對故鄉創造者的讚美，對抗敵運動的全身心的投入，對自流井鹽業生產的積極關注和參與，以及對社會弊端、積習陋俗和國民劣根性的鞭撻與批判。這部隨筆，既有即景速寫，亦有時論雜感，文筆曉暢煉達，意蘊深刻警策，它不僅是彌足珍貴的全民抗戰初期自流井社會生活的宏闊畫卷，而且以其深摯的愛國熱枕給讀者以強烈的感染。」

《我的故鄉》的確是一部「有鹽有味」的故鄉記憶，它以全民抗戰為主導，以故鄉情愛為總題，以靈活多樣的筆法直入人心，這是王余杞留給故鄉自貢的又一份極為珍貴的、不可複製的思想文化遺產。

就時代特徵而論，《我的故鄉》高揚團結抗戰的主旋律，是大後方全民抗戰初期抗敵救亡運動的真實縮影。

作者回到故鄉，以推動大後方抗敵救亡運動為己任，以淪陷區親歷者和抗敵文化戰士的身份，講述日寇侵華暴行，不遺餘力地宣傳團結抗戰，痛斥「與抗戰無關」的謬論和獨善其身的個人主義，強調大後方的民眾抗日救亡和民族復興的重任，表現了抗敵文化戰士忠貞不渝的愛國情懷和堅韌不拔鬥爭意志。他在《國難》一文中寫道：

在這裡聽不見槍聲炮聲，嗅不到火藥氣息，受不著敵機的轟炸，看不見劇烈的空戰，觸不到廣大民眾的緊張情緒。自然更難想像到敵人的殘暴、戰區的慘象、流亡民眾的悲苦、受傷兵士的創痛，城市的遭破壞，農村的遭焚掠，無邊大地的遭蹂躪！這裡只有偷安苟活，安富尊榮，花天酒地，牟利營私……現在是國難時期，而在這裡則只顯出了「天下太平」。

四川在歷史上是有名的「天府之國」，在目前國家危急存亡之秋，又肩負了復興的重任——是一種艱巨的重任，同時卻也是一種無上的光榮。這光榮並非可以幸致，四川委實可以當之而無愧。

怎樣才能讓大後方的民眾「肩負起天下的興亡」呢？王余杞在《八度九一八》第一次完整地披露了他書寫「九一八」事變新聞稿的細節〔註1〕，在《話

────────────────

〔註1〕王余杞在《八度九一八》中第一次披露他寫「九一八」事變新聞稿的細節：
「九一八」事變發生的第二天清晨，在海寧鐵路局公事房，王余杞是最先得

劇與歌詠》中，寫到親歷日機轟炸天津的驚恐與慘狀，《小弟兒週年忌》抒發國破家亡之痛。作為長期生活在異鄉的自流井人，他的講述，拉近了與父老鄉親的距離，同時，也拉近了國統區與淪陷區、大後方與抗日前線的距離。他在《八一三》《徵丁》《自重》《東南西北》《本地與外邊》《拒外與拒內》《和》等文中，強調必須讓民眾「了解抗戰的意義」和唇亡齒寒的道理，呼籲和衷共濟，共同禦敵。在《汪精衛對不起四川》一文中，憤怒譴責汪精衛叛國降敵，「策動倒蔣反共戰爭」，親自起草喪心病狂的《汪平沼協定》〔註2〕，妄圖「三路攻川」，滅亡祖國的滔天罪行：

> 汪圖顛覆國民政府，故主張三路攻川：一自漢中南下，一自貴州北上，一自宜昌西入。他既有此主張，自是巴望順利做到，果然做到，我們四川的情形何堪設想，恐怕比了張獻忠之亂還不知淒慘若干倍！

由此「可知中國是整個的國家，牽一髮而動全身，勿謂安處後方，無甚關係，只有協力同心，消滅敵人，乃可重謀復興。」

在《我的故鄉》中，作者真實而深情地記錄了在全民抗戰中為提振民氣、共赴國難而奔走呼號的傑出人士和本地積極投身抗敵救亡運動的典型。

黃炎培先生〔註3〕率國民參政會和各院部合組的川康視察團來自貢視察，

到此消息的人之一。王余杞立即向天津的報社發出了這一重大事變的消息，坐在他對面的同學和同事潘焘公可以證明。下午，就有新聞記者跟蹤來訪。十九日當天報紙上並無一字刊登此事。二十日的報上，在不重要的地方僅刊有一段極其簡短的新聞，而且內容含混，只說是「前夜瀋陽城內發生事故，情形不明」。直到二十一日，才用出大號字作標題，將從路局得來的消息大量地刊在頭條上。王余杞的職務是編譯，又先後編寫了《東北事變紀要》《北寧鐵路損失詳記》，並譯成英文，付以精印，上呈當局，企求國聯調查團「主張公道」。

〔註2〕《汪平沼協定》：1939年4月，大漢奸汪精衛與日本首相平沼簽訂的將中國出賣給日本的協定。該協定由汪精衛親自起草，派遣漢奸高宗武前去東京與新上臺的日本首相平沼談判。協定中，汪精衛集團竟計議日軍迅速攻佔西安，切斷中國西北的中蘇交通線；攻取南寧，截斷廣西與越南的交通線；攻佔南昌、長沙，進駐襄樊、宜昌，分三路進攻四川。為了配合日軍行動，汪願從內部策動「倒蔣反共」的戰爭，並要求日本政府每月給300萬元的活動經費，助其組織「反共救國同盟會」。

〔註3〕黃炎培（1878～1965），號楚南，字任。江蘇川沙縣（今屬上海市）人。中國近現現代著名的愛國主義者、民主革命家、政治活動家和民主主義教育家。1901年入南洋公學，選讀外文科。1905年參加同盟會。1921年被委任教育總長而不肯就職。1931年「九一八」事變後，積極投入抗日救亡運動。1941

告誡地方官員：「凡良心認為應做的事，立刻去做，認為不應做，立刻戒絕。」（《黃炎培先生》）身負賑濟難民責任的原海軍總長薩鎮冰老先生〔註4〕，強忍近期二孫女及孫女婿遭遇空難的悲痛，為難童問題涖臨自貢，堅定地囑咐大家：「非打下去不可！就因為我們抗戰，才能保住九省地方；要不，連一省也沒有了！非打下去不可！」（《薩鎮冰老先生》）《送王仲彬兄》回憶曾任冀察兩省稅局局長、後來調南京下關緝驗局的王仲彬先生，慷慨捐助上海抗敵演劇一隊三十餘人，又發動他的屬僚合捐一筆款子，並敦囑「不能刊載關於我的消息」，深感其豪邁、爽直、熱誠、豁達的品格。

作者在《中國不亡》中熱情讚揚學生的抗敵募捐活動；《一元還債》提倡每人1元，本市30萬人，便可募集30萬元的抗敵資款；《義賣》提出「報國不擇地方」，「報國不分階級」，「報國不計方法」三原則。《寒衣》竭力支持本市新運會倡議募集寒衣的活動，文中寫到前方戰士急需寒衣的情境：

> 而他們在前方流血的戰士們呢，一件破衣，與冰雪寒風苦鬥——
> 又要跟敵人鬥爭，又要跟天時鬥爭。倘因為天時所敗以至敗於敵人，
> 或本可制勝敵人而受了天時的影響，那又是多麼可悲的事情呢？

> 請給他們寒衣！

《再捐寒衣》講述了募捐活動中的一件小事。貢井鹽場的宋俊臣老先生過生日，親友趨前道賀，宋老先生推辭不脫，便聲明將全款禮金，捐買寒衣。事後，辦理這事的人自作主張將其轉購圖書，捐贈某校，因此引起了議論。他的兒子宋席九知道後，竟非常不安，慨然捐出禮金原數900餘元作買寒衣之用。宋家許諾捐購寒衣在先，而後來改捐圖書——雖然非出於本心，更非

年，與張瀾等人發起組織中國民主政治同盟，曾任主席。1945年與胡厥文等人發起成立中國民主建國會。同年7月應邀訪問延安，在延安窰洞與毛主席關於「歷史週期律」的對話，至今對中國共產黨仍是很好的鞭策和警示。1949年9月出席中國人民政治協商會議。新中國成立後，歷任中央人民政府委員、政務院副總理兼輕工業部部長、全國人大副委員長、全國政協副主席、中國民主建國會中央委員會主任委員等職。1965年12月21日病逝於北京。

〔註4〕薩鎮冰（1859～1952）字鼎銘，祖籍山西代縣，出生於福建福州，是著名的色目人薩氏家族後裔。光緒三年（1877年）受派赴英國學習海軍。薩鎮冰先後擔任過清朝的海軍統制（總司令）、民國海軍總長等重要軍職，還曾代理過國務總理。全民抗戰後，到南洋和後方川、黔、湘、滇、桂、陝、甘等省宣傳抗日。新中國成立後，歷任中國人民政治協商會議全國委員會委員、中央人民革命軍事委員會委員、華僑事務委員會委員和福建省人民政府委員等職。1952年4月10日卒於福州。

食言而肥，總覺寒衣不曾購買而不免歉然，為求自己安心，甘願再捐一筆私款。「也許這一筆捐款，就宋老先生的家資論是拿得出來的，但從他這一片熱心論，卻不能不令人表示敬意。國內擁資者不在少數，肯自動捐資的究有幾人，肯自動一再捐資的又有幾人？正因為其不多，乃愈覺得難能可貴了。」為此，作者極為感慨：

> 敵人的侵略愈甚，必然的我們全國上下的抗戰精神愈振奮。這是顛撲不破的道理，以本市民眾而言，一年以來，漸漸地加強了國家觀念了，漸漸地有人注意到救亡工作了，漸漸地有人捐資報效了。
>
> 何莫非敵人長期侵略之成果？最後勝利的信心，不必爭取於戰場上，即在後方的本市也可看到，如宋老先生此次的壯舉便是。

可以說，從青年學生到宋老先生，從本市新運會的倡議到《我的故鄉》的專欄文章，開啟了自貢市抗日獻金運動〔註5〕的預熱，王余杞先生的倡導和鼓動，仍是功不可沒：

> 爭取勝利，戰要一場一場地打下去，時間也要一段一段地延長下去，捐款也要一次一次地做下去！在前線，戰士們出生入死，都不討厭於戰役的加多和戰時的延長，豈有安處後方，生命財產兩得保全，反而吝惜着一次一次的捐款？推行募捐，全仗人力，熱心的社會人士，熱心的青年兒女，都不推辭籌劃、奔走、呼求的麻煩，豈有一直袖手旁觀，只需掏出一點錢來就嫌麻煩了？我想，中國應該不會出現這樣的人啊！
>
> 再說一遍：救國之道，不厭其多，即將舉行的大規模的義賣，

〔註5〕抗日獻金自貢創全國之最：1943年秋，抗戰處於最艱苦的階段。11月，馮玉祥將軍從重慶出發，在全川多地奔走，動員國人為抗日獻金。當他到達自貢時，僅自流井民眾就獻了200多萬元法幣。1944年6月，馮玉祥和夫人李德全又來到自貢發動獻金。在慧生公園召開各界集會，他大聲疾呼：「同胞、同胞，醒醒吧！把那用不着的錢獻給國家，好使我們打走日本鬼子，好使我們子子孫孫活着像個人樣！」當地很快就掀起獻金高潮，不分男女老幼，無論城市鄉村，無不爭先恐後慷慨解囊。7月22日，在自貢蜀光中學操場召開的「節約獻金救國大會」上，4萬人從各地湧來獻金。其中，個人獻金最多的是鹽商余述懷和王德謙，分別捐獻1200萬元和1400萬元，創下個人獻金的全國最高紀錄。在這場獻金運動中，自貢人傾其所有，創下了22項全國第一：1.2億法幣的捐款全國最多、人均獻金600元、戶均獻金約3000元、個人捐款全國最多等，此外，還有大量的金戒指、金手鐲、黃穀、布鞋等實物。最令人感動的是東場有一位以「無名氏」名義捐款600萬元，呈達馮玉祥將軍。

我以至誠希望本市人士，一致踴躍參加！

這部專欄隨筆還對國民黨統治當局消極抗戰和大後方存在的種種腐敗現和破壞抗戰行徑進行了譴責。

《政出多門》呼籲「澄清吏治，造福民生」。《觀今鑒古》指斥「令下而奸生，禁至而詐起」──「兩千多年前的情形就與如今一樣」。《君子小人》引用林語堂的話說「儒家以君子待官兒們，則他們十人之中只有一人肯為君子；法家以小人待官兒們而繩之以法，則他們十人之中只有一人才敢為小人。故治國之道，不避嚴刑峻法，叫官兒們知道一點畏懼。」在《耗子》中，意味深長地指出「重慶耗子之多，同與流浪兒童並稱為兩大問題。」這些篇什或則使用春秋筆法，或則棉裏藏針，幽默反諷，尖銳辛辣。《組織與紀律》《徵丁》《有關抗戰》等文則直接寫到破壞抗戰的種種腐敗現象。作者分析道：因多年來社會組織的不健全，乃至大小官員的於行動往往越乎社會紀律之外，尤其越向下行越厲害，越到小地方越厲害，即所謂「閻王易惹，小鬼難纏」，「山高皇帝遠，猴子充大王」。觸目驚心的現實是：「抗戰以來，情形未嘗變易：前方儘管有人拼命，後方依然有人發財；中央所有規定的辦法，地方亦都借之以發財。以言抽壯丁，河南有些地方就因抽壯丁而逼民為匪；以言派救國公債，湖南有些地方就因派公債逼民棄家逃亡。提起來多麼叫人痛心！其實何止湖南、河南？看近點吧，看我們四川，再看近點吧，看我們自貢市！」作者在《國難》中無情鞭撻公事人發國難財的醜惡嘴臉：

現在是國難時期，而在這裡則只顯出了「天下太平」。

這裡只有偷安苟活，安富尊榮，花天酒地，牟利營私……

天下真太平了嗎？──不！

地方上的公事人，奉命抽壯丁。壯丁以什麼做標準：那似乎是有錢的出錢，有人的出人，錢送到公事人口袋裏，出錢免災，出了錢就可以不出人；出不了錢的人呢，對不起，上頭的命令，只好讓那個人辛苦一趟。

多謝國難，有的人──自然是公事人，也就因此乘機發了財！

身為鹽局專業報紙的主筆，又在國民黨當局嚴苛的報刊審查之下，作者只能以曲筆揭露大後方的吏治腐敗和社會黑暗。但赫然入目的是「喚魚池上面刻著四個大字：『臥薪嚐膽』」。喚魚池是自流井釜溪河上的一景，文中所說

的從「這裡」，其所指已經不言自明了。

王余杞毫不隱諱地坦言產生醜惡腐敗現象的根源在於社會制度本身：「中國的社會，徒然穿上了一件資本主義的外衣，論其實際，則是一派空虛，毫無基礎；同時，已行崩潰的封建制度，依然殘留著不少的毒素，所以即使是近海的大都市地方，仍不過畸形地建立起一個半資本主義半封建形態罷了。」（王余杞《崇拜與拒絕》）因此，他義正言辭地指出：「無論抗戰之後還須『建國』，即單說『抗戰』，『抗戰』也不只是對外而是兼對內的。對外，打倒日本帝國主義；對內，肅清一切病民害國的反動勢力！」這樣的文字足以讓國民黨當局如芒在背，這也是導致之後由國民黨自貢市黨部、三青團部、內井警備司令部三家聯合發出對王余杞的逮捕令的潛在的原因罷。

作為抗敵文化戰士，王余杞在《我的故鄉》中以相當多的篇幅呼籲「文藝為抗戰服務」，表達出對時局的關切和抗戰必勝的信心。

針對當時重慶文藝界關於文章「無關抗戰」的爭論，和一些文化人提出文章「不一定要和抗戰有關」，「文章的價值不因與抗戰無關而致降低」的論調，王余杞針鋒相對發表了《「無關抗戰」文章》，他從整個抗戰的大局着眼，推論到文藝的功能：

> 我以為這決斷是容易的：只需問，中國現在在做着什麼？在抗戰。集中了一切在抗戰，犧牲了一切在抗戰：軍事，我們在進行着抗戰的訓練；政治，我們在推行着抗戰的設施；教育，我們在推廣着抗戰的課程；事業與建設，我們也莫不以抗戰為開發籌劃的原則。
>
> 何以對於文藝獨不然？文藝原所以反映現實，現實則正在從戰哩！
>
> 應該有關或無關，我們這下大概可以明白了。

那麼，「無關抗戰」的提出者和本市的附和者為什麼有此執念呢？作者挑明了這幫「有閒」階級的面目：「與抗戰無關，不錯，他們真還以為過着與抗戰無關的太平生活呢！」他在《所望於今日本市文藝工作者》《抗戰文藝》《歌詠戲劇》等文中，明確主張：在「抗戰第一」的原則下「以抗戰求統一團結」；「利用文藝去喚醒民眾，宣傳民眾，發動民眾，教育民眾，訓練民眾，組織民眾」；因而抗戰文藝「有時是比了政府功令，漂亮演講，機械說教，乾燥論著，尤為普及深入而多效果。文藝感人最深，收效於不知不覺之間，儼然不讓一種堅銳的武器。」鼓動文藝工作者積極投身抗戰宣傳活動。

王余杞在《洪流迴旋——記抗戰時期在自貢的鬥爭》等文中多次提到：

「我去重慶的目的，是回自貢市看看先我到家臥病的愛人，然後再次北上，奔赴解放區。」卻因接任《新運日報》筆政，留在了自貢。身居內地，面對一豆孤燈，他常有陸放翁「夜闌臥聽風吹雨，鐵馬冰河入夢來」的感受，亟盼「東窮甌越清妖孽，北達燕遼掃虜塵。」（薩鎮冰將軍七律）他在《秋霖》中向讀者推薦范仲淹的《漁家傲‧秋思》和折元禮的《望海潮‧地雄河嶽》兩首詠秋詞，抒發「濁酒一杯家萬里，燕然未勒歸無計」，「恨儒冠誤我，卻羨兜鍪」的夫子自道式感慨。

他時刻關注抗戰的時局，哪怕是一件小事的觸動，也會聯想到抗戰的大局。《克廣州》分析戰爭的性質和敵我雙方士氣的本質差異：「『為何而戰？』已成了敵軍心中普遍的疑問。而我，為爭民族的生存，為雪民族間的仇恨，勇氣百倍，爭先向前，敵我之間，不能相比。」認為這是廣州即可收復的根本原因。他在司空見慣的石工們的艱苦勞作中，悟出「繩鋸木斷，水滴石穿」的道理，看見石工們的成就，聯想到「日本兵力強，一如石岩，中國力弱，一如鐵鑽，如其長期堅持，我們一定可以打擊他而促成他的崩潰。」（《石工》）讚揚採石工人不畏艱辛，一鑿一鑿的錘擊，更足為毛澤東「持久戰」戰略思想最淺出深入的闡釋。他在古代先賢的經典中吸取力量：「讀諸葛亮的《出師表》而不淚下者，非忠臣也。如今也需要忠臣也。對國家，對民族的偉大的忠臣，堅決地守住崗位，執行任務，一致高喊：『興復國族，還於舊都！』」（王余杞《還於舊都》）

每到國恥日或其他紀念日，他必會借題發揮，不忘國仇，表達抗戰必勝的信心。《話劇與歌詠》中寫道：「去年今日——八一三——是一個最可紀念的日子：其在我們的國家民族，從這一天起才因抗戰意志奮然高漲，種下了復興的希望；其在我個人，直到這一天我才深深吐出一口自己的悶氣。」《五月》從「五一」到「五卅」，一一列出了五月的紀念日，感覺到「五月是紀念月，充滿了血腥的氣息」，然後轉入正題：

> 我們抗戰，為我全民族之一最偉大的紀念日，輩輩代代，紀念不衰。吾人自具信心，深知必獲勝利而使後之紀念日者必張燈結綵，歡欣慶祝。故在今日，我全民族之遭遇又如何！土地被蹂躪，財富被劫掠，老弱填溝壑，婦女被姦淫，腥膻所致，血污隨之，耗費千萬人之智慧精力，犧牲千萬人之熱血頭顱，乃贏得後人之一片歡呼雀躍！興言及此，我們也當知所以紀念目前這一「紀念月」之道理了。

《兒童》本為慶祝兒童節而作，作者卻藉以探究爭取抗戰勝利的深遠意義：「我們目前的抗戰，自然是為了國家與民族，其實又何嘗不也是為了兒童！」「犧牲者雖然犧牲了，到底得了勝利——國家的勝利，民族的勝利，勝利的好處將由後一代的兒童去享受之。」

縱觀《我的故鄉》中的幾十篇隨筆，回應着抗日救亡的主旋律和左翼作家肩負起天下興亡的歷史責任感，蘊含著對民族劫難的深沉憂憤和對民族復興的堅定信念，言之鑿鑿，情之切切，讓人動容。

第十六章 《我的故鄉》：
抗戰初期的近距離觀照

就地域文獻而論，《我的故鄉》抒發真摯的家國情懷，是對故鄉自貢抗戰初期社會生活的近距離、全景式的形象觀照。

王余杞早年即離開故鄉，全民抗戰初期在故鄉也只住了兩三年光景。他為什麼能在其作品中形象地再現自流井「特殊的出產和特殊的社會情形」呢？這主要來自於他對故鄉和故鄉親人的熱愛和眷戀。他在《可驕傲處》等文中寫道：我的確覺着我的故鄉有可愛處：溫和的氣候，多量的寶藏，豐富的出產，精巧的工藝，奇麗的山水；「自流井的名能使人吃驚，正是自流井的可驕傲處」；「自流井這地方固無負於自流井的人，而自流井的人實也無負於自流井這個地方。外人稱自流井做『好地方』，這好這所以為好，實人力有以成之其功當之於自流井人。」在《民初情勢》中說：「自流井因營鹽務，產業發達，鹽政雖有專官，因鹽務而連帶發展之其他事業，稅入亦極可觀」，並指出自流井「鹽稅所得遠逾甘青各省之全部收入」。筆者認為，這並非誇飾之辭，須知，作者當時擔任主筆的《新運日報》主管單位，就是川康鹽務管理局，一定有相應的統計數字足以佐證。

作者重回故鄉，這裡的風物景致親切而又新鮮。《街市一日風景》從清晨四時寫到晚十一時，所見所聞，無不形於筆端；《舟行》則細膩地描繪了釜溪舟行的詩情畫意；《早行》更着筆於故鄉的「一方水田，一抹山影，一處農家」……作者筆下，還有「密叢的綠葉下攢集着黃金點點的桂花」，「漫山遍野——累累滿樹，如火如荼的橘子」，「莖高不過二三尺，一叢綠葉，點點紅星的七星椒」，煞是惹人喜愛。

他更喜歡看那河裏的鹽船，「河面不寬，故僅名曰『釜溪』。河中時常排比地停泊著運鹽船，船身占去了河面的差不多三分之一。如其兩邊同時停泊了船，則所餘河道，實已無幾。」對於自己的生養之地，始終未能忘情，「自『關門前』的渡口上船，順流而行，不遠，一轉折，現出了長長一段河道，由伍家壩而毛家壩。到了毛家壩時再一轉折，前面便是雷公灘。於此棄舟登岸陸，步行二里路，便到家了。」他感歎道：

> 我的家住在鄉下，在一個住慣了鄉下的人是常常忽略了它的好處的。但如我這樣一個住慣了都市的，一走到鄉下，倒反而立時感到鄉村生活乃是「神仙」生活哩：清冽的空氣，寧靜的環境，爽朗的天空，蔚茂的林木。宜於徜徉漫步，宜於靜坐沉思，宜於偃臥假寐，宜於寫作讀書。只要工作許可，我是情願長久鄉居的；即使不能，也總要抽空下鄉一宿。

王余杞畢竟是久居外地的作家，與一般的鄉土作家不同的是，他超邁於狹隘的鄉土觀念，以更廣闊的視野品評故鄉的優長與不足。在《秋霖》中，深感四川的秋天「天無三日晴」，「滿天雲氣溟濛」，「使心肺為之壅塞」，而夢寐難忘北國的秋高氣爽，「叫人心為之清，意為之遠，氣為之靜，神為之寧」！在《第二故鄉》中，他甚至明確地坦言：「北平是我的第二故鄉，我愛北平不下於愛我的故鄉自貢市，我渴望著回到北平」，博大的愛國情懷之中流露出京都淪喪的創痛。

作為鹽業世家的子弟，他也偶而提到王三畏堂和樹人學堂相關的人和事。但他絕沒有炫耀和護短的執念。在《官運局事件》中寫到了清朝末年官方統製鹽運造成官商對立，王三畏堂掌門人王朗雲「使人搗毀官運局，以示民眾決心」的英雄壯舉〔註1〕。而在《三畏堂》中卻以幽默乃至自嘲的筆調寫到王

〔註1〕光緒三年（1877年），四川總督丁寶楨在創辦官運，設滇邊和黔邊官運局，實行官運商銷，名為疏銷緝私，實為壟斷漁利。王朗雲聯合其他鹽商，以岸鹽官運危害商鹽，屢上戶部都察院控告。清廷鑒於輿論如潮，曾將將丁寶楨降級留任。但是官運畢竟可以給官府帶來巨大的收益，丁寶楨不久又恢復原職，具摺上奏，明確指控「四川富順縣灶紳候補道王余照（王朗雲）『倚恃富豪，欺壓鄉里』，『私設引局，侵吞公款』。」王朗雲反對官運，最終難逃失敗厄運。王余杞《三畏堂》一文中所說王朗雲「使人搗毀官運局，以示民眾決心」，其所指應是此前王朗雲聯絡鹽商顏曉凡，派人砸富順縣令駱秉璋在自流井設立的水釐局。所謂水釐，是指徵收灶房製鹽稅之外，還得徵收鹽井的鹵水稅，亦可見當年鹽業稅賦之重。

三畏堂的興衰和拯救：

> 十五年前，無人不知有三畏堂，如今十五年後，無人知有三畏堂！

> 三畏堂的子弟，年在三十歲以上的都享過福，年在十五歲以上的沒享過福卻聞到過一點享福的氣味，年在十五歲以下的，連氣味都沒聞到過！

> 三畏堂之敗，百分之二十敗於廠市的資本逃避，百分之三十敗於外患的侵入，百分之三十敗於漢奸行為，百分之二十敗於缺乏教育。

> 現在要挽救三畏堂──不是挽救三畏堂家族，而是挽救三畏堂的一班衣食不全，生活困苦，沒受教育，愚昧無知的年輕一代和弱小的兒童們，他們也是復興中華民族的一部分和國家未來的主人翁！

王三畏堂最後一代掌門人王德謙──充滿神秘色彩的德謙一公，在他筆下幾乎是一幅人物素描：「在屋角籐椅上就坐着這位使人羨慕、驚異、新鮮、稀奇的王一公，他卻是一位非常樸質，非常和善的中年人。」在《德謙一公》這篇短文中只寫了兩件事：一是王一公信佛禮佛，提倡素席。二是早年摸相專家「倪瞎子」說他「活不滿十八歲」，「一公似乎因戰勝了宿命，而覺得得意，掰起指頭計算着：『十八，二十八，三十八，四十八，多少歲了咧，都沒死！』笑着，筷子伸回去，又夾過一顆緋紅的蜜餞櫻桃」。讀之，讓人忍俊不禁。

對樹人學堂，他始終念念不忘。這所由王三畏堂創辦並兼收外姓學生的私立學校，是自貢地區的第一所新學堂，《樹人學堂》中有一段關於校園的描寫：

> 校舍被一大片林木所環繞，短牆之內便是小操場，其側高出為花園，花園側為荷花池，小操場之後為風雨操場，又其後為新教室，係一所日本式的建築，樓上為講堂，樓下為標本儀器儲藏室。新教室之後為大操場，其後又有一大水塘，在遠一些地方的左面別有重重院落，乃係學堂內部：宿舍、飯廳、大講堂為一院，辦公處及各班講堂又為一院，女子學堂又在更遠的左面。全部房舍掩映於扶蘇花木中，讀書環境，此處為佳。

　　《我的故鄉》中特地介紹了幾位與作者本家和樹人學校相關的專家、名宿。這些紀念先賢的作品，往往將對於先賢高尚道德的仰慕，與對他們追求真理，獻身民族的光輝業績聯繫在一起。

　　《兩位堂叔》說的是王道周〔註2〕和王季潛兩兄弟。王道周是我國著名的火藥學和內彈道學專家，王季潛則是本邑的實業家。文中高度評價王道周高尚的民族氣節和對我國兵器製造的卓越貢獻。「他不僅是我們自貢市的人才，而且是我們中國的人才！」王季潛不如兄長有留學日本的經歷，中學畢業後，即開始了自謀創業，設立商店，勤勤懇懇，不辭勞作。作者的議論是本文的重點：「個人所處的環境不同，但求各人能夠在其所處的環境中做到最大的努力，都是可以叫人欽敬的！」

　　《一位學者》介紹了當年樹人學堂招收的第一位外姓學生、著名的農林專家、教授羅元叔。作者極贊羅元叔先生「發願種一百萬根樹，並且完全義務地親手培植栽種」。他恰如其分地評論道：「羅先生可謂『樹人』而兼『樹木』了。」《敬悼謝慧生先生》中的謝慧生便是大名鼎鼎的革命元老謝持〔註3〕，早

〔註2〕王道周（1895～1977）我國著名的火藥學和內彈道學專家，出生於自流井仙灘場河底壩。8歲喪母，10歲時入樹人學堂就讀。15歲時隨兄東渡日本，先後入上城中學和第一高等學校預科學習，後考入東京帝國大學火藥系。1922年學成歸國。1924年參與籌建瀋陽兵工廠，工廠建成後任主任工程師。「九一八」事變後，拒絕日方留用，逃離瀋陽，南下上海，任龍華兵工廠任主任工程師。後輾轉南京、重慶執教12年，主講內彈道學和火藥學。1944年後，曾就任恒豐公司鹽業部經理。新中國成立後，1950年便赴重慶任西南兵工局總工程師，同年底，任四川255廠總工程師，負責組織抗美援朝急需的「57」和「75」無後座力炮的彈道設計和炮彈火藥的試製生產。1954年調北京，任二機部三局總工程師，在裝藥方式、配方、形狀以及消滅炮口火焰，減輕炮膛燒蝕等方面都有重大貢獻。他在62歲時加入中國共產黨。是第一至第三屆全國人民代表。

〔註3〕謝持（1876～1939）原名振心、字銘三，一字慧生，四川富順人。家境貧寒，7歲入私塾。24歲時考中秀才。1900年年考入瀘州經緯學堂，畢業後，曾應聘到自流井王氏樹人學堂任教。1907年加入中國同盟會，策劃成都起義未果，逃往上海。1911年2月抵達重慶，籌劃武裝起義，11月2日重慶獨立，成立軍政府，任總務處長。1913年5月參與謀刺袁世凱，事泄被捕，經營救獲釋後避往日本。1914年加入中華革命黨。1917年護法軍政府成立，任孫中山大元帥府參議，代理秘書長。1924年中國國民黨一大召開，當選為中央監察委員。1925年11月，與鄒魯等發起西山會議，公開反對聯共政策。1927年9月，任中國國民黨中央特別委員會常委、國民政府委員。1931年九一八事變爆發後，為全國統一抗戰奔走，被選為中央監察委員和國府委員。1939年在成都病逝。

年曾在樹人學堂任教。自貢首任市長、化工專家曹任遠和王余杞的父親王滌懷，以及王道周都是謝持的學生。「據云先生輒不忘於樹人學堂，每一提及阪倉壩（樹人學堂校址所在地），親切之情，溢於言表。」王余杞每憶及故鄉的人和事，統攝於對祖國、對故鄉、對和平生活的深摯熱愛，敬賢追遠，用情很深。

王余杞是有着強烈的憂患意識和批判意識的作家，他早年對封建家族的陳腐積習深惡痛絕，二十多年後回到故鄉，對故鄉習俗中的迷信、落後更覺觸目驚心。他剛踏上自己魂牽夢繞的故土，便遇上了農曆七月「鬼節」，他在《施孤》中反詰道：「在目前抗戰期間，敵人以飛機大炮不斷地轟炸我們，我們不亟謀準備，反而熱心宣揚迷信，真叫人有點啼笑不得哩。」他認為「迷信之為害，不僅在迷信的本身，而且在更假借一切事務附會以行」，並將《處「迷信」以「遊街示眾」》直接作為文章的題目，以警醒世人。目睹鴉片煙流毒一直未能禁絕的現象，他寫出了《別有洞天》《天亮早點睡》等文予以披露，在隨處可見的煙館裏，吞雲吐霧，「年老的說是為了病，沒法子，只好吃兩口；年輕的說並沒有癮，不過是吃著玩兒；有知識的說是社會不好，叫人苦悶，不如麻醉一下；沒知識的說是吃煙並非壞事。」更有「天亮早點睡」更是反諷到了不打自招的程度了。請看癮君子的生活：

> 於是從早到晚，一榻橫陳，到了晚上精神更來了，天南地北，談鋒極健。不覺半夜過去，一會兒就天亮了。天亮之後，才不禁有點後悔，曉得人家都快起床而自己還沒睡覺，似乎不大合適，早點睡吧，可是天已亮了。

癮者們意志薄弱，又自作聰明，「可惜其聰明也只就僅此而已，於國家民眾無關，與抗戰建國更無關！」

王余杞還在好些文章中，對不良的社會風氣和種種醜惡現象給予無情的揭露和鞭撻。《棍徒》揭露對抗日救亡運動潑冷水、打棍子的「棍徒」的醜惡嘴臉，這種人不僅置身局外，還譏諷、挖苦積極參與者「莫那麼費力，都會關餉（意為發錢）的！」似乎輕描淡寫一句話，引起作者極大的憤慨，申斥這種言論「是不負責任的諷語，是斷章取義的論調，是因果倒置的胡說！」在《冷》一文中，提醒善良的人們「還須注意，冷眼，冷語，冷笑之後就包藏着陰險！」

《我的故鄉》中的這類文章，迅速回應各種現實問題，「論述問題的尖銳深刻，主要體現在對於某些時弊的抨擊，沒有僅僅停留在揭露愚昧醜惡現象

的層面上，甚至並不僅僅以是否有利於抗戰為滿足。」（陳青生《王余杞和〈我的故鄉〉》）《管閒事》則是聲討習焉不察的國民劣根性的一篇檄文：

> 不管閒事是中國人的特性之一。這特性似乎還是輩輩代代地遺傳着。……
>
> 閒事是事不干己，但有的又解釋得非常廣泛：敵人沒打到眼面前，抗戰也會稱為閒事論。自達官貴人的「不在其位，不謀其政」，以至販夫走卒的「各人自掃門前雪，休管他人瓦上霜」，都是非常一致，上下風從。然而還不是好事，這是病！民族的病。無須求醫診斷，病名便是：獨善其身的個人主義。……
>
> 打倒獨善其身的個人主義！提倡管閒事——人人管閒事，而使社會，整個國家民族團結起來！

並非所有的文章都劍拔弩張，有的偏重理性推導，有的側重於現實的考量，將民族救亡與民族傳統文化中某些深潛惰性的改造結合起來，無疑是從更深層次上對民族存亡與復興問題的思考。

《性》以唯物論解釋人性的善惡，引申到現實：「中國人受到帝國主義者的壓迫，被壓迫成懼外媚外兩種心理，惜無人加以解剖，恐此兩種心理仍然出發於生理。」《自尊自大》中的阿Q精神，在一些人則表現為「他們的話必是無是無非，似是而非，半是半非，忽是忽非，不着邊際，捉摸不定，說了半天，跟沒說一樣。」《賤》寫到了人性中的卑劣，「人不怕窮而怕賤——最怕自己承認賤。自稱『乾人』的人是承認賤（乾人，在四川方言中是窮而且橫的人。乾，音如竿），求人『包涵』和『不敢負責』也一樣是承認賤。」《市儈》寫到人性之惡，令人髮指：

> 自尊的人所做不出來的，他全能做，反以人之不能做而遂自認為「勝利」。只要得到了錢，就「勝利」了，以至敢於拖人滾街，爭奪喧攘；敢於當面含笑，暗地辱罵；敢於側面搬弄，挑撥是非；敢於倒地騙賴，藉以敲詐；敢於四處揚言，直稱作惡；敢於直稱作惡，自不嘗以「英雄好漢」自居。

至於《語中渣滓》則是對鄉人的善意忠告：

> 話裏帶渣滓的習慣，幾乎遍四川都成了一種風氣。不過，以我的觀察，成渝兩地近時卻要好得多了——那也許因為是都市地方，觀瞻所繫，自己先存戒心，逐漸達到改正。遺憾的是我所最關心的

故鄉自貢市，光景這種風氣仍然普遍地流行着。從一個人的言談中可以衡量他的文化程度，從一個地方的流行語言也正可以衡量一個地方的文化程度。如其因為話語的不檢點，首先就給人家一個不好的印象，從而把一切文化水準也看低了，即真是太不值得！

王余杞時時關注故鄉文化教育事業和社會經濟的發展，他反對安於現狀，守舊排外，重視教育，提倡科學，集中體現在教育家張伯苓接辦蜀光中學，以南開模式改建蜀光，和中國化工之父范旭東將天津久大精鹽公司遷來自流井，籌建「久大鹽業公司自貢模範製鹽廠」兩項對於自貢具有劃時代意義的重大事件。這兩項新興的事業都來自天津，而王余杞又是在天津供職的專業人士，這不能不說是一種巧合；但他對蜀光中學和久大鹽業公司的支持和宣傳，絕非帶有個人生活經歷的感情色彩，而絕對是寄望於故鄉的發展和未來。《我的故鄉》中，現存的關於蜀光中學的文章共有 3 篇。作者參觀蜀光中學新校舍，既為「南開、南渝、蜀光三校精神上本有一貫的系統，在建築方面顯然也是如此」感到欣慰，又提出四點希望：一是設立並實施「獎學金」，對家庭經濟過於貧乏的優秀學生不啻「挽救之道」；二是希望蜀光中學學生「別忘了優裕舒適的學校環境與落後貧乏的家庭環境乃至社會環境之間原有的不小的距離」；三是制訂具體計劃，發動學生投入抗日救亡運動，宣傳、組織、訓練民眾，到群眾中去，「從行動中去學習」，這三點已是非常中肯並切合實際的建議。而第四點，涉及到教育改革，即使今天看來仍是超前的教育理念，作者認為：「中國自清季興學，徒然抄襲外人不良教育制度以來，表面裝個門面，實際誤盡蒼生！學生跳到社會，當頭一棒：『講義上的東西沒有用！』」於是建議：

> 除了設立普通中學外，更要多設適合環境需要的職業學校或技術班或研究所，比方製鹽，對於鑿井、採鹵、熬製諸方法的研究，以及各專門機械的了解使用，以及各種基本科學如地質學、物理學、化學、電學等等探討，學個三年五載，必然有用得多。

他在此前的《教育》一文中已明確地表明了這種觀點：「自貢市是一個產鹽區域，則自貢市的教育方針就應該更注重在訓練培植有關鹽產的專門技術人才。不然，除了一部分可以升學的幸運者之外，其餘無力升學的呢，試問他們盡自受了幾年教育，大而言之何以求為社會服務，小而言之何以解決自己的生活問題？」他還在《教育孩子》中提出的教育三原則：「（一）文字知識

——從書本上獵取之；（二）生活知識——從生活中學習之；（三）做人知識——從談話裏訓練之。」他強調培養健全的人格，首先在於教育孩子「替別人着想」。所有這些，都是非常有益的經驗之談，哲人之論。

隨筆中的《久大問題》，是作者在認真調查、廣泛搜集資料的基礎上寫成的，文中寫道：「久大來井，終屬本市鹽業生產上的一件大事，不可無記」，「我寫此文，當非多事——實不僅留一點文獻爾」，以近兩萬字的篇幅，表明了對井鹽生產方式變革的關注。」〔註4〕王余杞在後來的回憶錄《洪流迴旋》中寫道：

> 我實在是痛心疾首於自貢市的落後腐敗局面：鹽場辦井，在早年，人比牛賤的時候用人推水，在牛比人賤的時候用牛推水，近二三十年才逐漸改用機器推水，哪裏聽說過鹵水可以從井底自行噴出？燒灶，向來都使用厚底鹽鍋，費時耗火，燒鹽工人，一天二十四小時，冬天嚴寒，夏天酷暑，熬凍受熱，哪裏聽說過平鍋熬鹽？巧技噴鹵？

久大是國內外知名的鹽業公司，范旭東、李燭塵都是聞名中外的實業家，侯德榜製城技術，連敵人的日本也為之垂涎。他們「是搞新法的旗手，開風氣的先鋒」。他反問道：「偌大個自貢市，沉睡不醒，鹽業生產、學校教育，千百年來，一成不變，難道不應該趁此時機，改弦易轍，棄舊圖新，共謀發展，而徒然頑固保守，故步自封、裹足不前、自甘落後嗎？」

> 我認識到澎湃的潮流，抗拒是抗拒不了的。人往高處走，如今高處下降，我們該有自知之明，擇善而從，哪能一味排斥拒絕？我寫的隨筆，這時將重點轉到這方面。我把久大的意圖，蜀光（張伯苓）的方針，儘量介紹出來。特別是對於久大，由於經營的方式方法，具體而新鮮，介紹也較為詳盡。一個題目，一天登不完，就連續幾天；幾天登不完，就把第四版上副刊的地位也給佔了去。當然對於它們工作上的漏洞和缺點，經過群眾的反映，也給指出，絕不放過。總的來說，對他們我是完全歡迎的。

在《我的故鄉》中另有幾篇是專為推進採鹵製鹽工藝現代化而寫的短文。

〔註4〕王平明、王若曼彙編的《王余杞文集·我的故鄉》中沒能收入《關於久大問題》全文，此係引用筆者撰文《從〈自流井〉到〈我的故鄉〉》（見《鹽都藝術》1992年第二期）。

《適者生存》提出「有競爭有比賽也才有進步」，唯我獨尊，反對競爭是「懦弱無能，自甘落後」的表現。《拒外與拒內》指出：雙方存着「拒外」「拒內」的觀念，外來人或因本地人之「拒外」而越加「拒內」；本地人或因外來人「拒內」而越加「拒外」，「糾紛於是乎大矣。」《本地與外邊》擊中要害：「中國現在正努力於團結，而團結的最大障礙便是隔膜。」作者進而為故鄉社會經濟的發展，同時也為抗戰和建國大業敬獻忠言：

> 本市自抗戰以來，外來人多，有時許多是平時請都請不來的人，此時都來為本市服務，本市是很幸福的；同時外來貴賓，在戰爭紛擾的狀態中，獲得在後方找到一塊地方一抒懷抱，光景也不太覺辜負的。我之所以不惜一再絮絮者，一如雙方諸位能為了本市，為了抗戰，為了國家民族，但願和衷共濟，完成抗戰建國！

——王余杞《拒外與拒內》

作者在《更進一步》中熱情讚揚「久大來井，設製鹽場，應用科學，用平鍋製鹽，成績昭著，為川中製鹽法開一新途，闢一捷徑。」但面對千年以來的衝擊式頓鑽鑿井「放下銼去，搗了半天，推起來，筋筋網網帶淤泥，還不足一捧」的落後技術，他建議採用機器鑽井：「最好是構造一個撞針式的鋼鑽銼下井去，針觸井底，機關一開，鋼鑽便嗤嗤地直往下鑽，一面將泥沙轉入上面的竹管內如此豈不快得多？」〔註5〕王余杞畢竟是學理工及管理專業的，他希望現代科學能在故鄉加快普及：「譬如每逢星期或假日，聘請名流，前來主講，性質不拘一類，要以有利社會為前提，或遇學者專家，蒞臨本市，亦可羅致介紹，使能發揮其對於本市之觀念，而促進吾人以改進之道。」（王余杞《演講競賽》）

此外，王余杞對社會生產、思想文化還有相當深刻的論述。《人—牛—機器》對推水（將鹽鹵從幾百米上千米的鹽井中提出）所用人力、牛力、機器，均用價錢「貴賤」來衡量，把馬克思提出的「勞動異化」解剖得淋漓盡致：在舊時井灶，人與畜生同價，甚至不如。於是指出：「現今如牛如機器般使用人

〔註5〕自貢傳統的井鹽深鑽汲製技藝，經中華人民共和國國務院批准，已被列入第一批國家級非物質文化遺產名錄。北宋慶曆年間（1041～1048 年），四川地區發明了衝擊式頓鑽鑿井技術，至清代道光年間（1835 年），在自流井鑿出了世界第一口超千米的深井——燊海井，標誌着古代井鹽鑽井技術的成熟。衝擊式頓鑽鑿井技術一直沿用近千年。直到 1943 年後，由於現代科技的升級普及，自貢才開始採用機器頓鑽，而逐漸取代傳統鑿井工藝。

的事，在形式上是廢止了，而在實際上呢，從前之被使用者的生活顯然是更加悲慘了：井內道中，多少生命竟做了鹽包下、車輪下之鬼！」其左翼作家對剝削制度的鞭撻和對勞工處境的關切，可謂鋒芒畢露，一針見血。

作家還對思想意識固步自封，而又貪羨現代物質享受的二元人格提出辛辣批評，至今仍有着警世意義：

> 新的思想，新的文化，新的制度，在這裡是會遭到嚴峻的拒絕的。而基於思想、文化、制度所產生的新事物如精美的器具，華麗的服飾，以及新鮮的貨品，相反地又會受到歡迎，受到崇拜。他們分不出兩者之間正是一表一裏，思想文化制度乃其實質，而器具服飾貨品不過其形式而已。

——王余杞《崇拜與拒絕》

前面已經說過，王余杞並不滿足於在《我的故鄉》中以隨筆的形式唱「獨角戲」，1939 年 9 月，在自貢建市之際，他徵得報社社長同意，用《新運日報》社的名義，籌備編輯出版《自貢市叢書》，誠邀自貢各界名士組成編輯委員會，對自貢的「歷史地理，沿革變遷，井灶興衰，風土人物，風俗習慣，文化教育，特產專長」等等進行系統的梳理。他在《自貢市》一文中明確闡述了自己的初衷和期待：

> 全書的性質和範圍，已行公布，無用屢述，不過我們最大的希望和要求，端在使此書一掃空疏、偏枯、呆板、蕪雜之弊，而期遠於活躍、生動、真切、充實。使觀者在內容方面，能得有所參考，在形式方面，能使意趣叢生，化平凡為奇異，納零碎成系統，變平面為立體，集短篇為巨製。我們不大滿意一般的志書，故為高深，華而不實，我們不大滿意一般的一覽或指南，事同記帳，乾燥無味。我們願為地方史料記載開一新路，創一新型，乃不負我們自己的一點心願，也才不負關心人士所付給我們的熱烈要求。

「萬事俱備，只欠東風」，東風遲遲未至，而王余杞卻被國民黨當局列入了逮捕名單。王余杞的對《自貢市叢書》的構想，便成了《我的故鄉》的最後絕唱。

綜上所述，《我的故鄉》開創了自貢報刊專欄隨筆的先河，是散文、新聞、時論跨文體寫作的成功範例。

1983 年 8 月，王余杞主持《新運日報》筆政，應當說為連載隨筆《我的

故鄉》占盡了「天時、地利、人和」的先機。當時自貢市僅有兩三家地方報紙，都沒有《新運日報》的老闆「川康鹽務管理局」財大氣粗，且這又是一家經濟專業類報紙，除編輯發排鹽務公報外，就照搬重慶、成都報紙的「新聞」而已。王余杞既主持《新運日報》筆政，相當於現時報紙的執行總編，又是《我的故鄉》專欄主筆，純由一人單打獨奏——籌劃編輯《自貢市叢書》，從某種意義上，正是為了改變這種「一言堂」的局面——故由他主撰的這版專欄隨筆能跨三年之久，連載 400 多篇，在當時國內諸報刊不能說是絕無僅有，但在自貢定是開先河、創紀錄的。

首先，《我的故鄉》題材廣泛，體裁各異，充分體現隨筆的綜合性和兼容性。它的時論雜感，涉及政治、軍事、經濟、科技、民生、商貿、交通、文化、教育、歷史、人物、風物、習俗諸多領域，統攝於抗日救亡的大背景和故鄉自貢的總主題，它迅速及時干預現實問題，回應故鄉民眾的關切訴求，簡明扼要、淺出深入，觀點鮮明，見解獨到，形成了鮮明的言論特色。前面已有相當多的篇什已足以佐證，不妨再舉幾例。《君子小人》援引「得意時是儒家，失意時是道家」之說，而後活畫出正人君子的行狀：

> 不錯，人們得意時便做文章，這樣一「論」，那樣一「議」，風色好時再來一篇「頌」；失意後文章作來沒用了，也沒興致做了，就改而作詩、填詞，自稱淡泊功名，怡情山水——甚至還要改作道家打扮。在唐朝佛教傳入中土以後，連武則天被逐出宮去都只好去做尼姑，作道來裝束哩！

寫《川戲》，作者並不在乎談論川戲藝術本身，而重在為戲劇人鳴不平：「中國社會向來賤視伶人，當成玩物。而不知戲之為戲，實在是一個最有效的通俗教育。藝術的水準應該提高，伶人的地位也不能令其永久沉淪下去。」「非但伶人自以為賤，而社會也以賤之：花幾個錢就買得來，導致社會對於唱戲伶人的虐待！」

《眼高手低》寫的是自貢「龔扇」，目的卻在闡述「知易行難」的道理：對「眼高手低」作出別出心裁的一番解釋，其春秋筆法令人叫絕：

> 用了眼睛去知，再用手去行，眼睛不受經驗的限制，自然高高在上；手則不行，經驗完全限住了它，它就只好一直低下去。穿衣，我們指得出裁縫的不好，但叫自己去做呢？固然，各有所長，不能兼善，然而即對於我們自願為之所長，眼睛和手真是能夠相配搭

嗎？天曉得！

其次，《我的故鄉》內容豐贍，情感充沛，極為注重作品的文學性和多樣性。王余杞在《無題》中批評將「新文」與「新聞」混為一談的謬見，強調隨筆的文學性。從廣義的角度來看，《我的故鄉》中的文章，無論時評、雜感、還是短論、漫筆，都具有文學性，但最具文學性的，筆者認為應是為數不多的散文小品，如《舟行》《秋霖》《苦雨》《木樨》《杜鵑》《第二故鄉》《還於舊都》等短章，它們雖然沒有《故鄉的殘影》《傷逝》《麼舅》《秋到桂湖》等名篇那樣汪洋恣肆、深摯感人，仍足為散文短章之上品。例如《夜之讚頌》一反世人對黑夜的詛咒而為詩意的讚頌：

> 即以生活享樂而言，夜晚仍勝於白天，賭徒皆晝作夜，癮君子好熬通宵。夫妻之愛，兒女之情，假睡覺為名，其實何嘗肯睡。古人秉燭夜遊，良有以也！雖說這或因為黑夜為人所不知，足可隱蔽一切，可又何嘗不因夜間更富詩趣之故。姑不論黑夜，即白天時間，亦以接近黑夜者最動人意，黃昏屢見於吟詠，黎明乃最為志士所喜，等到日上三竿，已覺索然寡味了。

《我的故鄉中》中有不少筆記、速寫式的篇幅，如《市街一日風景》《雨》《大山鋪》《趕場》《看守所》《民初情勢》實在可以作為觀察生活、積累素材的佐證。

至於一些寫人記事的篇章，更以作家特別擅長小說筆調抓住人物、事件的特徵和細節，如《黃炎培先生》《德謙一公》《童年記憶》《病中況味》《警報》《石工》《獵兔》《釣魚》等。《自尊自大》全用主客問答；《慰勞信一封》純用口語「聊天」，與契訶夫「含淚的笑」同出一轍。

再次，《我的故鄉》通透老道，機趣幽默，追求語言表達的通俗性和可讀性。通觀這部隨筆，其語言質地貼近生活，貼近大眾，娓娓道來，如話家常，樸實親切，爽直豪邁，這是由報紙讀者群的喜聞樂見所訣定的。而貫穿其中打着王余杞「印記」的幽默隨處可見。

先看看製作的標題：抽大煙的去處為《別有洞天》，癮者的自我解嘲叫作《天亮早點睡》；題為《一元還債》，一元能夠還清英美銀行幾個億的貸款嗎？《汪精衛對不起四川》，貌似突兀，實則用汪精衛附敵叛國，妄圖三面夾擊四川警醒蜀人。這類題目，雖不算多，已夠耐人尋味了。

作者的機趣幽默，往往來自生活。《吃魚》且說陝西（陝西西部）豫南一

帶，不但沒有魚，也因為沒有水的緣故，連靠水為活動區域的鴨子，也珍貴得可觀。故西安有「魚龍鴨鳳」之喻，「人家宴會，在少不了魚的場合上，不得已，就只好用木頭刻成一個魚來替代。」《無題》寫自己感冒發燒後到茶房小憩：

> 在茶座上我記起白開水是幫助退燒的，就叫幺司不泡茶而改來白開水。
>
> 幺司（茶房服務員）應聲出來了：「一碗玻璃！」
>
> 我乍聽嚇了一跳，真叫我吃下一碗玻璃，那我不但燒可退，而且文章也可以不必寫，我應該再到醫院裏找外科大夫施手術去！

《大公二公》說的是自貢人怕被人佔了「欺頭」。「龔」姓，不念「gong」而念「彎」，大呼小叫「大彎二彎」，若喊成「大公二公」，自己則吃大虧了。《杜鵑》中說「杜鵑鳴於春季，鄉下農夫，謂其鳴聲為「米貴呀」──故它又得名叫「米貴鵑」。自貢人聽見「米貴呀」「米貴呀」的叫聲，「米果然就要貴起來了」。抗戰以來，四川物價上漲已成尋常事，只有米價還算平穩，尚未聽到杜鵑鳥的叫聲，作者反諷道：「或者是自知高叫『米貴呀』為不合時宜而感到慚愧才藏躲了起來的吧！」

《哭喪》寫與死者素未會面的女客摻和哭喪，甚至有錢人家出錢請人代勞，有些人甚至以此為職業的荒唐。《警報》〔註6〕與汪曾祺《跑警報》同樣寫「因警報而發生的許多可笑可憐的故事」，汪曾祺寫大難臨頭之時西南聯大師生的種種笑話，探索人性的微妙之處，王余杞卻是希望切實做好「喚起民眾」、「動員民眾」、「組織民眾」和「訓練民眾」的工作。

多年以後，王余杞在《洪流迴旋》中回憶了一件最具「幽默感」的事情。《我的故鄉》專欄文章發表出來後，隨即引起了讀者的興趣。鹽務局的一位老夫子客客氣氣地對王余杞說：「足下撰寫《余之故鄉》，妙！妙！」竟把「我

〔註6〕現存的《王余杞文集・我的故鄉》120篇中，截止到1939年6月11日《新運日報》，沒能收入王余杞直接控訴日機轟炸自貢地區的文章，在他的400篇原作中肯定會有非常激烈的回應的。整個抗戰期中，川鹽成了支撐全國軍供民食的主要生產地。1939年10月10日，日軍27架零式轟炸機對自貢進行「雙十無差別轟炸」，投擲炸彈和燃燒彈共113枚，炸死101人，炸傷125人，炸毀房屋185間。1941年開始，日軍又對自貢和其他產鹽區實施持續兩年的「鹽遮斷」專題轟炸。所謂「鹽遮斷」，就是截斷自貢對國統區乃至陝甘寧解放區的井鹽供應線。

的」說成「余之」，「可見他對於語體和文言具有鮮明好惡，他哪會細看，所謂『妙！妙！』只是白說。」

陳青生研究員在《王余杞和〈我的故鄉〉》中指出：「《我的故鄉》中也有一些應付急用、未經深思精構的『急就章』，藝術處理不免粗糙。然而，這樣的作品不具有代表《我的故鄉》總體的資格，充其量是璧中之瑕。」這個評價應是客觀中肯的。筆者直接閱讀過《新運日報》連載《我的故鄉》中的 200 多篇文章，的確看到個別粗疏之處（在我擔任《自流井》再版原稿校勘工作時，也有同樣的感覺）。從主觀方面講，王余杞是豪邁、爽直、熱誠、豁達的作家，寫文章喜歡一揮而就。他在與劉白羽羈留武漢撰寫《八路軍七將領》期間，就佩服劉白羽寫作的細緻精工（儘管劉比他小五歲，且是由自己推薦參加上海抗敵演一隊的）：

> 他對於所寫的每篇稿子都要經過再讀三讀，然後另紙眷清定稿；不像我這樣粗枝大葉，毛手毛腳，一揮了事。這也叫我學了乖，我從此寫稿，也要先打一個草稿。可始終沒有做到像他那樣的認真、仔細。

——王余杞《〈游擊隊歌〉和〈八路軍七將領〉》

從客觀上講，在抗戰期間，尤其在印刷出版業相對落後的內地，編輯的校勘缺乏專業水準，再加上時間倉促和當局的審查閹割，完全可能造成個別錯訛乃至與作者原意、原作相悖的現象。還有就是當時的語境，包括歷史語境和話語表述語境，都與今天的讀寫習慣存在着巨大的差異。這就是為什麼現代文學中的經典有的不被認同，甚至感覺讀起來不夠順暢的緣由了。

第十七章　永不消泯的家國情懷

　　請允許我們再回到第十二章，對天津解放一節作一個回述。

　　1948 年 12 月 15 日凌晨，劉亞樓將軍指揮的中國人民解放軍東北野戰軍 34 萬大軍，在強大炮火掩護下，排山倒海般突進天津城內，在金鋼橋、金湯橋實現「東西對進」勝利會師，打破了國民黨天津警備司令部的防禦體系。次日下午 3 時，歷時 29 個小時的天津戰役勝利結束，天津守敵 13 萬大部分被殲，少數不戰而降，天津警備司令陳常捷和市長杜建時等軍政要員被俘。

　　天津解放前夕，王余杞接受中共地下黨的指示，保存了天津市國民政府部分檔案。

　　天津解放後，天津市人民政府副秘書長劉同志交給王余杞一封王冶秋寫來的信，叫他留下繼續工作。這讓王余杞百感交集，「愉快地辦理了移交手續」。

　　與此同時，他畢竟是在解放戰爭時期擔任了國民政府直轄市——天津市的文職官員，內心的矛盾痛苦可想而知。他在《在天津的七年》中寫道：「陳荒煤〔註1〕是 1949 年新中國成立後在天津看見的，那時他以文藝處長進城接

〔註 1〕陳荒煤（1913～1996）當代著名作家、文藝理論家。原名陳光美，筆名滬生，湖北襄陽人。1928 年考入漢口第二中學商業專科學校。1932 年夏，參加武漢劇聯組織的「鴿的劇社」，後參加反帝文化總同盟、武漢左翼戲劇家聯盟，開始使用「荒煤」的筆名發表評論文章。9 月，在上海參加中國共產黨。1934 年秋，發表小說《苦難中的人群》，即開始了文學創作活動。1935 年秋，在上海由劇聯轉入左聯。1937 年離開上海，先後輾轉於北平、天津等地參加抗日救亡運動。1938 年到延安魯迅藝術學院戲劇系、文學系任教。新中國建立後，擔任過中南軍區文化部長、文化部電影局局長、文化部副部長和顧問，中國

收，我卻成了被解放的人！」

　　與陳荒煤最初結識是在天津。那時陳荒煤還是 24 歲的小青年。1937 年 8 月 12 日，王余杞脫險離開天津，與李輝英、劉白羽、陳荒煤、金兆野等在大沽港擠上了一隻海船南下，13 日，船過煙臺，傳來上海戰事爆發的消息，眼看不能去上海，只好到青島上岸分手。王余杞隨即由青島轉濟南，乘火車直到南京。當年同為愛國進步文化人士，孰知 12 年後，兩人的所屬營壘和社會地位卻發生了天壤之別的變化。

　　這一夜，王余杞思前想後，五味雜陳。一位長期追隨中國共產黨、積極投身抗日救亡運動的左翼作家，怎麼會淪落到沒有資格參加慶祝人民革命的勝利，連「開國大典也被擋在天安門的廣場外」（王余杞《冶秋和我》），他想到了 1938 年 1 月上海救亡演劇一隊在山西臨汾解散的那一幕情景。

　　那是一個冬日的夜晚，在臨汾一座新式建築的大廳裏，上海救亡演劇一隊的隊員們圍着火爐，緊急討論是繼續在山西、河南一帶宣傳抗日救亡，還是直接到陝北？

　　上海抗戰救亡演劇一隊「因工作的表現早已譽滿西北一帶」，河南的新鄉、陝州，山西的平陸等地，都發出了接待宣傳演出的邀請，而且河南「形勢緊張，這回不去，將來恐怕不能去了」。陝州與平陸僅一河之隔；到了平陸，「去西北正順道」。

　　與此同時，陝北也「表示歡迎」，況且陝北是最初定好的最終路線，多數隊員、尤其是年輕人不願再輾轉勞累，提出謝絕新鄉、陝州等地的邀請，也不必期圖他們的捐款，直接去夢寐以求的陝北解放區！

　　表面看來，這是對於抗敵演劇一隊行動路線的爭論，實質上是抗敵演劇一隊是否繼續承擔在抗敵前線、在最需要的地區繼續宣傳抗日、鼓舞民眾的神聖使命；而直接去延安，則意味着演劇一隊的歷史使命的終結和解體，這是王余杞不願意看到的。所以，他主張「我們的團體應該走遍了需要我們工作的地方，最後最後，才到陝北去。」

　　王余杞極力說服大家，四位女隊員似乎對團體更有感情，覺得「王總務」

社會科學院文學研究所副所長、《文藝報》副主編、中國作協副主席和書記處書記等職。作品主要有：短篇小說《憂鬱的歌》《長江上》《在教學裏唱歌》；報告文學集《劉伯承將軍印象記》《陳賡將軍印象記》及文學評論集《為創造新英雄人物的典型而努力》《解放集》《回顧與探索》《探索與創新》；散文集《荒野中的地火》《夢之歌》和《荒煤短篇小說集》等。

言之有理。

其實，王余杞參加救亡演劇隊的初衷是「只顧盡力文字工作，充當一名隨行記者」；後來被推為總務，眾人「付給他以最大的信任」。除去王仲彬及其部屬的第一筆捐助以外，每到一地，都得親自先去通融，奔走權門，報告工作，以求得主官和社會的捐款。人多意見多，暗中已不免引起一些閒話。不過，當每次看見一筆筆的捐款從他皮包裹帶回來時，閒話收住了。局面打開後，處處邀約，處處歡迎，處處招待，捐款不需要「去跑」，似乎包括「總務」也不再需要了。除了受此「閒氣」外，信任沒有了，有的只是瞪着眼睛找碴兒！有的人竟認為王余杞所做的一切是「奔走於要人闊人之門！向新聞記者發表漂亮的談話！在聚會上當眾演講！」所有的風頭都占盡了。

負責接待的主官或主人往往對他找不着適當的稱呼，忽而「主任」，忽而「團長」，忽而「代表」，忽而「代辦」……隊裏便有人把他稱作「總務老爺」甚至「官僚」！同為抗日救亡志士，卻產生了無形的隔閡。（王余杞《鋼鐵與灰燼》）

爭論的結果，多數人堅持直接去了陝北，王余杞則與劉白羽結伴南下武漢，完成報告文學《八路軍七將領》。

王余杞與劉白羽在武漢依依惜別。他特地請彭雪楓將軍親筆寫了介紹信，委託八路軍駐西安辦事處關照劉白羽搭乘去延安的汽車。兩人約定，王余杞回四川處理好家事後，一定在陝北抗日根據地見面。

人生可以有多種選擇，但就是這一步，這沒有實現的一步，就決定了不同的道路和命運。說到命運，一向堅信唯物主義的王余杞在他 45 歲的中年時期，遇到了極大的人生難題，並為他以後的生活道路，蒙上了揮之不去的陰影。

新中國成立後，急需各方面的專業人才，王余杞畢竟是學有專長並長期供職於鐵道部門的專業人士。1950 年，由時任政務院中央合作事業管理局局長的孟用潛〔註2〕介紹到鐵道部，任中國交通大學北京管理學院教授，次年任

〔註2〕孟用潛（1905～1985）直隸深州（今河北深縣）人。原名孟堅，又名孟謙，化名曹長清。1925 年，畢業於燕京大學經濟系。1927 年，任國民革命軍第十一軍政治部科長。同年 5 月，加入中國共產黨。1928 年，任中共福建省委委員，被選為中共六大代表，6 月，赴蘇聯莫斯科出席中國共產黨第六次全國代表大會。1929 年，回國後任中共北滿特委書記等職，8 月，在奉天紗廠與劉少奇一起被捕，9 月中旬，被組織營救出獄，仍任中共滿洲省委組織部部長等

人民鐵道出版社編審〔註3〕。

王余杞回到自己的本專業，且又是編輯出版工作，喜出望外，「高興非常」。他並不同於舊政府的留用人員，他從來就是革命陣營的一員。他以滿腔的熱情，全身心地投入他所熱愛的事業，立即着手編寫中國首部鐵路史——《中國鐵路史話》，同時主持《人民鐵道》月刊的編輯工作。他為《中國鐵路史話》做了全面、詳細的寫作規劃，並聯繫「生活・讀書・新知三聯書店」採用。後因鐵道部領導不同意出版，並向三聯書店專函取消而作罷（手稿現存於中國現代文學館。據悉，這方面的著作將收進《王余杞文集》續編中）。

與此同時，王余杞重新拿起他作為作家的筆，記錄偉大的歷史變革，描繪新生活的瑰麗圖景。他對新中國每一天的進步感到由衷的喜悅，對每一項建設成就感到無比的欣慰，陸續發表了《天安門上插紅旗》《我熱愛北京》《歡樂在天安門》（王平明、王若曼《王余杞文集》）等文，記下了一個個歡樂幸福的場景：

> 我現在居住在人民首都的北京。北京，正是我所熱愛的城市。東南西北、四面八方的人都熱愛北京，都巴望能夠到北京來。來了，莫不喜出望外，咂嘴舐舌地讚頌著：「北京，真偉大！」曾經來過的呢，便會說：「北京，哪想到進步得這麼快呀！」

> 今天的北京是世界和平陣營的東方堡壘，今天的北京是亞洲殖民地和半殖民地的燈塔，今天的北京是中華人民共和國的神經中樞。在偉大的共產黨、毛主席的領導下，五星紅旗迎風招展，召喚着東南西北，四面八方的人群，召喚他們來看一看這個光輝燦爛的

職。同年 12 月 7 日，與陳潭秋等被捕入獄，後經黨組織營救出獄。此後歷任中共陝西省委書記、中共河北省委組織部部長、代理省委書記、中國工業合作協會重慶總會視察辦事處主任。抗日戰爭勝利後，任中共中央上海局調查研究部副部長、華北人民政府華北供銷合作總社主任。新中國成立後，歷任政務院中央合作事業管理局局長、政務院財政經濟委員會委員、國務院科學規劃委員會委員、國務院外交部黨委委員等職。第四屆全國政協委員。1985年 8 月 8 日在北京逝世。

〔註 3〕據陳思遜《左聯作家王余杞》（載《陳思遜文集》）：1950 年，王余杞曾被分配到「北京鐵道學院副研究員」。王平明、王若曼《王余杞生平和文學創作活動》記載：「1950 年，『國立交大北京管理學院教授王余杞』對中國旅行社出版的《北京〔附天津〕》一書進行了審閱（1950 年 7 月，中國旅行社編《北京〔附天津〕》）」兩者互為印證。

人民首都北京。

——王余杞《我熱愛北京》

他的文章，總是與政治形勢結合在一起，他歌頌「三反」「五反」、增產節約、勞動競賽和思想改造運動取得的成就，還提醒人們，在盡情享受到和平與安寧的同時，決不要忘記保家衛國的志願軍將士：

> 我熱愛北京，我就熱愛着北京的這一番新氣象。正憑着這新氣象，志願軍在朝鮮前線才能連打勝仗，也靠了志願軍的連打勝仗，才使得北京的新氣象不斷新而又新。懷念着那遠在冰天雪地英勇作戰的征人，他們使我還能安然在這暖如初春天氣的北京搖筆為文，我又該是多麼幸福的啊！

發表在《旅行雜誌》的《從鐵展看人民鐵道》《海濱訪勞模》和登載於《寶成鐵路（通訊集）》的《出色的秦嶺鐵路設計》等文，是以他行家裏手的文筆迅速反映鐵道建設成就和鐵路職工精神狀態的上品佳作。他寫道：新中國剛剛成立三年，全國鐵道系統就有療養院和休養所 52 處，北戴河海濱療養院正是這 52 處中的一所。昔日苦勞力，今天的主人翁，「昨天做夢也休想來，今天來這裡做好夢」：

> 碧油油的大海橫在眼前，海浪拍着崖岸、吮着沙灘，海跟天連在一起，你用力睜大了眼睛也望不見海的邊兒。——這時你就會蕭然覺着胸襟開闊了。一任海風吹著，海風吹了滿身，一下像要把你穿着的衣衫給你裹緊，一下又像要把你穿着的衣衫給你解開；你就不如換上游泳衣跳下水去，隨海波浮沉，讓海潮沖激，洗它一個夠。然後爬上岸來，躺在沙灘上，看朵朵的白雲從藍悠悠的天空飛過……

——王余杞《海濱訪勞模》

1952 年 7 月，動工修建的寶成鐵路，將要翻越秦嶺，打通「難於上青天」的蜀道，用鐵路大動脈連接「天府之國」，這是幾代鐵路人和陝甘、四川人民半個世紀以來的夢想。1956 年 9 月，在寶成鐵路即將通車的前夕，王余杞採訪了全國先進生產者梁武韜工程師，寫下了建設通訊《出色的秦嶺鐵路設計》，讓更多的人們了解這一條我國自行設計的在當年最為陡峻的「幸福之路」。文章闡明了「不取道漢中」，「取寶成，捨天成」的理由；介紹了「寶雞到秦嶺的航空距離只有 25 公里，而鐵路線的高差就有 20 公尺」，「線路盤山，山勢陡

峻，隧道集中，在 21 公里中就有 65％的隧道」，「工程的艱巨可想而知」。文
章是對寶成鐵路的設計而言，故對「貢獻辛勤勞動的工程師們致以崇高的敬
意」，並指出：「光榮的任務終於勝利完成」，「只有在黨的正確領導和蘇聯專
家的無私幫助下〔註4〕，這一切也才有可能！」

筆者原原本本地引述王余杞在新中國成立最初幾年的文章段落，沒有斷
章取義，更沒有任何故意隱諱或誇大其詞，目的是呈現一個真實的鐵道戰線
的作家，他的立場觀點，所思所想。他熱情洋溢的文字閃現了那個時代的光
彩和活力，決不遜於同時期的名家名作，今天讀來仍能感受到跳動的脈搏和
暖人的溫度，足以用來甄別此後不久所遭受的無妄之災。

在王余杞的性格中，既有熱情爽直，也有剛直不阿的一面。就在他步入
「知天命」的第三個年辰，為響應毛澤東主席和中共中央開展整風運動，發
動群眾「大鳴大放」的號召，他發表了筆談《放鳴以後》（載《處女地》1957
年第 6 期《百花齊放百家爭鳴筆談》），這是我們研究王余杞在「鳴放」期間
致禍的最重要的「書證」。所謂「放」「鳴」，「是百花齊放，百家爭鳴」方針的
簡稱。他寫道：「『百花齊放』，要求的是文藝活動不斷的繁榮；『百家爭鳴』，
要求的是學術研究的日益昌盛。這是最終的目的。」「就更希望人民群眾積極
響應黨中央的號召投身於運動中去。」文中對鐵路系統的官僚主義、故步自
封，「仍然賣弄老一套而氣盈意滿」，提出的批評應是比較尖銳，而且是可能
有所指的。聯繫到王余杞曾應邀為《進步日報》（原天津《大公報》）寫了兩篇
關於鐵路的社論，「引起鐵路上的爭議」（王余杞《在天津的七年》），以及在
鐵道部整風座談期間，王余杞曾提出關於《中國鐵路史話》鐵道部發出署名
信函不同意出版的問題〔註5〕，可以肯定，他對鐵道部某些領導的官僚主義作
風是有意見的。再加上他是從舊政府過來的人員，且是有一定名頭的專家，正
如他自己所說，「當時，一個政治運動緊接著一個政治運動，我就成為一個政治
運動員緊接著一個政治運動員！最終被劃為右派！」（王余杞《冶秋和我》）

〔註4〕見《王余杞文集·出色的秦嶺鐵路設計》，原文如此。王余杞的多部作品，對
　　　社會主義國家蘇聯是肯定和欽佩的。1957 年反右鬥爭中，辨別香花毒草的「六
　　　條政治標準」中的第六條原文：「有利於社會主義的國際團結和全世界愛好和
　　　平人民的國際團結，而不是有損於這些團結。」在當時的語境中這是很重要
　　　的一條。
〔註5〕據 1981 年 8 月 5 日王余杞《致陳青生信》：1979 年王余杞還感歎自己的《中
　　　國鐵路史話》書稿「二十年間付積塵」，希望「學術面前能鑒別，客觀效果論
　　　分明」。可見王余杞對此書以及相關爭議，一直不能釋懷。

1958 年，帶着滿腹的疑問不解、身患膿血不止的痔疾，王余杞被勒令去十三陵水庫勞動，歷時一年。由此開始了歷時整整 20 年剝奪政治權利、強制勞動改造的煉獄生活。至此，王余杞視為「第二生命」的文學創作遁入寂滅，所幸從 1959 年 1 月 13 日至 1985 年 3 月 9 日長達 27 年間，他以「潛在寫作」的方式寫下了 1600 餘首絕句，這是作者一生中漫長而重要的時期對國事、家事、個人心事的真實記錄。後經作者生前初步整理精選出 526 首，並定名《黃花草》〔註 6〕，成為我們研究王余杞先生這一時期生活經歷和思想狀況最有力的佐證。

1959 年 1 月 12 日（農曆戊戌年十二月初四），正值隆冬時節，王余杞接鐵道部通知，立即到西寧鐵路局參加修建蘭青鐵路勞動。離開北京東城區史家胡同 59 號住所的當晚，他思前想後，吟成一絕：「十年覆轍認從今，聽黨依群離北京。人向西寧心未往，此心長傍天安門。」（王余杞《黃花草·去京》）第二天，匆匆告別驚惶不知所措的夫人和正在上中學的二女兒若曼、小兒子平明，這情景，使人不禁想起一位報告文學作家命名的「第二種忠臣」。

14 日清晨，王余杞一行擠上了從北京南下鄭州轉隴海線西行的列車，鐵路的終點便是蘭州。作為鐵路人，他這是第一次踏上隴海鐵路。列車駛進寶天線，150 公里的路段，就有隧道 120 條，橋樑 97 座。他驚歎道：「盲腸曾說寶天線，傍水依山路蜿蜒。橋外連橋洞接洞，洞中吐洞洞吞山。」難怪隴海鐵路斷斷續續修了 40 年，最終全線貫通還是在 1953 年。而修築從蘭州到西寧的鐵路，地形地貌和地質狀況肯定要艱險得多。

從蘭州改乘汽車，19 日到達青海省會西寧。21 日被分配到最險峻的老鴉峽工段。

老鴉峽是黃河上游重要支流湟水河下游的險要地段，長達 17 公里，兩壁陡峭，峽窄谷深，山體水蝕風化，亂石嶙峋。在這「人怕攀登馬不前」的老鴉嘴開山鋪路，其艱巨和危險自不待言。時值寒冬，「鼻尖凍裂手難伸」，吃的是「開水泡饃」，嘴唇四周結成了冰渣，「無毛嘴變白鬚人」。白天幹了活，晚上還得「打夜戰」，「最是夜寒風割臉，滿頭熱汗結冰花。」……從冬到秋，

〔註 6〕《黃花草》是王余杞從 1959 年 1 月 13 日至 1985 年 3 月 9 日長達 27 年間，以七絕的形式對國事、家事、個人心事的記錄，存詩 1600 餘首。經作者生前初步整理精選出 526 首，並定名《黃花草》。1999 年，王余杞詩集《黃花草》經長女王華曼編輯，由汕頭群眾藝術館內部出版發行。王華曼撰寫的《黃花草簡介》，發表於《新文學史料》1999 年第 3 期。

寒來暑往，無論是大雪封山，還是赤日炎炎，都要憑着手挖肩挑，每天完成 7
立方土的任務。身為 5 萬築路大軍的一員，他「來拜工人為老師」，「眼前艱
苦甘如飴。」自覺「抬土登坡吾已慣，推車上路我猶能。足知人老心不老，勞
動叫人年轉輕。」

到了這一年年底，1959 年 12 月 15 日，王余杞在青海平安驛看到報載關
於「右派摘帽」的決定，內心壓抑已久的鬱悶與冤屈，終如決堤的洪水傾瀉
而出：

> 遠傳音訊出都門，塞外欣聞涕淚零。
>
> 但我已知勞動好，願留工地做工人。

那時適逢「三年自然災害」的時期，食不果腹，心力交瘁。1960 年 2 月
下旬，這位從不叫一聲苦累的大知識分子，自感「揮鍬指屈伸難直，抬土升
坡喘塞喉」。最終「發病、高燒、痰中帶血，昏昏沉沉地自己去到幾十里外的
醫院，4 天水米沒有沾牙。」在青海西寧醫院，他扶病吟成一絕：

> 鎮日病房無暇時，打針吃藥一由之。
>
> 良方治療我還有，對症低吟魯迅詩。

循着詩集《黃花草》的記載，我們大體可以了解到王余杞身處逆境而志
節不改的漫長而艱辛的歲月。

——蘭青鐵路勝利通車、交付營運後，1961 年 3 月，築路工程隊轉移至
陝西渭南。

——1961 年 11 月，正值「三年大饑荒」最困難的時期，王余杞與築路工
程隊部分人員轉移到陝西韓城黃河灘開荒種地。第二年，病勢加重，「血管硬
化血壓高，兩肺氣腫肺成癆」；但更大的焦慮，還是內心的壓力「不到黃河不
死心，到了黃河心不死。黃河尚有澄清時，跳下黃河把心洗。」身處社會的最
底層，世上瘡痍、民間苦難最是看得明白，體會尤深。這一年清明，他寫下了
《清明》一絕：

> 無風無雨過清明，錦繡平疇壟畝分。
>
> 稼穡興邦關大計，河灘佇望天安門。

——1962 年 6 月，農場撤銷。人員各回原隊，王余杞隨隊到陝西臨潼。
如此顛沛簸蕩，身心交瘁，他能夠咬碎苦難，頑強撐持，一多半得益於與築
路工人同呼吸，共命運，雖說政治上完全不能相比，但生存處境毫無二致。
作者在文盲較多的工程隊常常代人寫信，有時一連寫三十多封，與工人結下

了深厚的友誼。他在《情分》中寫到了這種可以稱之為水乳交融的關係：「到處聞呼王老師，過多情分應深思。並非我有甚奇也，只是人偏錯愛之。」

——1963 年 4 月，作者隨築路隊遷至福建，輾轉六天六夜，行程 2300 多公里，終於到達福建 487 公里處，參加戰備鐵路的修建和維護。這裡地處荒山野嶺，沒有地名，只有代號。他用《吾往矣》為題吟成一絕，表明了任憑千難萬險，我亦慨然前往的心志：

徘徊孔雀東南飛，一事蹉跎百事非。

風物長量吾往矣，杜鵑休勸不如歸。

一個多月後，建起了新居：「後園滿樹樹遮山，男女新居各半邊。黃土築牆茅蓋屋，門前一列曬衣竿。」在這荒僻無名的東南一隅，竟然在山林裏拾得兩粒紅豆，他不由得喜出望外，寄給遠在北京的夫人：「嬌紅粒粒舊風姿，老去情懷戀少時。撿附魚書憑寄予，天南地北慰相思。」（《紅豆》）

——1964 年 1 月 28 日，正值隆冬季節，大雨沖刷的施工地段路滑難行，王余杞摔倒在崎嶇的山間，踝骨骨折。傷勢稍有好轉，醫生仍囑休息，他丟下雙拐，便屢屢要求出工：「療養腳傷二百天，最難排遣是偷閒。銀鋤揮舞抒余勇，其樂無窮集體間。」（《復工》）誰知禍不單行，就在這一年 11 月，又因患急性化膿膝關節炎住進福建聲永安市西洋鎮醫院，「抽膿水四管」。幾天後收到夫人親手縫製寄來的寒衣：「萬水千山度若飛，寒衣遙寄究何為？感君情意屬君望，身着寒衣夢裏回。」這一年，他 59 歲。

——1965 年 8 月，王余杞正在北京治病、探親，接到隊部通知，安排到福建三明市沙縣採石場，工種是敲碎石鋪道砟。年屆六旬的夫人彭光林，毅然離開工作了十幾年的中國書店古典門市部，並離開北京，陪伴傷病纏身的丈夫一道南下。這一對相濡以沫、聚少離多的老夫妻終於在沙縣採石場有了自己的「新居」：「廿米平方屋一間，一床一桌小椅三」。沒有任何人強制，文弱的彭光林老師——老牌的北京師範大學國文系畢業生，也率性放下身段，每天在職工食堂幫廚。

——1966 年 5 月 21 日，築路隊隊部開會宣布《關於右派份子王余杞「摘帽」的通知》，「摘帽」後恢復原來的工資級別，只是在政治上仍為「摘帽右派」。緊接著，6 月 1 日，他在南昌鐵路局永安段福建沙縣採石場「退休」，然而，2000 多個日夜艱苦勞動改造所爭取得來的政治和生活待遇，不過是一紙空文。

誰也沒有料到，噩夢並沒有結束。史無前例的「文革」風暴席捲而來，階級鬥爭的弦繃得更緊，新賬老賬一起算。開頭是批判「反動學術權威」，後來又是揪「歷史反革命」，除了請假外出治病以外，還得繼續參加勞動，勒令寫檢查交待，寫旁證材料等等。他因工作和社交的經歷豐富，接觸的文化界人士和新舊官員相當多，成為了鐵路系統內外的「活檔案」。面對拍桌瞪眼的外調人員，他堅持實事求是「不編造，不隱瞞，不擴大，不縮小」，從一定程度上保護了這些被調查的對象。那時，鬥爭的矛頭主要對準「黨內走資本主義道路的當權派」，王余杞先生已是「死老虎」，偶而也要「陪鬥」。但他仍然戴着他的鐵路路徽，並用好幾層紙包着他那已磨損了的工會會員證——這是被批鬥時唯一未被收繳的「寶貝」。

直到 1970 年 8 月，王余杞的小兒子王平明到沙縣採石場探望雙親。母親帶領他去工地，指着一個在烈日下戴着一頂散了圈的草帽、身着一身破舊的勞動服、坐在地上用鐵錘打石頭的老頭說：「那就是你爸。」眼看被曬得黝黑而且瘦骨伶仃的父親，平明幾乎認不出來了。

即便如此，王平明驚訝地發現，在父母親狹窄的寢室裏，寫字臺上擺滿了書籍和文稿，床下的紙箱裏裝滿了筆記和卡片。這究竟是怎麼回事？

原來，王余杞在採石場工地時間久了，管理人員和工人都由同情而生敬佩，乃至有了一種「遠親不如近鄰」的親情。王老常常為大家寫寫畫畫，空閒時間講講古代名著。於是萌發了一個念頭，為普通勞動者編一本《通俗字典》，但因無處出版而作罷。這位閒不住的老學者，還編寫了《古文評說》（1～13冊）《語法修辭》《詩詞格律》《毛澤東詩詞注釋》等（均未發表，手稿現存於中國現代文學館）專著，在當時的政治環境中，明知無法出版，但他一定要實實在在地做一些有益於社會的事情。從 1968 年至 1969 年，還輯錄過《毛主席論歷史》，曾於 1978 年加以整理，7 月 15 日寄中央統戰部，9 月 28 日寄人民出版社。這是怎樣一種博大的襟懷和堅韌的毅力啊！

1974 年 9 月 19 日，王余杞夫婦離開沙縣採石場，到河北省石家莊市橋城區後營村二女兒若曼家。從此結束了 16 年零 8 個月在鐵路工地勞動改造學習交待的生活。

1978 年 4 月 5 日，中共中央批准中央統戰部和公安部關於全部摘掉右派分子帽子的請示報告，決定全部摘掉右派分子的帽子。9 月 19 日，黨中央批發《關於全部摘掉右派分子帽子決定的實施方案》；同時指出，對於過去錯劃

了的人，要堅持有錯必糾的原則，做好改正工作。「經批准予以改正的人，恢復政治名譽，由改正單位負責分配適當的工作，恢復原來的工資待遇。」

值此，王余杞錯劃「右派」的冤案得到了「改正」，政治上獲得了新生。在為國為己歡慶之餘，他痛惜失去了的歲月，恨不能時光倒流，一面四處尋找失散的作品，一面抓緊學術著作的撰寫。自歎「少小塗鴉計已差，老來難夢筆生花。鼓將餘勇羊牢補，怕作空頭文學家」（王余杞《餘勇》）

1979 年年初，王余杞即開始整理《中國鐵路史》書稿，並與人民出版社經濟著作編輯室聯繫。5 月 4 日收到回信，對方表示願意看看修改稿。遺憾的是，修改稿寄出後，終未能編輯出版。他認為「中國鐵路從一開始就和『洋務派』發生密切關係。但洋務派中各有不同，應該區別對待」。他還指出「鐵路方面也出現了一些有思識代表人物，應加以重視和肯定，如詹天祐（設計並修建京張鐵路）、葉公綽（實行合作獨立並創辦交通大學）、茅以升（設計並主持修建錢塘江大橋）、譚躍實（實際主持負責運輸）等人」。他還提到：「太平天國的洪仁玕，在他提出的資本主義式綱領《資政新篇》載明修建鐵路。偉大的革命先行者孫中山更具體提出 10 年內修建 10 萬英里鐵路的計劃。前者因戰爭阻礙無法實現，後者羈於形勢也不能全部施行，是後來的打通隴海線，開闢連雲港，使計劃部分成功。應該說孫中山的鐵路計劃是有它的歷史意義的。」王余杞的這些觀點是客觀公正、非常專業的。在《王余杞文集》（續集）中，讀者將能進一步了解到作者關於中國鐵路史所佔有的詳實資料和良苦用心。

1981 年，王余杞聘任為武漢華中工學院（後曾改名為華中理工大學，現為華中科技大學）兼職教授。曾擔任華中理工大學出版社為中央民族學院馬學良出版的《語言學概論》一書的編輯工作。1981 年暑假，王余杞與華中工學院師生在廬山旅遊，晚上開聯歡會，他演唱了在上海救亡演劇隊一隊時賀綠汀創作的《游擊隊歌》，當年的愛國熱情令人動容。

1983 年，應自貢市中共黨史資料編輯委員會的邀請，王余杞老先生回到闊別四十三年的故鄉，興致勃勃地參加了自貢市抗敵歌詠話劇團紀念活動，並特地撰寫了自貢抗敵文化活動的回憶錄。當年的戰友見到王余杞蒞會，不勝驚喜，紛紛共敘別後。雜文作家李石鋒更是親自陪伴他到成都，邀集中華抗敵協會在成都分會的同仁：車輻、肖蔓若、鍾紹錕（水草平）、劉石夷、劉光韋等，為余杞先生接風。

這一時期，這位年近八旬的老人，具有豐厚的學養和不服老的精氣神，一頭扎進古代詩歌的研究之中。他與老友聞國新先生合作，於 1984 年出版了他最後的一本書——《歷代敘事詩選》。這在當時中國古代詩歌研究領域尚屬為數不多的選題，沒有可以借鑒的現成選本或範式。全書共輯錄古代敘事詩 240 首，其中 220 首由王余杞初選，然後兩人討論增刪，最後由聞國新為每首詩歌撰寫解讀。從啟動到出版，歷時 4 年。王余杞為該書撰寫了近萬字的序言，闡述古代敘事詩的發展、敘事詩的特徵，見解獨到，具有相當深厚的國學功底和學術價值。

王余杞先生最大的遺憾，是沒能完成找回自己作品的心願。那些由夫人彭光林冒着生命危險搶救出來，在幾十年顛沛流離中竭力保存書籍和文稿——那是王老先生的「第二生命」，在後來的政治運動中、尤其是「文革」浩劫中悉數歸於焚寂。1983 年，他不顧年事已高，親自回川找尋遺失的書稿，找到了長篇小說《自流井》原版書，並着手重新編校。但這時，他已對自己的作品的重新付印起了猶豫。《自流井》原書對封建鹽商、對現代資本家的批判已是夠多的了，但老先生此時加重批判的修飾語。還有就是增加了中央紅軍二萬五千里長征途經四川、北上抗日救國的段落。原作本身已經寫到勞資矛盾、工人罷工、遊行，但王老覺得還沒有把工人階級的形象塑造得更突出。1985 年，在他年屆 80 之時，意味深長地在《校後記》後面作了一個尾批：「封建家庭氣勢消，工農群眾展雄豪。自流井廠誰當令，當令人是李老么！」〔註7〕據了解，老先生也曾打算修改長詩《八年烽火曲》，但總有一些以往政治運動「左」的陰影揮之不去。最重要的是，在天津的創作的三部長篇，以及好幾部短篇集，在他的有生之年始終都沒能找到，留下終身的遺憾。

王余杞生命的最後十年，對中國現代文學最大的貢獻，還在於他以與生命賽跑的驚人毅力，撰寫了十餘篇回憶文章，成為了我們研究王余杞及相關人物事件的重要依據和參考。

——1979 年 6 月，《關於〈賀綠汀的游擊隊歌〉》，發表於《新文學史料》1979 第 3 輯。

——1979 年 11 月，《記〈當代文學〉》，發表於《新文學史料》1979 年第

〔註 7〕王余杞先生於 1983 年 10 月對 1944 年原版《自流井》作了重新校訂，並於 1985 年端午在「校後記」的後面寫下了這首詩，原件現存上海中國左翼作家聯盟會址紀念館。

5 期。

　　——1981 年 2 月 22 日，《關於〈避暑錄話〉》，發表於《新文學史料》1981 年第 1 期。

　　——1981 年 5 月 22 日，《關於賀綠汀的〈游擊隊歌〉》，發表於《新文學史料》1981 年第 3 期。

　　——1982 年 6 月，《「送我情如嶺上雲」——緬懷郁達夫先生》，載陳子善、王自立主編的《回憶郁達夫》，湖南文藝出版社 1982 年出版。

　　——1982 年 10 月，《〈游擊隊歌〉和〈八路軍七將領〉》，發表於《抗戰文藝研究》1982 年第 3 輯。《八路軍七將領》一書目前保存於中國國家圖書館善本館中。

　　——1981 年 11 月，《洪流回漩——記抗戰時期在自貢的鬥爭》，發表於 1983 年《自貢市現代革命史研究資料》總第 20 期。

　　——1983 年 2 月《「久大」的遷井風波》（寫於 1938 年 9 月 18 日），發表於自貢市鹽業歷史博物館《自流井》第 1 期。

　　——1987 年 1 月，《補遺二事》，發表於《新文學史料》1987 年第 1 期。

　　——1987 年 8 月，《「無人會登臨意」——悼念李石鋒同志》，發表於《自貢文史資料選集》第 17 期。

　　——1987 年 10 月，《在天津的七年》，發表於《天津文學史料》。

　　——1988 年 3 月，《冶秋和我》，發表於《新文學史料》1988 年第 3 期。

王余杞的長女王華曼回憶道：

　　　　在這十年間，黨和人民給父親以充分肯定；邀稿的信件如雪片飛來；華中理工大學聘他為兼職教授；《中國文學家辭典》稱他為現代作家，介紹了他的簡歷；海外也傳來佳音：他失散已久的長篇小說《自流井》，竟赫然陳列在華盛頓——美國國會圖書館的書架上；為紀念「左聯」成立六十週年，上海魯迅紀念館來函邀請他這位左聯老戰士撰寫回憶；湖北《當代天下名人作品徵集專藏室》來函徵集父親的作品、手稿、簡歷、照片和錄音資料等等。但是晚了，一切都晚了……

　　　　1988 年，母親病逝，對父親來說，相濡以沫 58 年的老伴棄他而去，無疑是沉重的一擊。極少流淚的父親整日以淚洗面，睡覺的時候無論床有多寬大，他都只睡外側的一半，我們怕他摔着，把他

往裏推一點，他總是說：「不，不，那是你們媽媽的位置。」為了改變一下環境，以免他睹物思人，我和老伴將父親從住了多年的妹妹家接來汕頭。本以為氣候宜人、食品豐富的南國，能讓老人多過幾年好日子，可惜這時的父親已 83 高齡了。我們帶他故地重遊：愛群巷、外馬路、新華書店、中山公園……父親蹣跚地移動着腳步，順着我們的手指吃力地轉動着頭頸，臉上沒有表情，混濁的眼眶，慢慢充盈了淚水。他行動日益不便，耳朵聽不清，眼睛看不清，不願開口說話，手腳發顫。他不能看書更不能握筆，這對父親來說又是沉重的一擊。後病情加重，住院三個月，醫生也已回天無力，父親帶着諸多遺憾，永遠地離開了我們。

——王華曼《懷念父親王余杞》載王余杞長篇小說
《自流井》大眾文藝出版社 2009 年再版

1989 年 11 月 12 日，中國左翼作家聯盟老作家、忠勇的抗敵文化戰士、自貢現代鹽都文學奠基人王余杞病逝於廣東汕頭。

王華曼大姐曾經給我講到過一個細節：1973 年春天，她的父母曾在汕頭小住了一段時間。王老先生有時獨自踱出家門，在外馬路散步、或在書店駐足。本地人常常看見一個戴着眼鏡，身穿深藍色長呢料大衣，佩戴鐵路徽章的陌生長者，便上前搭話，以為是要在汕頭修鐵路了。那時，汕頭沒有鐵路，潮汕話很難聽懂，彼此難於交流，王老只是笑笑，不便作答。那情景，使人聯想到陳世旭筆下「小鎮上的將軍」，一位鐵路上的將軍，一位以曾經筆代劍的將軍。

第十八章　搶救曾經失憶的歷史

　　1990 年春季，四川省中國現當代文學研究會副會長、四川大學出版社副社長伍加倫、與四川大學科研處教師潘顯一來自貢商談舉辦「鹽都文學研討會」事宜。他們給出了一份自貢現當代作家名單，其中包括：吳玉章、雷鐵厓、張光厚、李宗吾、孫瑜、柳倩、陳銓、王余杞、羅淑（簡陽人）、毛一波、葉菲洛、傅仇、魏明倫、李加建等。我當時在自貢市文聯創研室任副主任、兼自貢市美學‧文藝理論學會秘書長。我被指定為研討會籌備組副秘書長，於是將王余杞作為我的論文選題。

　　此時，恰逢友人張雲初在《深圳特區時報》駐汕頭記者站，憑着他的職業敏感，了解到王余杞的女兒王華曼在汕頭市婦聯工作。雲初兄帶着我的問候登門拜訪了王華曼大姐。此後不久，她寄來了王余杞的發表在《新文學史料》《天津文學史料》的回憶錄《記〈當代文學〉》《在天津的七年》和她發表在《深圳日報》的《我的父親王余杞》以及王余杞的《我的生平簡述》。這讓我擁有了有關王余杞的生平和創作概況的第一手資料。

　　接下來，我找到非常要好的學者朋友、中國井鹽史研究專家宋良曦，我知道他有一部王余杞的長篇小說《自流井》，據稱在自貢市只有兩部，另一部藏自貢市檔案館。我作出了保證不會損壞，用後迅速歸還的承諾。良曦兄慨然支持。打開報紙包好的原本書，讓我大吃一驚：紙質泛黃變脆，幸好字跡還能辨識。用時半月，讀了兩遍，第二遍做了詳細的筆記。而後寫成了 12000 字的《王余杞和他的長篇小說〈自流井〉》（發表於自貢市文聯《蜀南文學》1991 年 1 期）這應是迄今為止最為認真的第一篇關於長篇小說《自流井》的專論。

　　1990 年 11 月 27 日至 29 日，由四川省中國現當代文學研究會和中共自貢市委宣傳部聯合舉辦的「首屆鹽都文學研討會」在自貢召開。出席會議的有省內外 13 所高校、社科院文學所和自貢的學者、作家 80 餘人。會議通過研討自貢文學的歷史和現狀，深化了對鹽都文學現象的認識，對評介自貢作家作品，促進自貢文學創作的繁榮，產生了一定影響。我向研討會提交了論文《王余杞和他的長篇小說〈自流井〉》──這是本次學術會議研討王余杞創作的唯一的文本──並在會上介紹了全文的主要內容和基本觀點。此外，四川大學中文系講師劉傳輝先生提交了關於榮縣籍詩人葉菲洛的論文，也就王余杞的創作作了口頭發言。我的印象是，他把王余杞作為「業餘作家」來討論，突出其創作實績豐厚。但他念錯了一個字，誤把《海河汩汩流》念作了《海河泊泊流》。這顯然是原有資料的失誤，但從另一個側面可以反映出王余杞資料嚴重缺失的狀況！

　　時間可以追溯到上個世紀八十年代的思想解放時期。1984 年，河南信陽師範學院教授張啟東在研究河南省信陽市本土作家翟永坤時，發現翟永坤與郁達夫、王余杞交往甚密，便致信王余杞老先生，表示願意做王余杞的研究者。他在信中寫道：「一位老作家，追隨革命，筆耕半生，以數百萬字的作品描繪過現代史上幾個重大時期的風雲畫卷，為新文學作過較大貢獻，如今卻名不見經傳，被各種版本的文學史所遺忘，這太不公平了！」張啟東教授曾兩次到河北省石家莊市槁城登門拜訪王老先生。

　　比張教授更早研究王余杞創作的是上海社科院文學研究所研究員陳青生。上個世紀八十年代初期，他就多次專程來自貢，在檔案館、黨史辦等部門查閱相關資料。他與王老先生有過長達七年的通信聯繫，是王余杞晚年交往最多的學者，但遺憾的是，這一對忘年交最終未能蒙面。他寫於 1984 年的《王余杞和〈我的故鄉〉》也是在王余杞去世六年半之後發表於 1996 年 5 月 18 日《作家報》。這是迄今對王余杞《我的故鄉》最為全面、客觀並頗具影響的一篇重要文論。1999 年，陳青生整理的《王余杞〈我的生平簡述〉》，發表於《新文學史料》1999 年第 3 期。

　　在天津，南開大學教授曾廣燦是關注和評介王余杞最有代表性的學者。他在《王余杞與天津》〔註1〕一文中把王余杞稱之為「天津文學的主將」。文

〔註 1〕曾廣燦《王余杞與天津》始見 2005 年 5 月上海「左聯」紀念館承辦「紀念王余杞誕辰 100 週年座談會」會議文件，載《蜀南文學》2005 年第 4 期。

章開頭寫道：「對於老一輩天津人來說，王余杞這個名字是不陌生的，因為不但他走向社會的人生之路從天津開始，他在文學事業上的揚名也是與天津分不開的。王余杞所學的是鐵路運輸，然而，他在文學上所發出的光遠比他在運輸上耀眼得多。天津人不會忘記，作為一個異鄉人，作為一位上個世紀三十年代北方左聯的革命作家，王余杞為天津文學的發展，做出了重大貢獻。」他在文終特別強調：「王余杞忘不了天津，而海河兒女更會永遠記住這位長年共飲海河水的中國現代革命作家，因為他對天津文學的發展所作的貢獻是別人代替不了的。」

　　然而，各地的學者最大的困惑，仍然是王余杞文學著作的嚴重缺失。王老先生的最後十年，沒能找回自己的絕大部分著作，因此，尋找和搶救王余杞著作就成了王余杞研究的必要前提。然而，這項工作該由誰來做？上個世紀八十年代開始的重寫現代文學史的思潮，其主要傾向是淡化乃至否定革命主流敘事，因而主流之外的現代作家則成了研究的熱門選題。而王余杞卻屬於左翼革命作家，這當然入不了一些新派學人的法眼。王余杞的悲劇更在於因政治運動造成了他二十年的「失語」和現當代文學史對他前三十年文學創作（1927～1957）的整體「失憶」。斯人逝矣，連同他視為「第二生命」的文學作品，猶如杜夫海納所描述的「存放於地下室的名畫因地震或海嘯而墮入永遠的黑暗之中」。

　　王余杞的長女王華曼秉承家父的遺願，開始了她的尋找，成為推動王余杞研究的第一人。

　　1949 年，王華曼參軍時還不滿十六歲。1954 年，她從部隊轉業，考入華南師範學院。畢業後分配到汕頭市婦聯工作。王老去世時，她剛剛退休。陸續發表了《我的父親王余杞》（汕頭文化報 1990 年第二期）《懷念父親王余杞》（《新文學史料》1991 年 2 期）以及《一件往事》《父親在汕的日子》等紀念文章。她主動聯繫王余杞的研究者和北京、天津、上海圖書館，並親自上北京走訪中國現代文學館。在上海中國左翼作家聯盟會址紀念館，他認識了《左聯詞典》的編著者姚辛〔註2〕。當她見到姚辛在浙江嘉興家徒四壁的居室，不

〔註2〕姚辛（1934～2011）浙江嘉興人。父母早亡，在重慶戰時兒童保育院長大。
　　　　1955 年從部隊復員後，曾在嘉興一所中學任語文教員，後以做臨時工為生。
　　　　熱心搜集、發現和保存大量有關左聯和現代文學史的資料，編著、出版《左
　　　　聯詞典》《左聯畫史》和《左聯史》。

禁為他那「幾十年如一日如癡如狂、忘我捨我搜集整理左聯資料的執著精神」深深感動，在當地一個家具店為姚辛購買了一張書桌和一個書櫃送去。

1991 年 4 月 8 日，王華曼大姐寫信告訴我，「今秋擬進川，尋找家父遺作《我的故鄉》。」接信後，我親自到自貢市檔案館查閱《新運日報》（一同參與查閱、複印的還有現任自貢市文聯副主席明梅），花了三天時間全部複印了從 1938 年 8 月 27 日到 1939 年 6 月 11 日《新運日報》中《我的故鄉》所在的版面，計 239 篇，共複印了三份，擬交王華曼一份、王余杞的侄子王啟晦一份、我存留一份〔註3〕。

1991 年金秋時節，王華曼在先生金螢的陪同下回到了闊別五十一年的自貢，受到了中共自貢市委宣傳部、自貢市文聯領導的熱情接待。王華曼不顧秋日的炎熱，選抄了王余杞隨筆《我的故鄉》中的 40 篇，交由自貢市文聯《蜀南文學》選登了其中的 15 篇（載《蜀南文學》1991 年第 6 期、1992 年第 1、4 期）。時任中共自貢市委宣傳部常務副部長的吳樹倫先生特地為《蜀南文學》撰寫了《樸實·親切·生動──向讀者推薦王余杞的散文系列〈我的故鄉〉》。筆者也曾撰文《從〈自流井〉到〈我的故鄉〉》，提交自貢市文化局主辦的「自貢市地域文化創作研討會」宣讀，並發表於《鹽都藝術》1992 年第 2 期。

在王余杞逝世十週年之際，王華曼整理編輯王余杞生前詩集《黃花草》，選注作者從 1959 年至 1985 年間留下的絕句 1600 餘首中的 466 首，由汕頭群眾藝術館於 1999 年出版發行。汕頭群眾藝術館館長楊方笙為本書作序。他寫道：「王余杞這部《黃花草》應當說是非常特殊的作品。是它寫了非凡時期、非凡社會裏的非凡遭遇、非凡生活和非凡心態，有好些地方可以當作史鑒來讀。」王余杞先生「用的雖然是嚴謹的格律體──七絕，卻能夠運筆如舌，以詩代言，幾乎達到『無事不可入詩』、『人人能解』的地步，這是很不容易的。」王華曼還特地撰寫了《〈黃花草〉簡介》，發表於《新文學史料》1999 年第 3 期。

在王華曼的極力推動下，2005 年 5 月 16 日，由上海中國左翼作家聯盟會址紀念館籌備、上海市虹口區文化局在虹口區圖書館舉辦了「紀念王余杞誕辰 100 週年座談會」。參加會議的有上海市社科院、魯迅紀念館、中共「一

〔註3〕王華曼去世後，她所存的《我的故鄉》複印件無從查找，王余杞的侄子王啟晦的也因搬家未能妥善保存；我存留的一份，因多次借出遺失。因此，王若曼、王平明編輯出版的《王余杞文集》中《我的故鄉》120 篇隨筆，就成了解讀王老的這一部心血之作的極為重要的依據。

大」會址紀念館的專家、學者，虹口區報刊編輯、記者，和王余杞的家人共
30 餘人。會議印發了曾廣燦、楊方笙和姚辛三位未到會的學者的論文。我作
為王余杞家鄉的學者，也是唯一參會的外地學者，被安排第一個作為專家學
者交流發言。我發言的題目是《「左聯」作家王余杞及研究現狀》，包括三個
方面的內容：（1）王余杞文學創作及文學活動簡介，（2）從《自流井》到《我
的故鄉》，（3）王余杞研究現狀。

上海市社科院陳星生研究員的發言，講述長達七年與王老先生的通信，
以及他對《我的故鄉》的解讀，給人印象很深。王華曼追憶了王余杞寫作、奮
鬥的一生。王余杞的小兒子王平明專程從美國肯特州立大學回國參會，深情
地回憶起八十年代初期，在美國國會圖書館的書架上見到父親的長篇小說《自
流井》的驚訝與激動；強調王余杞留下的精神財富是無價的，特別是國家的
「苦難」和個人的「苦難」對於王余杞偉大人格的意義。上海市虹口區文化
局局長朱浩、魯迅紀念館副館長王錫榮、現代文學研究專家陳夢熊等一致肯
定王余杞是中國現代文學的重要作家，希望自貢能將《自流井》等代表作盡
快再版。會議期間，參觀了「左聯」會址紀念館。王余杞的親屬向紀念館捐贈
了王余杞的部分遺稿、筆記和王平明為父親創作的蠟筆肖像。

筆者回自貢以後，撰文在《蜀南文學》介紹了「紀念王余杞誕辰 100 週
年座談會」的會議簡況並配發了相關論文，很快產生了積極的影響。2006 年
春節，古古文化工作室經理李建平從北京回到自貢，在《蜀南文學》了解到
王余杞的情況，計劃將王余杞的長篇小說《自流井》推薦給北京的國家級出
版社。但他的方案因未得到王余杞的子女的授權而作罷。王華曼直接寫信給
時為市政府秘書長的陳星生，希望自貢市政府重視王余杞遺著的再版工作，
並寄出《自流井》原書複印件及相關資料。陳星生經過多方面的論證和周密
的策劃，終於把長篇小說《自流井》的再版提上了工作日程，於 2009 年 1 月，
由大眾文藝出版社出版發行。出版社的推薦語是：「中國的一個鹽業家族的歷
史故事，六十多年後一部再版的文學力作」。

為了讓《自流井》的再版更富有當今的時代特色和相關的認識價值，王
余杞遠在美國的兒子──王平明博士在自己的專業工作之餘，就國際範圍內
對自貢鹽業史的研究情況作了較為廣泛的查閱，集中翻譯了美國哥倫比亞大
學教授瑪德萊妮・澤琳女士的《自貢商人》等專著中對自貢鹽業史的經典論
述，其中包括「世界範圍內的自貢鹽業史的研究熱」、「偉大的井──中國的

又一世界發明」、「自貢曾是中國最大的工業中心」、「自貢鹽業——歷史上一個令人矚目的中國本土經濟模式」,寫成了《不可磨滅的歷史光輝——簡介國際上對中國自貢鹽業史的研究》一文。後由陳秘書長將題目改為《偉大的井》,並作為該書再版序言。

　　該書的再版,得到王華曼姐弟的授權,她在信中特地「委託發慶同志負責校訂工作」。《自流井》的再版,是一項龐雜而精細的工程。原版採用的是繁體、豎排,且因當年的紙張和印刷質量問題,字跡已經漫漶模糊,再加上其親屬提供的版本是王余杞老先生於 1983 年用毛筆修改的校訂本複印件,就更增加了校勘的難度。我們按現行圖書出版法規,對原文變繁體為簡體,並且增加了必要的補充注釋,除了王平明的「再版序言」外,還編進了我的文論《王余杞和他的長篇小說〈自流井〉》,並附《王余杞生平與創作大事年表》、王華曼《我的父親王余杞——寫在〈自流井〉再版之際》以及《再版後記》。陳秘書長親自選定了幾張自貢鹽場的老照片,對封面和版式都進行了精心設計。參加這項工作的還有漆成康、溫懷清、李汝高等同志,他們對這份沉甸甸的文化遺產發自內心的尊重,和對作者負責、對歷史負責、對讀者負責的精神都是值得肯定的。

　　筆者收進該書的專論《王余杞和他的長篇小說〈自流井〉》,對 1990 年原稿作了補充,特別提到了王余杞研究現狀:文中寫道:

　　　　迄今為止,學術界主要的研究文章有:陳青生的《王余杞和〈我的故鄉〉》、王發慶的《王余杞和他的長篇小說〈自流井〉》《從〈自流井〉到〈我的故鄉〉》、陳思遜的《自貢籍左聯作家王余杞》、曾廣燦的《王余杞與天津》、黃小同、常勇的《王余杞與〈當代文學〉》、楊方笙的《讀王余杞詩集〈黃花草〉》等。值得重視的是,四川大學潘顯一教授的《新文學與四川作家論辯》與西南大學李怡教授的《現代四川文學與巴蜀文化闡釋》等著作中都有關於王余杞的專章論述,四川大學文學與新聞學院《現代中國文化與文學》2006 年第三輯中首次刊載了《王余杞書信選》〔註4〕。值得稱許的是,西南大

〔註 4〕《王余杞書信選》陳裕容整理說明:陳青生,上海社會科學院研究員。從20世紀 80 年代初開始,陳青生為了研究王余杞作品,就開始與王余杞書信來往,其中提到很多王余杞研究中的重要問題。筆者因為開始王余杞作品的研究,遂與陳老師有了通信和電話聯繫,並蒙陳老師惠贈了王余杞先生給他的一部分書信複印件。現整理如下。供關心和有志於王余杞研究的學者參考。

學研究生陳裕容在其導師李怡的指導下，在自貢、重慶、上海、天津、汕頭等地廣泛收集文獻資料，發表了《王余杞創作訪談》，並於2007 年 3 月完成了碩士論文《王余杞考論》。雖然我們對王余杞及其著作的研究，包括對《自流井》的研究還不夠全面，不夠充分，但可以肯定，一代又一代的學人，必將把這項研究工作堅持下去，深入下去。

　　這段文字寫於 2008 年，雖然未能全部囊括王余杞研究的狀況，實際情況並不比這段概述樂觀。最根本的問題，是王余杞的絕大部分作品，尤其是抗戰題材作品幾乎湮沒無聞，形成了巨大的空白，研究者很難接觸到原著，於是出現停滯和相對冷落的局面。

　　2012 年 5 月，王華曼去世。她十多年如一日為父親的左翼革命作家和現代文學史地位正名，奔走呼籲，殫精竭慮。她最大的遺憾，是沒能將父親的隨筆《我的故鄉》結集出版。然而，在冥冥中，這個接力棒傳到了王老的次女 68 歲的王若曼、和王老的兒子 66 歲的王平明手中，姐弟倆下決心編輯出版《王余杞文集》，正式啟動對父親文集的收集、整理工作。

　　王若曼不顧年邁體弱，輾轉北京、上海、天津三市及圖書館尋找王老的遺著，「儘管持有王余杞和自己是父女關係的證明，對方仍然不給或僅給她部分資料；吃了不少的閉門羹，也得到一些專家學者的指點和幫助。」〔註5〕王平明則日以繼夜地在互聯網上搜尋關於父親的點滴信息。花了四年多的時間，姐弟倆歷盡千辛萬苦，終於從國家圖書館、北大圖書館、中國社會科學院文學研究所圖書館、上海圖書館、上海社會科學院文學研究所圖書館、天津圖書館、四川省圖書館、四川大學等圖書館、青島圖書館等收集到了王余杞的絕大部分作品，包括長篇小說《浮沉》《急湍》《海河汩汩流》、短篇小說集《災梨集》《惜分飛》《朋友與敵人》《將軍》、系列散文《一個人在青島》、專欄隨筆《我的故鄉》以及散見於報刊的短篇小說、散文 80 餘篇，回憶錄、編輯手記、書序等 20 餘篇。有的甚至是在舊書店收集到的（其中《浮沉》就是在地攤上收購的）。

　　王若曼是一位退休醫生，不會電腦。面對豎排繁體、五花八門的複印件，首先必須逐字逐句用簡體橫排製作電子文檔。她只得向上小學四年級的孫子

〔註 5〕引自蔣周德《〈王余杞文集〉誕生側記》載《自貢日報》2017 年 4 月 5 日，下同。

學習打字，還聘請了一位中學語文教師幫助整理文稿；兒子、孫子也幫著打字。每部小說和文集 300 至 400 多頁，有的報刊文章的字體，比六號字還小，加上原作年深日久，複印件難以辨識，不僅工作量特別大，而且難度不小。有時為一個模糊字的確認，常常和丈夫焦友明查字典、辨繁簡，甚至爭得面紅耳赤。她白天忙家務，夜晚常常熬夜至次日凌晨 1 時。「曾經有過打退堂鼓的想法。」王若曼說，是父親的文章鼓舞、激勵她把這件事情繼續做下去。

全書的整理、編輯工作，書序和注釋、按語，都由王平明負責。「文集」分為小說、散文、詩歌、回憶錄、編輯手記等專輯；每篇文章都注明資料來源的時間、地點，這既是保證真實性的需要，也藉此感謝提供支持的相關單位和個人。2017 年 1 月，190 萬字的《王余杞文集》（上下卷）由河北花山文藝出版社。這是王余杞故土戀、愛國情的心血之作的總體呈現，是中國現代文學一筆不可磨滅的寶貴財富。從此，王余杞的學術研究，結束了茫然「失憶」和無米下鍋的尷尬局面。王老先生九泉有知，可以含笑瞑目矣！他畢竟有三個好兒女，以及襄助達成這一生前遺願的文化界人士！

《王余杞文集》（上下卷）的編輯出版，不能僅僅看作是子女對父親的祭奠，而是搶救前輩革命作家重要著作的艱巨工程，是尋覓歷史足跡繼承革命文化傳統的神聖之舉。2017 年 5 月 16 日，「《王余杞文集》首發式和王余杞先生文學資料捐贈儀式」在中國現代文學館舉行。王余杞的女兒王若曼、兒子王平明將父親 47 部手稿、62 本日記筆記、188 封書信和歷時五年編寫完成的《王余杞文集》（上下卷）等珍貴文獻資料捐贈給中國現代文學館。中國現代文學館副館長梁海春代表文學館接受捐贈，並向王余杞家屬頒發了入藏證書。

後　記

　　2017年1月，由王平明、王若曼收集整理的《王余杞文集》（上下卷）出版後，在文化界、學術界產生了一定程度的影響。四川大學教授陳思廣、李先率先推出綜論《王余杞小說論（1927～1945）——寫在〈王余杞文集〉出版之際》。北京、天津、上海等地的專家學者也有相關研究文章聯翩問世。

　　2019年12月12日，中國現代文學研究會、四川大學文學與新聞學院發出《「王余杞與現代中國文學學術研討會」預備通知》，通知說：「2020年是知名左聯作家、抗日救亡文藝戰士王余杞先生誕辰115週年，為紀念王余杞先生的文學成就，推動王余杞與自貢文學研究的深入發展，思考巴蜀作家與中國現代文化之間的關係，由中國現代文學研究會、四川大學文學與新聞學院主辦，中共富順縣委宣傳部承辦的『王余杞與現代中國文學學術研討會』，擬於2020年4月24日至26日在四川富順縣召開」。會議擬邀請參會的專家學者包括：中國現代文學研究會、中華文學史料學會，中國魯迅研究會，巴金文學研究會，郭沫若文學研究學會和國內知名高校以及臺灣、韓國、日本、美國、澳大利亞、新西蘭等境外學者。研討會以「王余杞與現代中國文學」為總主題，具體研討選題有：

　　（1）王余杞的文學創作與文學活動
　　（2）王余杞與巴蜀文化
　　（3）王余杞與左翼文化
　　（4）巴蜀作家的地方文化書寫
　　（5）自貢作家研究

　　研討會由四川大學文學與新聞學院院長、中國現代文學研究會副會長、

《現代中國文化與文學》學術叢刊主編李怡教授領銜策劃、組織實施，由西南民族大學文學與新聞傳播學院康斌教授負責聯繫專家學者和論文收集。

2020 年新年伊始，全球大流行的新冠肺炎疫情使業已提上工作日程的研討會與其他群體性集會一樣不得不暫停籌備的步伐。2 月 11 日，康斌老師在「王余杞學術研討會學者嘉賓微信群」中告知：

> 各位前輩各位老師，鑒於目前疫情的情況，經富順宣傳部和川大文學院研究，決定延期舉行王余杞學術研討會，具體時間另行提前通知。

> 停會不停研，各位同志共抗時艱之際，也莫忘了論文寫作，我們仍將按原定計劃出版論文集！

筆者與李怡院長和康斌老師有過多次微信等方式的聯繫。也曾於 2020 年元旦發給康老師兩篇論文《王余杞和他的長篇小說〈自流井〉》《從〈自流井〉到〈我的故鄉〉》的電子文檔，康老師回覆說：「收到這兩篇分量沉沉的文稿，新年的第一收穫。」我一直期待研討會的召開，聆聽專家學者們的高言讜論，進而推動王余杞和自貢作家作品的研究。「風雨過後是彩虹」，我堅信，「停會不停研」，待到全球疫情得到控制，各種學術交流活動仍會如雨後春筍般地拔節生長。

我已經退休二十年了，但這二十年來一直沒閒着。老東家自貢市文聯那裡總有些事要做；各種社會文化活動也不時找上門來。我從上個世紀八十年代中期就一直在本市高校兼課。這些年，自貢市老年大學舊體詩詞課的教學，對我來說是一個教學相長的督促和提升。四川輕化工大學繼續教育學院成教生的授課——《中國現當代文學》《美學》也不是太重的負擔。疫情期間採取網上教學，只需發出教學課件，唯有成教生的畢業論文是要求過硬的。但論文答辯結束後，會剩下大把大把的時間，除了幫老伴做點事，喝點小酒，還得幹點什麼呢？

初夏的一個雨夜，已是「點點滴滴到天明」的時候，仍在糾結「王余杞學術研討會」的事。想到是不是應該而且能夠寫一部評傳。《王余杞文集》（上下卷）精裝本太厚、太重，兩年來沒有認真讀過，要是有電子文檔就簡便多了。

4 月初，王若曼二姐發來《王余杞文集》（上下卷）電子文檔。這令我喜出望外，細讀、翻閱、複製、引用，都能在電腦上完成。但我還是猶猶豫豫，

信心不足，除了《文集》，還得查閱、對證好多資料。5月初開始寫作，逐篇細讀，逐篇述評，耗時五個多月，終於完成了這部拋磚引玉之作。

　　在《評傳》的寫作過程中，讓我感受最深的是：大時代的人的命運。王余杞先生既是大時代的書寫者，又是大時代追求理想、衝鋒陷陣、忍辱負重、矢志不渝紅色作家。他豐富的人生經歷就是一部中國現代百年歷史微縮景觀；他的社會關係中所涉及到的人物，好些都是中國現代文學史中舉足輕重的人物，至於同樣被歷史的積塵湮沒無聞的摯友故交，也因這部書的結集得以復活。《評傳》對其中一些人物，例如魯迅、郁達夫、老舍、劉白羽、王冶秋、孫席珍、宋之的、朱大枬、聞國新等均用專門章節記述，另外一些人則用注釋延伸解讀。只要留心書中的注釋，就會讓一掠而過的事件複製還原，甚至放大鮮活起來。還有一些人物事件，是在細讀作品中捕捉、挖掘出來的，例如，上海救亡演劇一隊解散的真相，這是關乎王余杞人生轉折的重大抉擇所在，如果他當時去了延安，則會有不同的人生際遇，他與劉白羽南下武漢，卻有了《八路軍七將領》的寫作和問世。《評傳》雖不是人物傳記，但不能簡單地復述《王余杞生平和文學創作活動》，一定得在作者的作品中如大海拾貝般地搜尋，或抓住相關的人事線索去接近那一段歷史的本真。

　　既然是《評傳》，當然必須集中筆力以大量篇幅專注於對王余杞著作的文本研討。對於前輩作家的作品，一是要有敬畏感念之心，二是要有披沙揀金之功，回到歷史的現場，作出盡可能準確科學、實事求是的評價。本書着重評介了短篇小說集《惜分飛》《朋友與敵人》、長篇小說《浮沉》《急湍》《海河汩汩流》《自流井》、報告文學集《八路軍七將領》、敘事長詩《八年烽火曲》、隨筆連載《我的故鄉》，和《歷代敘事詩選》、舊體詩集《黃花草》等十一部著作，散文《故鄉的殘影》《傷逝》《小弟兒的一生》《鋼鐵與灰燼》《秋到桂湖》、以及回憶錄《一個陌生人在青島》《記〈當代文學〉》《在天津的七年》《〈游擊隊歌〉和〈八路軍七將領〉》《洪流迴旋》《人我之間》《送我情如嶺上雲》《冶秋和我》等作品。王余杞的文學史地位，靠他的作品說話；研究王余杞的作品，應是這部《評傳》的重中之重；真誠地希望與各位專家、讀者交流自己的心得體會。

　　我所要強調的是，王余杞的全部作品不僅有着左翼作家進步的政治立場，有着救國圖存的赤子擔當，有着對地域文化自覺的探究和書寫，而在小說敘事藝術方面的也是苦心孤詣，不斷地自我超越。除了上述批判現實的思想內

容以外，在藝術上有三點是很突出的：一是人物塑造的心理分析，二是景物描寫的抒情意味，三是幽默沉入的敘事基調，由此融匯而為王余杞小說的整體藝術風格，成為蓋在他上百萬字的小說作品中特色鮮明的印章，像《海河汨汨流》《自流井》這樣的長篇，均足為中國現代文學史中不可多得的成功範例。

《評傳》寫作成書的過程，是一個與作者心靈碰撞交匯、重走作者人生道路的過程，是一個回到歷史現場，深入作品語境，認真學習，自我提升的過程。

早在 1938 年 10 月 19 日，王余杞在《紀念魯迅先生》中寫道：「從他一生的寫作中，無論小說或散文，可以扼要地說出一句他作品的中心思想，那就是：凡是人，都應該活得像一個人的樣子！」

通觀《王余杞文集》，通觀王余杞作為中國現代文學史上有着獨特貢獻的重要作家的一生，「應該活得像一個人的樣子」，正是他畢其一生的追求，也是他自我人格的寫照！

謹以此書獻給即將召開的「王余杞與現代中國文學學術研討會」，獻給王余杞先生的親屬和關心本書的社會各界人士！

2020 年 10 月 10 日於自貢園丁苑